「私と契約してくれるかしら?」
「ええ。死が私達を分かつまで、
私は貴女を育み、貴女と共に生

園内に発生した生き霊(?)たちを
治するため駆り出された
イルとレジルス第一王子。
ラビアンジェ特製ハリセンで
しばき倒す！

「くっ……悪霊退散！」

たら、いっしょにいられる？
あさんみたいに
いなくならない？』
きましょう」
稀代の悪女、
二度目の人生で
{無才無能}を楽しむ2

稀代の悪女、三度目の人生で【無才無能】を楽しむ

2

嵐華子

illustration

八美☆わん

口絵・本文イラスト
八美☆わん

装丁
AFTERGLOW

CONTENTS

人物紹介

ミハイル＝ロブール

ロブール公爵家長男で、次期当主。
ラビアンジェの魔法以外の一味違う才能に気づき、
あまりのツッコミどころの多さに休む暇がない。
ラビアンジェが邸内で長らく冷遇されていた事に
気づかなかった事を悔い、今は少々過保護気味。
兄として挽回の機会を窺っている。

ラビアンジェ＝ロブール

ロブール公爵家長女。その正体は、前々世が
「稀代の悪女」と語り継がれるベルジャンヌ王女、
前世が日本人のお婆ちゃん。無才無能や
悪女と冷評されているが、その評価を喜々として
利用し、天才魔法師としての才能は隠して
平穏な日常を過ごそうとしている。前々世から親しい
聖獣達と過ごす時間が至福の時。

レジルス＝ロベニア第一王子

これまでは保健医に変装し、学園内を探っていた。
類い希な魔力と才能の持ち主。ラビアンジェへの
相当な想い入れが明らかになるにつれ、
兄のミハイルから危険人物として警戒されていく。

シエナ＝ロブール

両親を早くに事故で亡くし、ロブール家の
養子となったラビアンジェとミハイルの義妹。
ジョシュア第二王子や側近達の
ラビアンジェへの悪意を煽り、悪評を流して
第二王子の婚約者の座を奪おうとしていた。

ヘインズ＝アッシェ

ジョシュアの元側近。
ジョシュアと共に蠱毒の箱庭に入り、ラビアンジェの
正体を掴みかけるも、誓約紋を刻まれる。
口外はもちろん、稀代の悪女と口にしただけで
走る激痛の恐怖、箱庭から帰還後に受けた
冷遇による人間不信から眠れない日々を過ごしている。

ジョシュア＝ロベニア第二王子

ラビアンジェの元婚約者。
元々ラビアンジェが気に入らず、シエナの嘘に
踊らされて無才無能、義妹を虐める悪女として、
公然と蔑み続けた。誤ちに気づき、保身もあって
ラビアンジェを追いかけて蠱毒の箱庭に向かうも、
怪我を負って療養に入る。

ベルジャンヌ＝イェビナ＝ロベニア

ラビアンジェの前々世で、「稀代の悪女」と後世に
語り継がれている王女。婚約者を奪われそうになった
ベルジャンヌが、悪魔を召喚して国を滅ぼそうとした為、
当時王太子だった異母兄に倒されたと、広く知られている。
それが真実かどうか知るのは、一部の人間のみ。

ラルフ

ラビアンジェと同じ2年D組で、チーム腹ペコのリーダー。
下級貴族の末っ子で、将来の独り立ちの為に
冒険者としても活動中。社会経験値が高く、
仲間を第一に考えて動く、頼れる好青年。
厳つい顔だが、草花愛好家。

家系図1

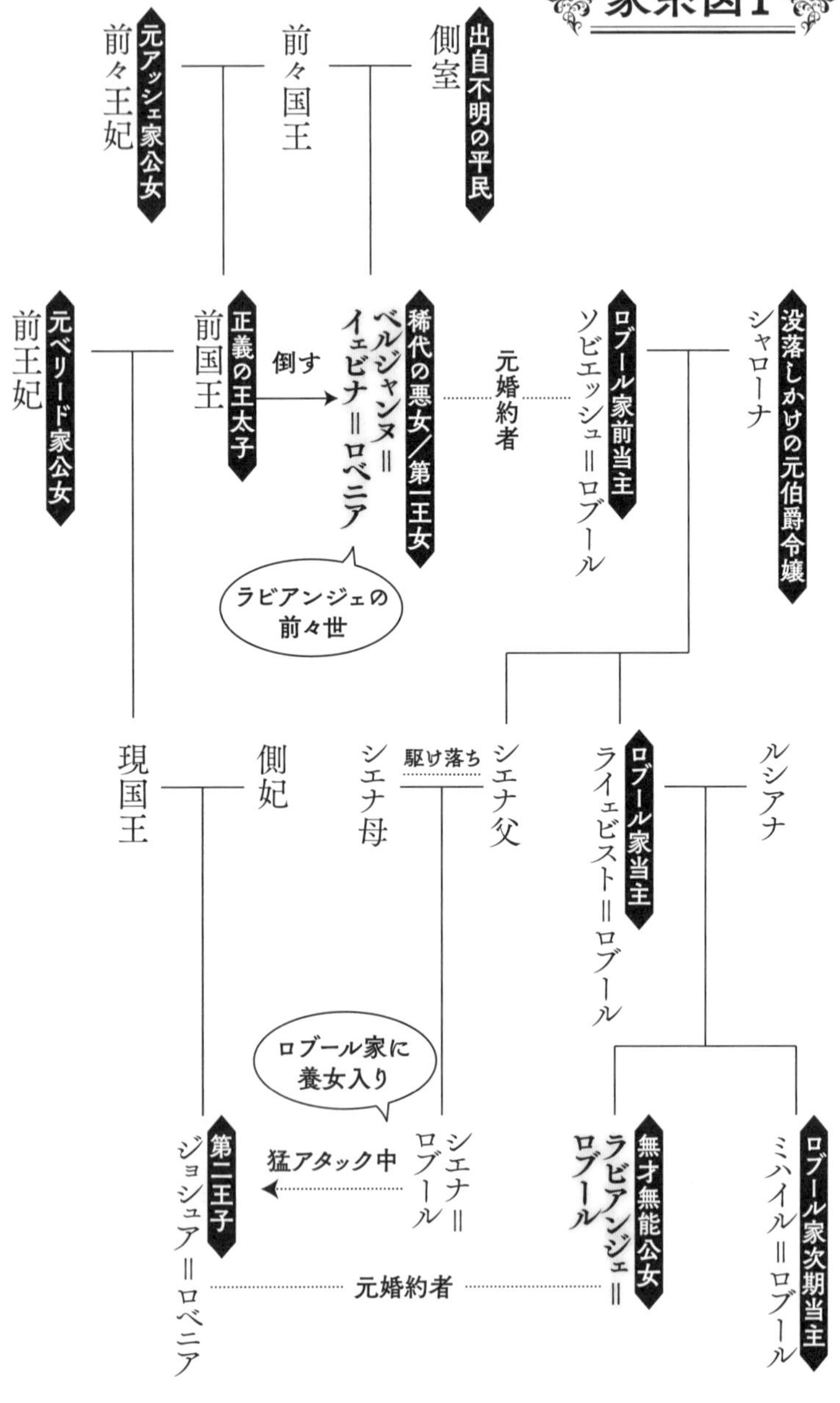

出自不明の平民
側室
前々国王
元アッシェ家公女
前々王妃
没落しかけの元伯爵令嬢
シャローナ
ロブール家前当主
ソビエッシュ＝ロブール
元婚約者
稀代の悪女／第一王女
ベルジャンヌ＝イェビナ＝ロベニア
ラビアンジェの前々世
倒す
正義の王太子
前国王
元ベリード家公女
前王妃
ルシアナ
ロブール家当主
ライェビスト＝ロブール
シエナ父
駆け落ち
シエナ母
側妃
現国王
ロブール家次期当主
ミハイル＝ロブール
無才無能公女
ラビアンジェ＝ロブール
ロブール家に養女入り
シエナ＝ロブール
猛アタック中
第二王子
ジョシュア＝ロベニア
元婚約者

家系図2

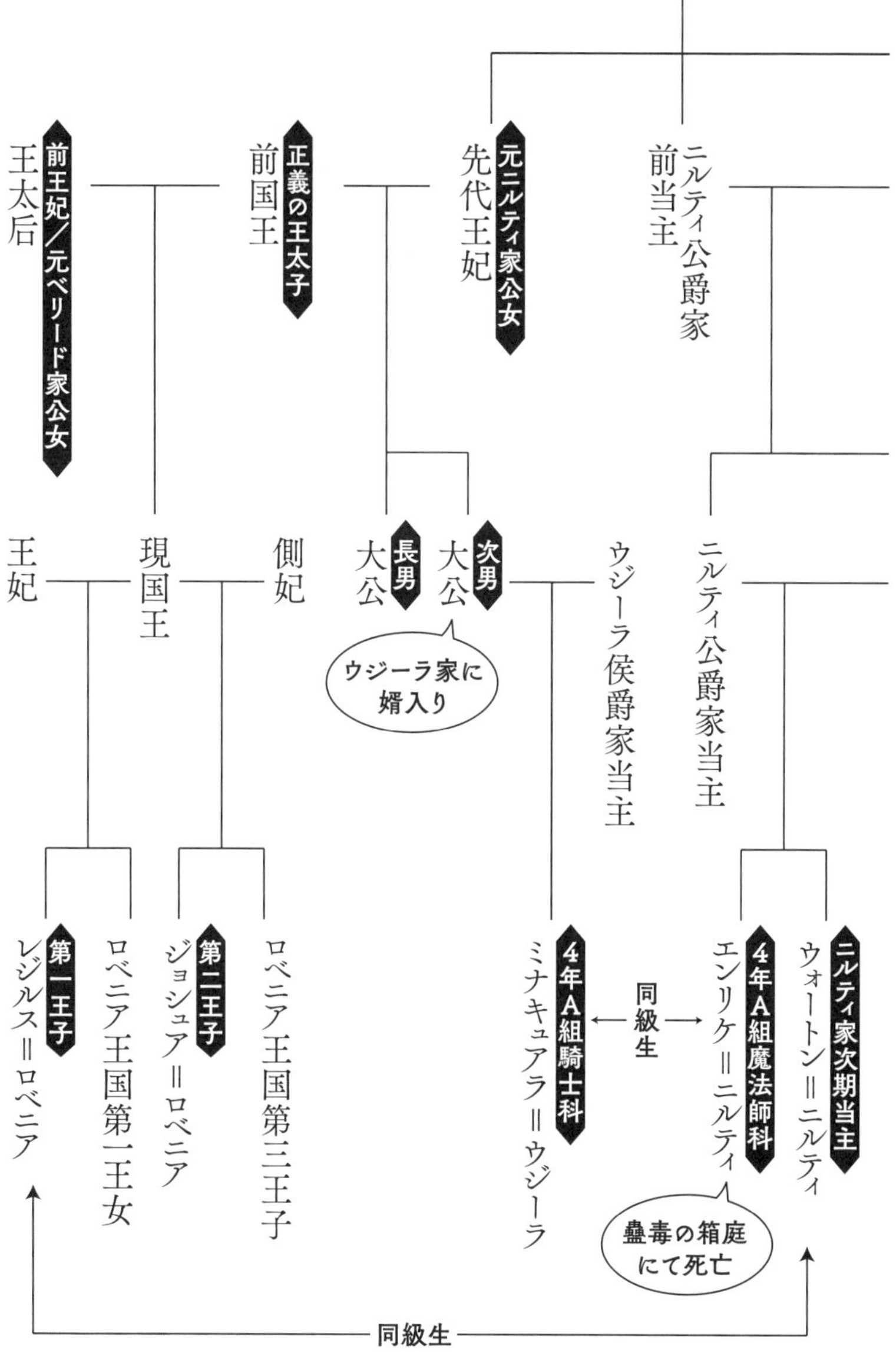
ニルティ公爵家
前当主
元ニルティ家公女
先代王妃
正義の王太子
前国王
前王妃／元ベリード家公女
王太后
ニルティ公爵家当主
ウジーラ侯爵家当主
次男
大公
ウジーラ家に婿入り
長男
大公
側妃
現国王
王妃
ニルティ家次期当主
ウォートン＝ニルティ
4年A組魔法師科
エンリケ＝ニルティ
蠱毒の箱庭にて死亡
同級生
4年A組騎士科
ミナキュアラ＝ウジーラ
ロベニア王国第三王子
第二王子
ジョシュア＝ロベニア
ロベニア王国第一王女
第一王子
レジルス＝ロベニア
同級生

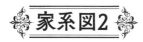

プロローグ　蠱毒《こどく》の箱庭事件から二週間後（シエナ）

「シエナ、行きましょう」

「ええ」

学園に登校してすぐ、私達一年Ａ組《クラス》を含む全校生徒は、大ホールへ向かうよう各学級の担任に促された。

声をかけてきた同級生の侯爵令嬢と共に向かえば、既に大半の学生が集まっている。

その中に、ここ二週間ほど会話らしい会話をしていなかった、金髪に菫色《すみれいろ》の瞳《ひとみ》をしたミハイル＝ロブールを見つける。巷《ちまた》で流行《はや》りの小説に出てくるヒーローのように凛々《りり》しい美貌《びぼう》を持つ、私の自慢のお兄様。

他に、同じ生徒会役員達の姿も見つける。その中には、赤髪に空色の瞳をしたヘインズ《ヘインズ》＝アッシェ《イン》もいた。ずっと休んでいたのに、今日は登校してたみたい。

けど立場的には義姉である、ラビアンジェ《アンジェ》＝ロブール《ッ》の姿は見えない。まだズル休みしてるみたいね。

知ってるんだから。私がせっかく人を使って、蠱毒の箱庭なんていう危険極まりない森に転移するよう仕向けてやったのに、運の良い図太い性格のアイツは、無傷で帰ってきてるって。

「おい、聞いたか？」

「ああ、今日集められたのって……」

「あの事故の説明かしら」

「もう二週間経《た》ちましたもの。説明はあって然《しか》るべきよ」

初めは口々に囁《ささや》き合い、少しばかりざわつくホール。けど全ての学生達が集まった頃、ホールの扉が閉まり、初老の校長先生が壇上に立った事で、ピタリとそれは止まる。

「生徒諸君、朝から集まってもらって感謝する。早速本題に入ろう。既に知っている者も多かろうが、先々週、二年生と四年生の合同討伐訓練があった。しかしその訓練先へと転移する際、ある一組のチームが、危険度A認定を受ける蠱毒の箱庭へと転移してしまった。あの日から数日、学生は皆自宅待機とした為《ため》、あらゆる憶測を生んでしまった事をまずは詫《わ》びよう。そして本件について、現時点で明らかとなった事柄を先に説明すべきと、学園の後援者たるロベニア王家は判断された。直々に説明していただく為、この方がいらした」

校長先生の言葉に、心臓が嫌な跳ね方をしたのを感じる。だって私は、その事故がどうして起こったのか、詳しく知ってるもの。

校長先生と入れ替わりにスッと壇上に上がったのは、黒銀の髪に朱色の瞳をした美青年。あの方は確か第一王子殿下だったはず。お兄様に負けず劣らずの美貌に、思わず目を瞠《みは》る。

どうしてだか、あの方が輝いて見えるわ。

私を婚約者にと望んでくれた第二王子のシュア様も素敵だけど、最近はずっと学園をお休みされてる。今まで頻繁に取れてた連絡も取れなくなった。

これがタイミングだって考えるなら、もしかしたら四大公爵家の公女たる私に相応《ふさわ》しいのは……。

「レジルス＝ロベニアだ。皆《みな》が知っている通り、先日、痛ましい事故が起こり、学生に死傷者が複数人出た」

素敵な声だとうっとりしたのも束《つか》の間、最後の言葉で我に返る。

ホール内もまた、一瞬の静けさの後、さざ波のように再び騒がしくなっていく。

「やっぱり。ほら、四年生の……」

「公子だと偽っていた、エンリケ先輩だろう？」

「トワイラ侯爵令嬢と、ルーニャック侯爵令息もではなくて？」

「違いますわ。ルーニャック侯爵令息は生きてらっしゃるそうよ。でも死んだ方がマシではないかというくらい酷《ひど》い外見になって、話もまともにできなくなったのでしょう？」

「婚約者のダツィア侯爵令嬢は、それでも解消せず支えたいと仰《おっしゃ》ってらしたわ。でも両家の話し合いで結局……」

「あの令息って確か、一年の女生徒に熱を上げて、婚約者を蔑《ないがし》ろにしてるって噂《うわさ》があったよな？」

情報収集に長《た》けた高位貴族が多い、A組《私のクラス》の学生達。話の内容が具体的ね。

ふうん、そっか。もうあの三人と会う事はないのね。蠱毒の箱庭だもの。仕方ないわ。

私が三人を使って今回の事故を起こしたと知る人は、親友を除いてもういない。ほっと胸を撫《な》で下ろす。

私が何か関わってないか、直接尋ねてきた子もいるにはいた。一緒にここへ来たのに、今それとなく私から一歩遠ざかった、この子よ。

シュア様の取り巻きだったエンリケと、その腰巾着《こしぎんちゃく》だった金髪の二人。あの三人とは特に仲良くしてたし、それこそペチュリム＝ルーニャックとは、エンリケがいない所だと、近い距離感で話をしてた事もある。

何度か彼の婚約者のお友達とやらに注意された事もあったから、目についたのね。あれくらい市井では良くある距離なんだから、大袈裟《おおげさ》なのよ。

もちろん私は、この子に何も知らないと答えたけど、周りの貴族達は疑いの眼差《まなざ》しのまま。不愉快ね！

「亡くなったのって、四年生達だけ……」

「四年生で無事だったのは、ウジーラ侯爵令嬢だけですって。他の四年生達と違って、皆に公平でしたわ」

「俺は、全員無事だった二年生達と行動していたって聞いたぞ」

「ねえ、お亡くなりになった四年生達が特別に仲良くされていたのは、確か養女の……」

「ちょっと！　今は自重なさって！」

「でもあの方を特別待遇されてらした、第二王子殿下もあの訓練の日以降、欠席されて……」

ほら、また私の方に不躾《ぶしつけ》な視線を投げてきた！

事故についての噂が出回り始めたのは、先週の終わり頃。僅《わず》かな時間で手の平を返したこいつらのせいで、私は組で孤立しつつある。

生徒会役員として仲良くしてた、同級生や先輩達もそう。転移した学生達がどうなったか聞いても、何も知らないと言って、それとなく遠巻きにされた。

こんな状況でまともな情報なんて、回ってくるはずもない。四大公爵家である、ロブール家の公女なのに！

わかってたのは、アイツが無傷で生還した事。そして次期当主であるお兄様専用のはずの一番日当たりの良い棟に、何故《なぜ》かアイツが居を移した事！

あの棟の中で闊歩《かっぽ》する能天気なアイツの姿が見えた時の怒りは、今でも覚えてる。

それにしても、アイツがずっと過ごしてた、あのボロ小屋。業者が来て、何か作業をしてたわ。とうとう壊すのかしら？

「事件の詳細については各名家が関わる為、未《いま》だ明かせぬ事も多い。だが原因究明をする中で、身分と学力格差による、深刻な差別意識が学園内に蔓延《まんえん》している事が判明した。これが事件の幾らかの要因ともなっている。もちろん我がロベニア国は、身分制度がある。しかしそれにより他者を貶《おとし》め、容易に見下して良いはずもない。君達は卒業後、それぞれの身の丈に合った立場で人と接する事になる。だが一部の者達は、本来明るいはずの将来を閉ざしかねない事態となっている。それに気づいてすらいない者がいる事に、我々王家は危機感を抱き、事件から日が浅い状況ではあるが、この場を借りて話をする事にした。そこの君、何かな」

レジルス様の言葉に、四年生の男子生徒が手を上げ、許可を得ると立ち上がる。

「し、しかし私達は……その、この学園で一番大きな影響力があった方々に従っただけで……」

ちょっと⁉　どうして暗い顔のヘインを見た後、私の方を見て話すのよ⁉　ヘインもシュア様の側近なんだから、うつむいてどうするの！　反論しなさいよ！

「その通りだ。此度《こたび》の事は、第二王子であるジョシュア＝ロベニアの、日頃の言動が周囲に負の影響を与えたと、我々ロベニア王家は重く見ている。婚約者であったロブール第一公女をＤ組だ、無才無能だと公衆の面前で、自らの友人を伴って集団で罵倒《ばとう》し、貶めた事が幾度もあった」

レジルス様⁉　どうして認めたの⁉　私の方に一斉に……皆酷い！　そんな冷たい目を向けないで！　私は四大公爵家の公女なのよ！

「それなら……」

「だからといって、身分や学力が下の者達に対し、それを模倣して良い理由にはならない。実際、そうした愚行を犯した者は、一部の限られた者達だけだった」

「そんな……」

「身に覚えのある者達は、今一度考えなさい。私達王侯貴族は、この国にどの程度の割合を占めるのかを」

レジルス様は四年生の言葉を全て遮ってから、一度言葉を区切り、全体を見回す。

どういう事？　割合？　そりゃ貴族なんて、平民と比べれば少ないわ。だからこそ特別だし、偉いんでしょ？　特権階級なんだから、当然じゃない。

「我々は、身分によって守られる。富を更に繁栄させる為の特権も与えられている。しかしその特権を行使するに足る人物と、胸を張れる者はどの程度いる？　もしその他大勢に認められなければ、私達はどうなる？　それによる答えは、何年も前に平民の営むある商会と貴族との裁判で、明らかとなっていなかったか？　一部の者達が見下す多くの者達に、我々王侯貴族は数で勝てるか？」

商会と貴族の裁判？　確かこの国で有名なリュンヌォンブル商会がまだ小さな商会だった頃、貴族と裁判沙汰《さいばんざた》になったっていう話は、聞いた事がある。

けど結局、商会が申し立てを取り下げたんじゃなかったかしら？

「……あ……」

レジルス様の意図がわからないけど、青くなって呻《うめ》いたあの四年生の表情。まるで貴族が負けるって言ってるみたいだけど、そんなのあり得ない。

「婚約者であるロブール公女については、既にジョシュア＝ロベニア本人の資産から、相応の慰謝料を支払い、示談となっている」

何ですって⁉　アイツが大金を⁉　ズルイ！

「学園内での調査と対処については、本来ならば当人が責任をもって、事態の収拾に当たるべきだ。しかし生憎《あいにく》、病を発症してしまった。無期限の病気療養が必要だと、王家の主治医が判断を下し、休学を余儀なくされた。よって私が全学年主任として、学園に赴任する事となった」

……は？　シュア様が……休学？

思わずヘインを見れば、彼も青い顔で、空色の瞳を見開いてレジルス様を見てる。

ヘインは、俺はシュア様の側近だ、騎士として俺の主《あるじ》に剣を捧《ささ》げると豪語していたのに……もしかして、知らなかった？

そこからは、レジルス様の話も頭に入ってこなかった。死傷したあの三人を、加害者だと断定してたような気がする。

けどこの日を境に、私は苦境に立たされていく。

自分達の悪行の発端を、休学したシュア様のせいにした学生達は、徐々に私達生徒会役員に責任転嫁して、責めるようになった。シュア様が生徒会長だったんだから、一緒にいる時間が長かったのは、不可抗力よ！

しかも一月《ひとつき》が過ぎた頃、D組以外の被害者がいる事も想定するとして、レジルス様は王家の調査官を招き、私達生徒会役員にも手伝わせて、詳しく調査を始めてしまったの。

然るべき責任を追及された学生達から、当然のように私達が恨まれていく。

シュア様と婚約間近だった私の、楽しかった学園生活は一変。苦行の場となったわ。

それにアイツが住んでたボロ小屋はたった数週間で改修されて綺麗《きれい》になったばかりか、お兄様が小屋にはもちろん、その周りを囲んだ柵《さく》にも、保護や防犯の魔法を自らかけた。

しかもお兄様は私に、小屋にもアイツにも近づくなと、強い口調で釘《くぎ》を刺してきた！

どうして私ばかりが苦しむの⁉　みんなみんな、無才無能な稀代の悪女《アイツ》のせいよ！

※※舞台裏※※　夏休み前～牽制《けんせい》～（バルリーガ公爵令嬢）

「お元気そうね。これから、お帰りになるのかしら」

二年Ｄ組《クラス》の校舎の方向から校庭に向かう、桃金の髪を見つけ、思わず頬が弛《ゆる》みます。

無意識に、この濃い青髪を編みこんでまとめた、パッチワーク生地のシュシュに触れる。このシュシュは今年の年明けすぐにあった文化祭で、この方が所属するＤ組が限定販売をした物です。

幾つかある校舎の中でも、校庭にほど近いこちらの校舎。その二階の窓から何とはなしに目で追えば、その先にはまた別に、気になる方の姿が。

まるであの方を待ち構えるかのようにして佇《たたず》む、桃茶の髪の一年生。

視界に捉《とら》えてしまった以上、仕方ありません。スッと立ち上がり、いつも連れ立って歩く友人方を視線で制し、一階へと向かいます。

私《わたくし》のすぐ後に続いた、ある令嬢二人の気配を感じながら。彼女達の金と深緑の髪にもまた、私と彩りの違うシュシュが使われていたはず。

「お久しぶりですわ、ロブール第二公女。少し、お話し致しませんこと」

私達の目的は、桃茶の髪色のこの方。公子、公女と呼ばなければならない四大公爵家の一つである、ロブール公爵家の元平民である養女。シエナ＝ロブール第二公女。

静かな声で、背後から声をかけました。

※※※※

私達の内の一人、この個室《場》を押さえていたフォルメイト侯爵令嬢の好意で、すぐに移動しました。

私の後ろに控える深緑色の髪をしたフォルメイト侯爵令嬢には、自らのご友人達と使う予定をキャンセルさせてしまいましたから、この埋め合わせはせねばなりませんね。

そう考えつつも、小さなティーテーブルを挟んで座る第二公女《養女》に微笑《ほほえ》みかけます。

「私が由緒あるバルリーガ公爵家の嫡女であっても、養女である貴女《あなた》の方が家格は上。けれど入学された折りに、上級生として注意しましたでしょう。これまでは休学された、第二王子殿下が目をかけてらっしゃいましたから、あれ以上諭す必要はないと考えて、見守っておりましたのに」

私達三人の中で最も爵位の高い私から話を切り出して、いつも携帯している小ぶりな扇で、そっと口元を隠し、わざとらしくため息を吐《つ》きます。

「非常に残念な結果となりましたわね」

おっとりとした口調で辛辣《しんらつ》な言葉を続けました。

そう話す間に、家格が一番下となる金髪のダツィア侯爵令嬢がお茶を淹《い》れ、私の後ろに控えます。

とはいえ私達は派閥が違う上、この国にいる三人の王子達の婚約者候補ですから、個人的な優劣があるわけではありません。

もっとも、まだどちらの王子になるのか、そもそも婚約するのかすらも、決まっておりませんが。

ただ私は、第一王子殿下より内密に、ある提案を受けております。恐らく後ろのお二人も。

本来なら私達が個人的な理由で集まる事は、ありません。個々の派閥の筆頭家ですから、表立って共にいると、要らぬ憶測が生まれてしまいますもの。

「どういう意味ですの？」

この養女は何故《なぜ》か挑むような目を隠しもせず、ぎこちなく微笑んできましたね。まさか、余裕がある淑女のように見せたかったのでしょうか？

この方がロブール第一公女《お義姉様》へ対抗心を燃やしているのは、傍目《はため》から見ても明らか。ですが全く相手にされていない小物は、微笑みすらもお義姉《ねえ》様に遠く及びません。

「まあ、まだおわかりになられないなんて」

口元は隠しつつ、眉《まゆ》を顰《ひそ》めて不快感を少し出せば、養女の頬が小さくひくつきました。

「まあ、そのような悲しい事をおっしゃらないで？　それでも今は……」

「今はロブール家の養女、ですものね。なのにお義姉様であるはずの第一公女と、婚約者であられた第二王子殿下との仲。取り持つわけでもなく、むしろ引き裂こうとされてらしたわ」

「そんな、引き裂いただなんて。お義姉様は努力がお嫌いでしたから、そこにシュア様が……」

「ジョシュア殿下、でしてよ？」

「それは、シュア様がそうしろと……」

「何度も言わせないで下さる？　たとえ殿下が愛称で呼ばれる事を許したとしても、貴女は婚約者ではありませんのよ。ああ、勿論《もちろん》今も私達とは違い、候補にすら名前は挙《あ》がっておりませんね」

全ての言葉を遮り続け、最後に私達と強調すれば、養女の顔が妬《ねた》みに歪《ゆが》んでいきます。

「共にいる間だけ愛称で呼ばせて頂くのが、貴族令嬢としてのマナー。義理とはいえ、仮にもご自身の姉に向かって、あれ程執拗《しつよう》に無教養だ、マナーがなっていないと詰め寄ってらしたのに、ご自身はいかがなものなのかしら？　その点、あの方は貴族令嬢としての最低限のマナーだけは、しっかり守ってらしたのよ？」

「……お義姉様が？」

「貴女方も気づいてらしたわよね？」

「「もちろんですわ」」

振り返らずに話を振れば、後ろからの返事が揃《そろ》います。怪訝《けげん》そうなこの方と違い、やはり気づく者は、気づくのです。

「それからもう一つ。私達は先日第一王子殿下より、ロブール第一公女を気にかけるように、何かあれば周囲の方の態度を是正するようにと、お願いされておりますの。他ならぬロブール公子も同席している場でしたわ」

そう、あのお二方からの言質がなければ、このようにあけすけな言動はできませんでした。

「私達は王子殿下方の婚約者候補。だからこそあの事故の発端となった方々の動向を注視し、時に貴族たる模範を示し、導くよう指示されております。それに私達成績上位者の一部の学生からの、下位成績者への蛮行。立場がある私達高位貴族は、重く受け止めておりますの」

発端となる者の一人である貴女は、高位貴族として失格だと、言外で告げる。

「ですから今後は元平民の養女として、身の程をお知りになってはいかがかしら？　養女である貴女が、嫡子たるロブール第一公女にいつまでも礼を失するのは、如何《いかが》なものかと良識を疑ってしまいましてよ」

養女は完全に黙りこんでしまいましたが、この言葉が少しでもこの方の心に響く事を願います。

「私達以外にも、以前から貴女方の言動に眉を顰めていた者はおりましたの。けれど私達は第二王子殿下の婚約者だからと、第一公女に丸投げをして、本来の臣下としての責任を果たしませんでした。傍観に徹していたとも申しますわね」

養女は、だから何だと言いたげなお顔ね。望みは薄いようです。

「けれど言い方を変えれば、そうしてしまえるくらいには、あの方の無才無能ぶりは一周回って有才有能、かつ逃げのエキスパートでしたわ。そして貴女方が他の学生達の顰蹙《ひんしゅく》を買う程の言動を取った時には、事が大きくなる前に、完璧《かんぺき》に自分一人へと悪意を向けさせてはいなすなり、躱《かわ》すなりしておられましたのよ。あのように華麗な逃げ技が、誰にでもできるはずがありませんわ」

そう、第一公女に自身の婚約者への関心など無いのは、どう見ても明らかでした。それでも婚約者として、最低限は庇《かば》ってらした。

「あの方は確かに魔力も学力も低く、あらゆる教養からは常に逃走されていらっしゃるわ。けれど行き過ぎた王族を諫《いさ》め、他の貴族達の国への離反を未然に防ぎ、下々の者達を守るという、最低限の務めは守っていらしたのよ」

「どこが、ですの……」

「この学園で、各学年のD組への差別意識があまりに酷《ひど》くなっていた事は、第一王子殿下が全校集会で指摘するよりも前に、お気づきでして？　貴女が入学してからは、いえ、入学する少し前に起きた、あの中庭での一件からは、特にその傾向が強くなりましたのよ」

「まるで、私が関わっているかのように仰《おっしゃ》るのね。傷つきますわ」

　義姉がロブール家の力を使って学園に働きかけ、自分の組《D組》の補助金を不正に増額させたかもしれないと口にして、第二王子殿下を煽《あお》ったのはご自分でしょうに。呆《あき》れてしまいます。

「貴女は以前にも廊下で、まるで流行《はや》りの小説にある、悲劇のヒロインのような事を叫んでらしたみたいね。被害妄想が酷くて心配になるわ」

「そんなに私を傷つけ……」

「嘘《うそ》泣きや浅はかな媚《こび》に騙《だま》されるのは、本質を見抜けない殿方と、貴女同様、誰かしらに媚を売りたいご令嬢くらいだと、いい加減気づきなさい。貴女の媚の売り方は、下品で不愉快よ」

　聞くに堪えません。養女の言葉を遮り、不快感を隠さず、ピシャリと言い捨てます。

「いい加減、失礼が過ぎるのではなくて……」

「話を戻しますけれど、その上あの合同討伐訓練の事故」

「話を聞き……」

「ああ、今のところはまだ、事故扱いで合っておりまして？」

「「はい、今はまだ」」

わざとらしく後ろの二人に問いかければ、目の前の可愛《かわい》らしいお顔がギクリと強張《こわば》りましたね。

その様子に、この養女が蠱毒《こどく》の箱庭への転移に関わっていると怪しんでいた、自らの直感が正しかったと確信します。

「あの方が貴女方第二王子一派のように、明確な意図を持って誰かを傷つけたり、身分を盾に理不尽な要求をした事はありましてて？　例の加害者名簿に名のあった者達は、あの方は勿論、在籍する二年Ｄ組の者ならば許されると思い、標的にしていたようでしてよ。理由は貴女方の日々の言動、いえ、恫喝《どうかつ》するのを目の当たりにして、と証言しておりますの」

「そんな、恫喝なんて……」

「もちろん教員達からも証言を得ております。なにせ貴女方はあの方を貶《おとし》め、蔑《さげす》む時には公衆の面前で行う事に、重きを置いてらしたものね」

性格の悪さを垣間《かいま》見《み》せる蛮行は、醜悪で見るに堪えませんでした。

「そんな危ない状況なのに、あの組の学生達は誰一人、大きな怪我《けが》もせずに学園生活を営んでいる。それがずっと不思議でしたが、加害者達は、こうも申しておりましてよ。学園内で彼らを故意に傷つけようとすると、必ず公女が近くに来て、微笑みながら何かしらの苦言を呈する、と」

あの方の、その手の神出鬼没さは、相手の側に立つと……ある意味恐怖かもしれませんね。

「それに昨年度のＤ組の卒業生と、今の二年Ｄ組との合同卒業研究。気に入らない貴族には服を作らない事でも有名な、デザイナーの月影《げつえい》を、商会ごとあの研究に関わらせたのは、あの方でしてよ」

「な、に……月影だ、なんて……」

声を戦慄《わなな》かせる養女が、何年も前から月影への伝手《つて》を探しているとは、耳にしておりました。やはり断られていましたか。

「その上で、ですけれど、あの時転移したのは他ならぬ蠱毒の箱庭。なのにあの方が行動を共にしていた被害者達は皆、無傷。加害者の方々がどうなったのかは、もうご存知《ぞんじ》でしょう?」

「知らないはずがありませんわ。お三方共、普段から私に誠実でいらした方達ですもの。ただ、今回は……私への想《おも》いが行き過ぎてあんな事に……。私も責任は感じておりますのよ」

「貴女にとって、そんなにも誠実に接してくれた、と?」

「ええ。当然私自身が思いがけず動機になってしまったようで、お義姉様達にはもちろん申し訳なく思いますわ。でも……私はその方々をどうしても憎めなくて……」

わざとらしく落ちこんだ表情になってうつむく養女は、自分の発言がどれ程愚かしいのか、気づいてもいないのでしょう。

だから加害者の一人と、後ろに控えるダツィア嬢との婚約関係に興味すらなく、いたずらにその仲を刺激していたなんて、知る由もないと察してしまう。

「貴女に誠実な方々が死傷されましたのに、何も行動されないのね」

不意に非難を口にしたのは、ダツィア侯爵令嬢。

「彼らの葬儀にも、献花にも、生き残ったルーニャック令息のお見舞いにも、いらっしゃらない」

「そ、れは……」

「ダツィア嬢、お気持ちはわかりますが、今は……」

振り返らずとも、彼女の表情も心情も察しますが、今は私怨《しえん》で話をするべきではありません。

「……はい、バルリーガ嬢。フォルメイト嬢も、申し訳ございません」

素直に引いていただけた事にまずは安堵《あんど》して、目の前の方に微笑みかけます。

「連れが失礼しましたわ。このお二人もここに来たのには、理由がおありよ。貴女は一生気づかれないのでしょうが。ただ一つ。貴女がそんなだから、王族の婚約者候補にすらなれませんの」

「ちょっと！　……っ」

とうとう私の物言いに、腰を浮かせて抗議しかける。けれどたかが養女如《ごと》きが、生粋の公爵令嬢の威圧に耐えるのは、難しかったよう。中腰のまま、固まりました。

「どうぞ、あと少しで終わりますから、そのままお掛けになってらして？　どこまで話したかしら……ああ、そうそう。そして今回の件が明るみに出て、王家が沈静化を図る為《ため》に、在学中の王子ではなく、他の王族を学園に派遣されましたわ」

「それはシュ、ジョシュア殿下が休学なさったからよ」

私の圧が効いたのか、養女は思わず言い直して、そんな自分に苛《いら》ついたように顔を顰《しか》めました。

「本気で仰るの？　これまでも王族が在学していない時はありましたのよ？　他にもやり手と称されるロブール公子もいらっしゃいますわ。第二王子殿下の休学など、王家からすれば些事《さじ》でしてよ」

「でしたら偶然では？」

もう取り繕うのも無駄と思ったのか、むくれてしまいました。幼稚だこと。

「貴女は何でも偶然という言葉で処理されるの？　客観的に捉《とら》えてみても、仮にも四大公爵家の被害者と加害者に公女と元公子が絡み、ここまでの大事になったからこそ、王家が動いたと答えるのが及第点ではなくて？」

「左様ですのね。それで？」

これが貴族より平民に多く見られるという、逆ギレ？　元平民の養女は苛々と先を促します。

「そうして王族がその立場から学生に働きかけた事で、やっと増長していた学生達の危険思考に、歯止めがかかりましたのよ？　そうでなければ今回のように、自業自得で亡くなる加害者が増えるのは勿論、次こそ被害者が亡くなったでしょうね」

「でしたら……」

「けれどあの方と同じ公女だと、そう主張なさる貴女が同じ状況に陥ったとして、王家に異例とも言える対処を取るよう、動かせまして？　私はその理由が如何様《いかよう》なものからであったとしても、ラビアンジェ＝ロブール公女以外には、不可能だったと確信しておりますわ」

この養女が現実を素直に受け入れる事は、難しいようですね。懐の小ささが、全身から滲《にじ》み出《で》ております。

「随分、不服そうなお顔ですこと。けれど第二王子殿下から距離を取られた貴女も、ご自分の立場がどれほど脆《もろ》いか自覚されまして？　最近では第二王子殿下の最側近などと愚かにも殿下共々誤って認識し、本来何の関わりも、その権利も無いのに第一公女を蔑み、貶めていたヘインズ＝アッシェ公子も、やっと本来の立場を自覚されたようですわね」

「酷い……」

「まあ、つい。どうしても貴女方に同情の類が起こらなくて」

とうとう養女の目尻《めじり》に悔し涙らしきものが。けれど嘘泣きと違い、唇を噛《か》んで堪《こら》えるのですね。

「それでも第一公女への無礼な仕打ちに関しては、あの方の配慮もあり、ほぼ全員が不問ですもの。これも風紀を乱した一番の元凶たる、第二王子殿下があの方に個人資産から慰謝料を払い、あの方が受け入れたと、王家より公表した事が大きいからこそ。そのお陰で愚かな学生達に与えられた罰も、軽いもので終わりましたのよ」

罰は被害者との示談が成立した者に限り、一週間の謹慎。それ以外の者は皆等しく、夏休みが終了するまでの停学。軽傷の被害者が多かった事もあり、大多数は示談が成立しております。

これもあの方が神出鬼没に、止めに入っていたからでしょう。

「ただ、第一公女が既に第二王子殿下の婚約者というお役目から外れた以上、私達はこれまでの事も含めた贖罪《しょくざい》として、あの方をお守りするつもりですのよ。第一王子殿下のお言葉が、無かったとしても。勿論あの方もご自身の逃げ癖から、半分は自業自得でしょう。とはいえ、これまで少なからずあった学園の差別問題を、幾らか解決させてしまったのも事実。そして故意に貶めて良い方ではないのに、この学園の悪意の大半を一手に引き受けたばかりか、他の被害者への実害を防いでらっしゃったのも、また事実ですもの」

言外に、貴女の義姉たる公女に手を出せば、自分達高位貴族が黙っていないと告げてから、立ち上がり、その場を後にします。

ダツィア侯爵令嬢だけは、最後までこの方を睨《にら》みつけておりました。

※※舞台裏※※　夏休み前～親友からの贈り物は聖獣の卵～（シエナ）

「全部お義姉様《ねえ》の、稀代の悪女《アイツ》のせいよ‼」

床に投げた陶器のポットが、ガシャンと音をたてて砕け散る。中の紅茶も飛び散ったけど、そんなの関係ないわ！

もちろん部屋にはもう誰もいない。周囲に人がいないのも確認してるから、手加減なんてしない！　格下令嬢達への怒りが収まらない‼

「あぁぁぁぁ‼」

更にテーブルに残ったカップを、床に投げつけていく。はずみで陶器の欠片《かけら》が足首をかすったけど、そんなのどうでもいい！

こんな筈《はず》じゃなかったのに！　全て上手《うま》くいってたはずなのに！　どうして⁉

ギリリと歯を食いしばれば、口の中に血の味が広がる。いつ切ったかなんて、知らないわ！

「格下のくせに……」

あの無礼な三人。無視できるなら、どれだけ良かったか。

けど家格だけならともかく、ここは学園で、相手は全員三年生のA組《クラス》。その上、三人いる王子達の婚約者候補として、全員が名を連ねてる。

私は四大公爵家の娘で、半分はアイツと同じくロブール家の血も引いてるわ！　なのにお父様は取り合ってすらくれず、王族の誰とも婚約を結べなかった。

そもそもあの格下達は、婚約者候補として名が挙《あ》がる前から、【月影《げつえい》ドレス】をオーダーできる、選ばれた令嬢として有名だった。それだけでも許せないのに！

今年の年明けすぐに催された、学園の文化祭。アイツの組はある商品を一部高額で限定販売した。それが後に、末王女の毒殺事件を未然に防いだとして、大々的に有名になったわ。

それが【幸運のシュシュ】。格下達が今日も髪につけてたアレよ！

あの日販売したシュシュの中でも、あのシュシュは月影がデザインした事を売りにしてた。格下達三人は事前予約で購入したって聞いた。色柄の多いパッチワーク生地だったから、それぞれの髪色にも、色味の違う碧眼《へきがん》にも良く映えてた。

私だってこうなるって知ってたら、アイツのいるD組でも、高額でも、買ってやったのに！

月影の手がけるドレスは、そのどれもが斬新で機能的。一度でもそのドレスを着ると、他のドレスは着られなくなるみたい。

何年か前からは、月影が所属する商会が販売してる、庶民服のデザインも担当してるわ。

学園服として愛用する貴族もいるけど、庶民服と銘打ったせいで、貴族は大々的に手は出さない。

庶民服も含めて、月影のデザインを独占しようとした貴族も、過去にいたらしい。けど庶民の反発が規模も大きくて、凄《すご》かったの。その貴族は多額の示談金を支払い、王都から消えた。

それがレジルス様があの日、大ホールで話してた平民の営む商会、リュンヌォンブル商会と貴族との裁判の結果だった。

月影は社交界で品行方正と謳《うた》われる、有名な貴婦人達の伝手《つて》がないとデザインを受けない。もし紹介されて、月影がそれを断る時は、紹介した側ごと断るから、紹介する側も吟味する。

いつしか月影ドレスは着る人も含めて、ある種のハイブランドとなったわ。

私だって伝手を求めて、頑張ったのよ。けどお母様も含めて、私の交友関係で月影と繋《つな》がる人はいなくて……。

そんないけ好かない、生意気な格下令嬢が、私を監視して指導する!?

頼んだのはレジルス様だけど、その場にお兄様もいたなら、それを望まれたという事……。

入学する少し前から、お兄様が私の言葉に疑問を持つようになって、いつも私の味方だったのにアイツの肩を持つ事が増えてったわ。

きっと私の入学前、学園の中庭でシュア様達に交ざって、アイツを流行《はや》りの小説みたく、断罪にかけようとした事がきっかけ。

私のような健気《けなげ》でいたいけなヒロインを王子や側近達が守って、公衆の面前でアイツのような悪役令嬢の悪事を暴く、いわゆる王道の断罪を現実に体験できるって期待した。

ちなみにあの作者の小説が人気を博すようになってからは、ザマアって言葉も流行。私のような選ばれた生徒会役員達の間でも、通用するわ。

最近は悪役令嬢や悪女からの、逆ザマアもあって面白い。あの作家の才能には、脱帽よ。

他にも衆道や百合《ゆり》、人妻の情事なんて類の小説も出してて、愛読してるとは口にできないジャンルもあるから、令嬢達は秘密裏に自分で買いに並ぶ。

少し前に出た、ジャンルの違う小説三冊も、自分で買いに走ったわ。知り合いの令嬢もいたけど、大半はスカーフで顔を隠してるし、黙ってそっと並ぶのが、暗黙のルール。

新刊の発売日は決まって列ができてて、中には男性もちらほら。ファンの幅広さにも、脱帽よ。

なんて考えていたら、不意に中庭で断罪の日に聞いた、アイツのバカ笑いが頭をよぎる。

『くっ……あ、らあら……ふふふ……な、何のイチャモン、断罪系、っははっ……コント、ですの！　証拠もっ、出さっ、ずっ、リアルでやら、かす……も～ダメ！　あっははははは！』

あの日はシュア様、ヘイン、死んだあの三人も含めて、一〇人くらいで囲んで睨んでやったのに、アイツは中庭に響き渡る下品な大爆笑よ！　信じられない！

その後は、放課後なのに残ってた学生達が集まって、大注目。教師達も駆け寄ってきたところで、アイツはいつも通りの微笑《ほほえ》みを浮かべて、誤魔化した。

アイツが泣くところを見たいと、何度も思ってきた。けど目尻に浮かんだその涙は、絶対違う！

でも私は悪くないって確信してる。全てシュア様の誤解が招いたんだもの。

私はただ、アイツが家門の名前を使って、予算の増額に手を回した可能性を告げただけ！　年上の貴族に連れられて、その場にいただけよ！

「どんな理由でも……アンタは認められるべきじゃないのに」

再び怒りがこみ上げて、心の中に憎しみが広がる。

初めて会った時――いいえ、アイツの存在を父さんに聞かされた時から、気に食わなかった。

そういえば初対面のアイツが、私に向けた微笑み。あれは今みたいに感情のこもらない、貴族らしい冷たさは感じなかったかもしれない。

けどこの時は、まだ知らなかった。アイツがその地位も、裕福な暮らしも、全てを私の代わりに手に入れといて、それに相応《ふさわ》しい教養も、学びを得る機会からも、全力で逃げてるって。

引き取られた私は、お兄様の言葉に素直に従って、勉強もマナーも、学ばせてもらえる限りの教養を身につけようと、頑張った。私の地位を奪って、ずっとお嬢様だった気に食わないアイツに、負けたくなかった。

なのに現実のアイツは期待外れ。いつも逃げ回って、遂《つい》には王家からも見放された。綺麗《きれい》な服を着て、ひもじい思いもした事なくて、掃除の行き届いた広くて綺麗なお邸《やしき》に住んできたくせに。

だからアイツから、全て奪い返してやったの。

気が強いけど、私には最初から優しいお母様の愛情も、アイツの為《ため》に学びを与えようと奮闘する、お兄様の関心もね。

父さんの弟だったお父様だけは、そもそも家族に興味が無さすぎたみたい。奪う以前の問題だったのには、降参するしかない。まあ、全て見過ごしてくれてるだけ、良しとしてる。

なのに……それが今、壊れていく！

お兄様はアイツに相応しかったボロ小屋を改修し、私を阻むような魔法をかけて、今後アイツにはもちろん小屋にも近づくなと釘《くぎ》を刺してきた！

それならと、箱庭から戻って数週間もの間、ズル休みしてたアイツが学園に復帰してすぐ、学園で接触を試みた。けどどういう訳か、すぐにお兄様が駆けつけては、お説教。毎回よ⁉　私の行動を誰かがお兄様に報告してるんだわ！　酷《ひど》い！　あんまりよ！

だから学園での接触もこの一週間は控えてたのに、あの格下達！

「エンリケが……あの間抜け男が……」

元公子のエンリケは、私の為に邪魔なアイツを殺そうとしてくれた。そこだけは評価してる。けど結局失敗した、プライドだけは高くていけすかない、間抜け男。しかもニルティ家からは、随分と前に除名されてたらしいじゃない！

間抜け男は死の間際、私をシュア様の妃《きさき》に据えようとしたなんて、余計な事を言ったみたいね！　危うく私にまで責任が飛び火しそうになったわ！

お兄様との関係が壊れそうなのは、あの間抜け男のせいよ！

お兄様が箱庭から戻られてすぐ、当主の娘であるこの私が、お兄様が心配だから会いたいと、お兄様の棟に出向いたのよ⁉　なのにあの棟の専属執事長にあしらわれた！　学園でもなかなか時間が合わなくて、一〇日も経《た》ってから、やっとお兄様が私の部屋まで来てくれた。

かと思ったら、最初から最後までその話！　あれは会話じゃない！　尋問よ！　こと細かく尋問を受けたわ！

もちろん事件前日に泣きついた事だけは、親友の言う通り、包み隠さず話した。

「レジルス様も余計な事を……」

レジルス様は合同討伐訓練中に起きた事故の、原因究明と学園内の風紀を正す為の赴任だと周知した。

けど実際に取りかかったのは、主に全学年のA・B組の生徒が犯した落ちこぼれ達への、事故を装った危害に関する調査だったわ！　どうやらアイツの組には加害者リストが存在したらしい。それがあの蠱毒《こどく》の箱庭に転移した事をきっかけに、レジルス様の手に渡った。

お陰で大規模な聞きこみで、泣き寝入りしてた被害者が多くいた事が判明。王家の秘宝の一つである、嘘《うそ》を見破る魔法具。それが使用された。

それからは我が身可愛《かわい》さから正直に話して、情状酌量を求める根性無しが湧いてきたの。

でも何より私にとって最悪だったのは、その件に関わる調査を生徒会役員として手伝わされた事。

そのせいで元凶扱いされ、私達生徒会役員への風当たりは言うまでもなく強まった。

『あなた達を真似《まね》しただけなのに！』

『どうして第二王子の取り巻き生徒会役員は、沙汰《さた》がないんだよ！』

『婚約者がいたのに浮気相手にのめりこんで、私達を煽《あお》ったのは、そっちじゃない！』

連中が吐いた戯言《たわごと》よ！　公女の私によくもそんな事を！　組でも、生徒会でもとうとう孤立したわ！　生徒会長のシュア様に従ってただけ！　真実の愛で結ばれてただけなのに！

『暫《しばら》く私達の距離を適切なものに戻そう。もちろん悪いのはシエナの言葉を早合点して調べもせず、自分に都合良くラビアンジェ＝ロブールという人間を解釈してきた私なのだ』

そう、真実の愛だったはず、なのに……あの合同討伐訓練の前日、私を呼び出したシュア様は、そう告げた。

だからその後シュア様の側近だと豪語してたエンリケを呼び出して、泣きついた。

なのにあの役立たず‼ 親友にも転移陣を書き換えてもらったのに！

「どうして無才無能で、生活魔法くらいしか使えないアイツが無傷で……。せめてマイティ先輩のように治癒魔法でも癒せないくらいの、致命的な傷を残して帰ってたら……」

結局マイティカーナ＝トワイラは亡くなったけど、私を可愛がってくれてたのも確かよ。

アイツのグループのむさ苦しい顔のリーダーが、正しくクジを引いたから、ペチュリム＝ルーニャックも決めた役割は果たしてくれた。

だからあの金髪碧眼の腰巾着《こしぎんちゃく》二人にまでは、怒りも湧かない。

「シュア様も……どうして……」

シュア様が休学した詳しい経緯までは公表されてない。会えないならと、手紙を何度も送ったのに、反応もない。業を煮やして、ヘインに詰め寄って聞き出した。

まさか心底嫌っていた婚約者《アイツ》を助ける為に、ヘインと二人して蠱毒の箱庭に入って、失敗して怪《け》我《が》をしただなんて！ そんな理由、誰が想像できる⁉ 愚かよ！

ヘインは王家から口止めされてたみたいね。誓約魔法あたりで、縛られてるのかしら？ 時々、痛みに耐えるような素振りをして、右肩を押さえてた。

結局、箱庭から連れ出せたのは、エンリケの取り巻き二人だったけど、私への裏切りよ！

「これは随分荒れたわね」

不意に親友の声が背後に聞こえて、振り向く。私より少し低い背丈に、ローブを目深に被《かぶ》って相変わらず、形の良い唇だけしか見えない。

私の願いをいつも叶《かな》えてくれる親友。平民から本来の立場に戻してくれたのも、彼女。私の唯一の理解者。

「久しぶりね！　ねえ、いっそジャビがアイツを殺してよ」

「無理よ。私は直接的には手を出せないわ。そういう決まりなの。それより物に当たるのはいいけど、怪我をするのは駄目」

予想通りの返答に憮然《ぶぜん》としたけど、ジャビはそれを気にするでもなく、私の足首にできた傷に、細くて形の良い指で触れる。すると、すぐに癒えて消えた。

「あら、口も？」

そう言うと、冷たい手の平が私の頬を包んで、口の中に感じてた血の味も消えた。

「よくわかったわね。ありがとう」

私がこうして素直にお礼を言えるのは、名前と優秀な魔法師である事しか知らない、親友《ジャビ》にだけ。

「だって君は、私の大事な子。それより、良い道具になりそうな物を見つけたの。手を出して」

頷《うなず》いて、両手の平を上にして差し出すと、ポン、と白くて丸い卵が現れる。

「随分大きな卵ね。私の顔くらいある」

「聖獣になれるかもしれない卵よ。もし上手く孵化《ふか》させたら、王家も君を見直して、皆が今の君の地位を正しいと再認識するわ」

「そうなのね！　嬉《うれ》しい！　何の卵なの？　温めれば良い？」

ほら、やっぱり！　ジャビはいつでも私に最善の方法を与えてくれる！

「生まれてからのお楽しみよ。温める必要はないの。毎日時間が許す限り、君の魔力を全力で注ぎ続けて。孵化するかどうかは君次第だけど、これから夏休み。卵との時間も多く取れるわ。でももし足りないようなら、この花を持って君を馬鹿にした人達に触れて。そして魔力の多い誰か一人を選んで、この花を胸に押し当てるの。周りに人がいない時にやるのよ」

渡されたのは、茎の無い赤い仇花《リコリス》。魅入られるように凝視して、顔を上げると……誰もいない。

「いつも突然現れて、突然いなくなる。たまにはお喋《しゃべ》りもしたいのに」

気づけば部屋が、ここに来た直後の状態に戻ってる。ジャビがやったのね。

お陰で気分も良くなったし、早く帰って卵に魔力を注がなくちゃ。

念の為、誰もいないのを確かめてから、足取りも軽く部屋を後にした。

1 【事件勃発《ぼっぱつ》数日前】始まりは、ラビの夢から

『ベル……ううん、まだ名も無き僕の愛《いと》し子……早く逢《あ》いたい。ずっと待ってたんだ。あ、でも慌てないで。体が熟してから……どうか無事に生まれてきて』

真っ暗な中で、聞こえた声。これは在りし日の白いお狐《きつね》様、キャスちゃん。

この時は親指サイズの胎児だった私が、母の胎内をぷかぷか漂っていた頃。私の誕生を心待ちにしてくれていた。

『ベル……やっと……。それにしてもあの性悪狐め。俺達に黙って仮契約とは、必死だな。ふん、まあいい。俺も他の奴《やつ》らが気づくまで、黙っているか。二番目に契約するのは、このラグォンドルとだ。今は仮契約だが、生まれたあかつきには、再び……』

そろそろお腹《なか》の中が窮屈になってきた頃。竜であるラグちゃんもそう言って、私がこの世界に戻って来たのを、他の聖獣ちゃん達に黙っていたんだもの。キャスちゃんと、おあいこよ。

『おにいさまは、おとうとでもいもうとでも、うまれてくれたらうれしいよ。はやくあいたいな』

母体が眠っている時を見計らって、純粋無垢《むく》な言葉をかけてくれていたのは、在りし日の兄。

この頃は少したどたどしい幼い声が、可愛《かわい》らしくて。私も早く会いたかった。

そう……これは在りし日を夢に見ているのね。

『いいこと。今度こそ当主の、ソビエッシュ様の色を全て持った男児を生むのよ、ルシアナ。それこそがお前の役目』

あらあら、これまでの誰とも様子が違うこの声。これは在りし日の、真っ暗な中で聞いた今世の母方の祖母ね。この時はまだ前々世《ベルジャンヌ》の私の元婚約者だった今世《ソビエッシュ》の父方の祖父が、ロブール公爵家当主だった。

母方の祖母は、私が誕生した翌日から夫である侯爵によって、遠く離れたどこかで静養させられ、その数年後に亡くなった。今世の私とは縁が無かった人よ。

支配的なこの声の主が邸《やしき》を訪れて帰った後は、母は決まって自室に引きこもった。

そして、私が生まれたあの日。私を取り上げた産婆さんが、性別を宣言した直後、母方の祖母はその場で娘である母に詰め寄り、父方の祖母《シャローナ》の制止も聞かず、激しく罵倒《ばとう》。挙げ句、勝手にショックを受けて、倒れちゃった。

初めての肺呼吸に必死だった私も、気配で察して、ちょっとびっくり。

頭がひしゃげる思いをして、というかひしゃげさせて、母体から出るのに必死だったから、母方の祖母に、その時まで気づかなかった。

でもそれくらい彼女は静かに部屋の中で待機していて、母を必死に励ましていたのは、母の叔母で義母にあたる、シャローナだったという事なの。

産湯《うぶゆ》で小綺麗《こぎれい》にされた私を一番最初に抱いたのは、あのシャローナだと、彼女の懐かしい魔力で察した時は、感動したものよ。

『……申し訳、ござい……ああ……どうして……』

そんな私に関心を示さず、ベッドで産後の処置をされながら嘆く、母親らしき声。

この時はまだ顔も皺《しわ》くちゃで、瞼《まぶた》がふやけて重かったから、目を開けていられなかった。全て声や気配、魔力だけで察していた。

でも修羅場の世界に気を取られて、おざなりな産声しかあげなかったからね。それを心配した産婆さんに気づいて、こんな状況なのに本格的に泣いてみた私は、偉いと思う。

だって修羅場は、邸だけじゃなかったもの。

『『僕の（俺の）愛し子の誕生に、ケチつけるなんて、何事だあああー‼』』

――ガラガラドォーン‼

まさか遠くから様子を視ていた、キャスちゃんとラグちゃんが、彼女達のやり取りに怒って、天気を急変させていただなんて。

何事なのかは、こっちの台詞《せりふ》。特に王都は、前世で言えば、大雨特別警報&避難指示が発令しそうな空模様に。確か邸内の木にも、落雷したんじゃなかった？

邸内外が物理的にも修羅場って、なんて大迷惑。死者が出なかったのは、何よりね。

ちなみに私の存在を秘密にしていた、この聖獣ちゃん達。この事が原因で、他の聖獣ちゃん達にド派手にバレた。この後、こっぴどく叱られたんですって。

っていうところまでがセットで、ラビアンジェ今世誕生秘話として、聖獣界で今も語られている。

『大奥様、いかがなさいますか』

『ああ、そうね。ルシアナがどうしてもと言うから、付き添いを許したのに。けれどここは、四公ロブール家よ。公女の誕生に水を差した不届き者は、追い出して。今後、その者の出入りはもちろん、我が家門との個人的な交流は、固く禁じます。夫である侯爵にも、そう伝えなさい』

今は父方の祖母と領地の邸にいる、当時の侍女長の言葉を受け、四公の夫人らしく命令した。

『まずはこの子の誕生を、私達だけでも喜びましょう。準備して』

『『畏《かしこ》まりました』』

テキパキと指示を飛ばしていく彼女を、頼もしくも嬉しくも感じながら、いつしか眠りについた。

※※※※

何かしら。体の上で、何かが跳び跳ねている。きっと素敵な羽の聖獣ちゃんとの朝チュン……。

「……ビ、ラビ……」

待って……まさか起こそうとしているの？　ああ……そんな……まだまだ遅寝遅起き強化月間は続く……。

「ったくしょうがない子だね。ラビ、起きな！」

――グサッ。

「んぅいたぁー！」

突如おでこに突き刺さる痛みに急襲されて、強化月間もどこへやら。絶叫して飛び起きる。

バサバサと羽音がしたけれど、今はそれどころではないの！　やだ、何事⁉

思わず両手でおでこを高速で擦《さす》って、痛みを緩和する。

「おはよう、ラビ。私も行っていいかい？」

「……ふ、ふふふ、おはよう、リアちゃん？　まどろんだ朝チュンがスパークする、素敵な朝ね。どこにか今はピンとこないけれど、もちろん一緒に行きましょう？　それよりもおでこの真ん中あたりが、とってもジンジンするの。何の奇襲作戦を決行されてしまったのかしら……」

何か夢を見ていた気がする。けれどあまりのビックリに、記憶の彼方《かなた》へ飛んで行ったわ。

「夏休みだからってだらけすぎだ、可愛い私の愛し子。軽くクチバシでつついただけだよ」

「そ、そうね？　可愛い愛し子なのに、起こし方がスパルタで雑……」

血は出ていないから、手加減はしてくれたはず？　でもまだヒリヒリする。

確かに夏休みに入ってから夜更かし、お昼前起きしていたわ。反論はしないけれど、まだ始まったばかり。もう暫《しばら》くオカン鳥のお節介をかい潜《くぐ》って、ダラダラ生活をエンジョイしたいものね。

それより今日は、何をする予定だったかと、寝ぼけた頭をフル回転。

「ああ、そうそう。商会に寄ってからの、SSS《トリプルS》定食の日ね」

思い出せて良かっ……ハッ、もしかしてあの奇襲は、新手の忘却魔法⁉　この私が以前から楽しみにしていたSSS定食を忘れるなんて、ありえない！

思わずジトリと見つめれば、私の考えなんて簡単に見抜いたのね。

「私のせいにしないでちょうだい」

「あらあら、冗談よ」

呆《あき》れたお顔に呆れた口調。そうね、開口一番に行っていいか聞いた聖獣ちゃんが、そんなチンケな魔法を使うはずがない。

彼女の名前は、聖獣ヴァミリア。愛称はリアちゃん。とっても長生きしていて、建国当初から生きている最古の聖獣ちゃんの一体。

薄手の掛布越しに私のお膝《ひざ》の上にいるのは、朱色をベースに光の加減で五色に見える羽を纏《まと》う、とっても美しい鳥型の聖獣ちゃん。飛翔《ひしょう》すると両翼の他に長い尾羽がふわりと優雅に舞う。地上で長い尾羽をずるずる引きずって、ぴょんぴょん跳ねる姿もキュートよ。

オカン属性な聖獣ちゃんは、大きさが変幻自在。鳩サイズで頭に乗ってると、派手な鬘《かつら》に見えちゃうの。

「それより例の子は見つかったの？」

「例の子？」

いやん、お膝の上にちょこんと乗って首を傾《かし》げてる！　可愛い！　長い尾っぽも素敵！　抜けたらまた貰《もら》いましょう。前々世の頃から、コレクションしているの。

「まあまあ？　確かリアちゃんの眷族《けんぞく》の子達が、騒いでいたと思うのだけれど？」

「ああ、あの話か。さあ、どうだろうね？　私の眷族が見かけたのも、たまたまだったから。中に入ってたのが何かまでは、中の魔力が濃すぎてわからなかったらしいし」

「あらあら、そうだったのね」

夏前、リアちゃんの眷族が、川にぷかぷか浮いている卵っぽい何かを見たって、騒いでいた。どんぶらこっこと流れて、最後は滝壺《つぼ》に落ちていったんですって。

リアちゃんの眷族が騒いでいたから、鳥類系統の卵だと思っていたのだけれど、違ったのかしら？

「まあ中は何であれ、親のいない子だ。自然淘汰《しぜんとうた》されてしまっても、私達は手を貸さないからね。聖獣の素養はありそうだと騒いでたから、少しばかり惜しい気はするよ」

「そうね。それが自然の摂理ですもの。けれど無理にリアちゃんが、聖獣の引き継ぎなんてする必要もないし、一緒に楽しく余生を送ってくれると嬉《うれ》しいわ」

可哀想《かわいそう》だけれど、こちらの世界も自然界への干渉ルールは、あちらの世界とほぼ同じ。下手に保護すると、生態系が変わる事もあるから、積極的にはしないの。

ただこちらの世界の弱肉強食ルールの方が、あちらの世界よりも厳格。

例えば巣から落ちた卵や雛《ひな》を元の巣に戻しても、結局親鳥が育児放棄してしまう事は、あちらでも多い。けれどこちらでは、絶対に育てなくなっちゃう。

「そうだね！　それが卵だったとしても、私の管轄じゃない類の子の可能性もあるんだ。孵化《ふか》しないとわかんないもんだし、孵化してもまともに育つかなんて、未来《さき》の事はわからないさ。次代として聖獣になれるかは更に怪しいね。昇華するには手を貸す方にも、膨大な魔力が必要だろう」

「そうね。ラグちゃんの時のように、上手《うま》く事が運ぶかはわからないわね」

「ふん。あれはあの時の聖獣が夫婦で、子供作ってたくらいには、互いの魔力が体の隅々まで馴染《なじ》んでたからだ」

「あら、リアちゃんが言うと、ちょっぴりエロス」

リアちゃんは多くの卵を生みまくっている上に、お相手だって両手両足では足りない。元は鳥型の魔獣だし、お相手を固定する事のない種よ。

つまりは、恋多き女！　それが聖獣ヴァミリア！

「やれやれ、何か失礼な事、考えていないかい？」

「まあまあ、私はいつでもリアちゃんを称賛しているわ」

真顔で力説したけれど、どうしてかしら？　リアちゃんは腑《ふ》に落《お》ちないみたい。

「素直に受け取れないのは、どうしてだろうね。大体、そこでそんな連想したなんて、あの狐と竜が知ったら大騒ぎものだよ。可愛らしい愛し子への幻想が酷《ひど》いからね。ラビが連中に見せてる方の小説も、濡《ぬ》れ場《ば》は控え目だ。けどかなり具体的な描写のただれた小説だって、最初は堂々と書いてただろう。まだ五歳になったばかりの人間の子供が真顔で書いてた時は、さすがの私もどうかと思ったよ。前世のラビが旦那《だんな》と仲良くやってたのは、良い事だけどね」

そう、今世の私の物書き人生は、かなり早くから始まっている。

でも情報源は必ずしも、前世の実体験からではないし、ただれた小説まではいっていない。せいぜい、要R指定くらいよ？

「連中がただれにやられて、王都中を長雨でビショビショにした時は、キノコの群生地帯にでもなるかと思ったよ」

あらあら、当時を思い出したのか、リアちゃんてば渋いお顔。

でも私だってあの二体が、あんなに激しく照れるとは思わなかったの。百年単位で生きている聖獣ちゃん達なのに、とっても初心《うぶ》。可愛らしいチャームポイントね。

「眷族をざわつかせて、天候に影響与えるなんて。まだまだ修行がたりないよ、まったく。それにラビもラビだ。あの時の小説は燃やしたように見せかけて、今でも亜空間収納しているんだからね」

渋かったリアちゃんのお顔が、ニヤリと歪《ゆが》む。鳥ちゃんなのに表情豊かなのは、聖獣効果？

「だってせっかく書いたんだもの。キャスちゃん達の目を盗んで、こっそり書いているから、スローペースだけれど。新作もそろそろ書き終わるのよ？」

「ふっふっふ、お主もワルよのう」

「ほっほっほっ、時々しれっと用事を言いつけてここから遠ざける、御代官様《おだいかん》には負けますなあ」

「「んっふぉっふぉっふぉっふぉっ」」

お互い悪い顔を突き合わせ、重なった悪い声が部屋に響くけれど、もちろん今は防音対策もばっちり。あの二体の気配はないから、きっとリアちゃんが何かしら用事を言いつけている。

「秘密厳守よ。でないと次はどちらかが、責任をもってこの世界から消去してしまうわ」

リアちゃんはそういう話が大好き。今世の私が生まれてからは、落ち着いたと自己申告しているけれど、真偽のほどは、推して知るべし。

「もちろんさ」

「新作はリアちゃんオーダー、あちらの世界の大奥が舞台よ」

「うちの愛し子の才能は、称賛に値するね！　最初に読むのは私だよ！」

「ええ、そのつもりよ」

興奮して翼がパタパタ、尾っぽがふりふりして、まるで求愛ダンス！　ああ、そのふわふわと柔らかいお腹の羽毛にもふっと……。

「ちょっとラビ、鼻の下伸びてるよ！　いくらラビでも羽毛の堪能は遠慮しておくれ！」

「な、なんと⁉」

くっ、以前に一度許可をもらって以来、断固拒否を貫かれているの。

でもいつかまた、もふっとしてみせる！

「それじゃあ、さっさと用意して出かけるよ！」

「すぐに準備するから少し待っててちょうだいな」

「もう！　仕方ない子だね！　寝起きだから茶でも淹《い》れとくよ！　まずは顔を洗ってきな！」

「わかったわ」

何だかんだとオカン鳥は体も気遣ってくれる、できる女。

ふわり、ふわりと赤い羽が舞いながら淹れる、美味《おい》しいお茶を飲んで、さあ出発！

※※※

「これが今回の試作品ね……」

そう言いながら、背の高いスラリとした美人さんがクルリと回れば、動きに合わせてスカートの裾《すそ》がふわりと動く。

ゆるい癖と、艶《つや》のあるアッシュブラウンの長髪が揺れる。前髪が軽くダークグレーの瞳《ひとみ》にかかっているからか、表情が色っぽい。ああ、眼福。

出されたお茶を堪能しつつ、静かに様子を窺《うかが》う。美人さんの反応は、悪く無さそう。

「見た目は良いんじゃねえ？　いつもより足は長く、腰回りは細く見える」

本人いわく、まだまだ男盛りらしい、ガタイの良い赤茶短髪のオジサンが、ニヤリと笑う。

前世の日本人を彷彿《ほうふつ》とさせる、黒茶色の左眼《め》には、鋭い四本爪で引《ひ》っ掻《か》かれた傷痕《きずあと》。額の方から斜めに入ったそれが、厳《いか》つい顔を更に厳つく演出していて、初対面の人からは大抵、警戒される。

実は面倒見が良くて、優しい人なのに、特に小さなお子ちゃまと道端で出くわせば、大抵泣かれてしまう。子供好きだからか、幼少期の私と出会った頃からのお悩みみたい。

「すらっとしたシルエットだが、歩きやすさはどうだ？」

オジサンがそう言うと、美人さんが部屋の中をスタスタ歩く。

「裾が広がってるから歩幅も取れて、タイトスカートよりも、歩きやすい。それにお腹回りに新素材のゴムを使っているから、スカートの腰の位置が高いのに、締まり具合が気にならないわ」

そう、実は昨年、この世界初のゴムを発明した私は、シュシュだけでなく服にも活用してみたの。

いつも通り私は、ほぼ同じデザインでサイズ違いの、ハイウエストなマーメイドスカートを穿《は》いている。違いはウエスト部分。あちらは腰の部分が幅のある折返しで、中にゴムを入れたシンプルタイプ。私の方はもう少し幅をもたせてあって、ゴムではなく、バックでリボン結び。

「なるほどな。だったら月影《げつえい》、合格だ。いつも通りこっちで型紙に起こして、生産に回す」

「よろしくお願いするわ、商会長さん」

ここでの仕事中の私の呼び名は、月影。厳ついオジサンは、リュンヌォンブル商会の商会長、ユストさん。私の上司で雇用主。

「ああ。ガルフィ、月影の方のスカートをスケッチしたら、そのスカートと一緒に、いつもの担当に回しといてくれ」

「わかったわ、ユスト。月影ったらセンスは良いのに、絵が壊滅的に下手くそだものね」

あらあら、少し前に、お城へのお誘いをお断りしたからかしら？　なんだか辛口。

彼があの、王家の影。家名は秘密の三十一歳、ガルフィさん。見た目も美人だし、物腰も柔らかいから、こういう服装だと女性にしか見えない。ちなみに上の服は簡素なシャツ姿。できる女風。

時々こうやって、商会の事務所にお邪魔しては、三人でお仕事をしているの。

「まあまあ、酷いわ。ガルフィさんの絵が、上手《うま》すぎるだけなのよ」

「ふふん、それはそうよ」

文句を言ったのに、得意気に胸を張られてしまったわ。

「それじゃ、型紙に起こし終わったら、いつも通りこのスカートは私の物ね」

「ったく、ぬかりねえな。ああ、いつも通りに言っとく。つうか女が穿くにゃ、デカすぎだろう」

「お陰で今や、流行の先駆者よ」

そうなの。私が作る服は、モデルのガルフィさん基準。だから型紙に起こす時は、女性用サイズ

に修正が必要。

　でもパタンナーさんとは、長らくのお付き合い。腰骨の性差も含めて、修正はお手のもの。

『あの影は、相変わらずのオネエっぷりだね』

　不意に私の頭でくつろぐリアちゃんが、念話で喋《しゃべ》る。

　ずっと頭《ここ》にいたリアちゃんは、魔法を使って現在進行形でシースルー。

　けれどもし見えたら、私の後ろ姿はド派手色の長い髪に見えて、目立つ事間違いなし。ある意味、カリスマデザイナーな頭かもしれない。

『素敵なオネエ様でしょう』

『小さかったラビに買収されまくった、拝金オネエ様だけどね』

　私の頭にド派手に鎮座するリアちゃんの言う通り、オネエなガルフィさんは、王家の影なのに何かと私に買収されている。お金じゃなくて、オネエ様的価値のある物で。

「それにしても珍しいな。お前達が昼間っから、二人で来るの」

「だってこの子、王子の婚約者を降りたじゃない。もう人目をはばかる必要はないでしょう？　まあ相変わらず色々と、狙いは定められているみたいだけど」

「それならお前が女装して来る必要だって、ねえんじゃ……」

　テーブルを挟んで、並んで一服し始めた二人の会話は、ユストさんの言葉で、はたと途切れる。

　美味しい紅茶を堪能しながら念話中の私も、思わず顔を上げて、二人を交互に見つめてしまう。

「今さら何言ってるの？　自分に一番似合う服装を選んでいるだけよ？」

ややあって、怪訝《けげん》なお顔になったガルフィさんが、口を開く。

「あの話、本気だったのか⁉　てっきり婚約者のいる月影の為《ため》かと思ってたぞ⁉」

「まあ、失礼ね。そもそもこの子、王子には全く好かれようとしてなかったのよ。何なら男と歩いて有責を問われても、それはそれで婚約解消なり、破棄なりされる名目になって、ラッキーくらいにしか思ってなかったわ」

「いや、一応婚約者が王子なんだから、好かれようとくらい……まあ……小っちゃい頃から知ってる俺の記憶でも、婚約者なんかガン無視。つうか、基本的に存在忘れてたな」

「あらあら、あの方とは初対面から、ちゃんと意気投合したわ。主に二度と登城しない方向で」

「そうね。初対面で生意気盛りの王子の俺様呼びがツボにはまって、爆笑したのよね。その後の城に来るな宣言を、婚約が解消されるまで嬉々《きき》として、全力で乗っかり続けるなんて」

「ああ、普通の貴族令嬢なら心折れてんのに、心躍らせてたもんな」

まあまあ、どうして二人して、呆《あき》れた目を？

「去年、月影に頼まれて商会長として卒業研究を手伝うのに、学園へ頻繁に出入りしてたから、あの王子の言動がぶん殴りたくなるくらい酷かったのは、直接見た。この結末にゃ同情の余地もねえんだが……同じ男としちゃ、ある種の不憫《ふびん》さを感じる俺は、おかしいんだろうか……」

「まあ母親に言われて仕方なくとはいえ、小さな歩み寄りを手紙にしたためたのに、一刀両断、初志貫徹とばかりに、寄りつく隙を一切見せず、多感な時期の少年らしい青臭いプライドを、木っ端微塵《みじん》に打ち砕いたものね」

歩み寄りなんてあったのかしら？　それよりも一応仕えている人の息子なのに、言葉の端々に悪意を潜ませてない？

思わず首を傾《かし》げてしまえば、あらあら、今度は二人してため息。

「でも、まあ何だ。婚約解消で晴れて自由の身になったんだ。一応めでてえ、のか？　普通の令嬢なら、お先真っ暗だろうが……」

「この子は貴族令嬢でなくても、やっていける生活力を持っているもの。むしろ最悪な評判ばかりの貴族令嬢なんて、足枷《あしかせ》でしかないじゃない。おめでとうでいいんでしょう、月影」

「ふふふ、もちろんよ」

随分な物言いのガルフィさんは、幼かった私に色々な意味で生活力を与え続けてくれた、大人の一人。だからこその言葉ね。

王家の影なのに、食用茸《きのこ》の見分け方等々の伝授、ログハウスの修繕、それだけじゃないわ。執筆活動も含めて、外での仕事を見逃してくれたし、デザイナー活動のお手伝いまでしてくれた。

公女の身分がありながら、別人の月影として活動できたのは、そんな大人達のお陰。

中でもユストさんは一番付き合いの長い大人の一人なの。

『おう、嬢ちゃん、一人か？　こんなとこいたら人攫《さら》いに遭っちまうぞ。お兄さんとちょっと向こうで菓子食いながら……んがぁ!?』

そうナンパしてきたのが、ユストさん。もちろんナンパされたのは、五歳の私。

『ちょっとあんた！　可愛らしいお嬢ちゃんだからって、悪さしようとしてんじゃないよ！　大体お兄さんて年じゃないだろう！』

『はぁ⁉　いきなり近所のオバチャンが良い感じのボディブロー食らわしてんじゃねえぞ！　悪さって、俺がかよ⁉』

『それっぽい物言いに、顔に、雰囲気じゃないか！　また子供泣かす気かい！　元Ｄ級冒険者のパンチ、舐《な》めんじゃないよ！』

『物言いに顔はともかく、雰囲気はやめろ！　傷つくだろうが！　つうかＤでこのパンチかよ！　痛《いて》えぞ！　どう見たって、保護しようとしてただろうが！』

『子育て終盤までやってたら、腕力上がんだよ！　どう見たって、悪さする気満々にしか見えないよ！　いい加減、自覚しな！』

前世の昭和レトロな賑《にぎ》やか下町ムードだった。

結局この後、はぐれていた邸の使用人が駆けつけ、夫婦《めおと》漫才は、終了。

当時のユストさんは、古着関連の商売を始めたものの、顔の怖さでお客さんから遠巻きにされていたわ。で、子供から懐柔しよう作戦をしては、連日連敗中。

おばさんは逆に、子供が怖がって寄りつかなくなるから、やめて欲しかったんですって。

ちなみに私が外に出たのは、バイト探し。私を気にかけてくれる使用人が、少しずつ減っていくから、伝手《つて》を頼ってお小遣い稼ぎをしようと思ったの。持つべきものは、生活費！

そして実はこの時のおばさんが、この辺りでは顔の広い人だったお陰で、店番や小料理屋さんでのバイトを斡旋《あっせん》してくれた。もちろん身分は平民で、年齢も詐称。

それからちょくちょく、お菓子をくれるユストさんとも話すようになって、実は実家が小さな商会を営んでいるけれど、ドレスの発注が減ったって言うじゃない。

前世で見たドレスのデザイン画を描いて、渡した。それがデザイナー月影の、始まり。

それを初めて見た時のユストさん。理解のある大人な顔で、言うのはお礼だけ。良い意味での驚いた顔を期待した私としては、手応えがないのが、気に入らない。

売れ残っていた古着の布を使って、小さな人形サイズで、ドレスを作って見せた。

前世では孫にせがまれて、某百円均一店や、フリーマーケットで仕入れた、ハギレ布を組み合わせて、お人形用の服に小物にと、色々作ってあげていたもの。

前世のお婆《ばあ》ちゃん時代の腕が鳴って、他にもコサージュやつまみ細工を、得意気に披露。

この世界にマネキンを導入したのも、実は私。古着屋さんの店先で、着飾ったマネキンを置けば、ユストさんの厳ついお顔でも、売上は伸びた。

それからね。気づいたらデザイナーをしていて、前世で経験した経営コンサルタントの知識を伝授していたら、いつの間にかユストさんが実家の商会を継いで、今では大商会で、大出世。

その頃ね。王家の影をしている、美人オネエ様と知り合ったのは。徐々に買収させてくれるようになって、月影としての活動がしやすくなっていった。

「しっかし、これからどうすんだ?」

「どう?」

ユストさんの言葉に、意味がわからず首を傾げる。

「兄貴との関係も改善、婚約は破棄じゃなく解消。それも王子側の問題だって、周知された。腐っても四公の公女だろう。次の婚約者なんか、わらわらいんじゃねえの？」

「いないわよ？　それに無才無能で必ず頭に、一応、がつくような公女だもの。仮に候補がいても、お父様は今のところ私の意志を尊重して、というよりも興味がないし、むしろまた婚約させるのが、面倒なだけではないかしら」

「そうねえ、ご当主はずっと放置し続けていたものね。王族との婚約なら、喜んで淑女教育も王妃教育も強制しそうなのに」

「ええ。お父様は私が逃げても、放置プレイよ。いっそガルフィさんのように、独身を貫き続ければ、そのうち縁談の噂《うわさ》すらも、なくなるんじゃないかしら」

「ちょっと、人をいき遅れみたいに言わないでちょうだい？」

あらあら、怒られてしまったわ。

「じゃあ当面は、月影としてやってけそうって事か。こっちとしちゃ嬉《うれ》しいが、いき遅れた先が、どこぞの変態爺《じじい》の後妻なんてのは、寝覚めが悪いからやめてくれよ。そうなったら、俺かガルフィのどっちかの嫁に、避難してこい」

「そうね、万が一にでもそんな事になったら、年の差婚でもしましょうか。白い結婚も、自由恋愛も認めてあげるわ」

「ふふふ、嫁ぎ先を二つゲットね」

二人共話がだいぶ飛躍しているけれど、私を色々な方面で心配してくれている。

でもそんな心配性な二人のうちのユストさんは、ガルフィさんが王家の影だなんて知らない。

もちろん仮に知っていても、これから知っても、知らないを通し続けるでしょうけれど。

ちなみに表向きのガルフィさんは、どこぞの貴族のご落胤《らくいん》。お小遣いを貰《もら》いながら平民に交じって生活している、放蕩《ほうとう》オネエ様。

この二人の出会いは私繋《つな》がりではなく、どこぞの飲み屋さんでオネエ様がナンパしたの。

彼が王家の影だって事は念頭にある。けれどどこまで報告して、本当にもう私は監視対象から外れているかは、これからも探らない。お互いの為に。

私を良心から、長年気にかけてくれたオネエ様。どういう形でも、失いたくないわ。

※※※※

「お待ちどおさま！」

「『これが……SSS《トリプルS》定食……』」

テーブルを挟んで私の向かいに座るオネエ様と、リアちゃんの念話が重なる。

ふふふ、ドンと置かれた大皿を前に、どちらも驚いて、それとなく仰《の》け反《ぞ》っている。

貴重な皆勤賞の賞品を、他の人に使って良かったと思う瞬間ね！　皆勤賞を取った学生と同伴する場合に限り、賞品を外部の人とも一緒に食べられるシステム！　最高か！

『これ、美味しいのは間違いないだろうけど、食べ切れるのかい？』

「バラエティ感は素晴らしいけど……量が……」

ああ、このちょっぴり引き気味な二人の反応ったら……いたずらが成功したような高揚感！

驚くのも無理はない。目の前には、あちらの世界の、大食い選手権に出てくるサイズ感の、プレート料理。前世でお馴染《なじ》み、大人の為のお子様ランチ！　ワンプレートで量も種類も、大満足！

「どうかしら、ガルフィさん。婚約解消&監視任務完了記念という名の、ラビアンジェの私生活を丸裸！　長年ご観覧いただき、誠にありがとうございます！　的な意味をこめた、皆勤賞を取った者だけが掴《つか》み取る栄誉！　マリーちゃん特製SSS定食は！」

「きゃー、やめて！　暗に女子児童の私生活を覗《のぞ》き見《み》してた、痴漢野郎って言ってるから！」

首に入園許可証をぶら下げて、焦るオネエ様。しーっ、と人差し指を口元に持っていきつつ、キョロキョロと周囲を見回す。スカートはタイトスカートになっていて、慌てていても色気のある、できる女風。いつでも、どんな時も、素敵なオネエ様ね。

心配しなくても、長期休みで時刻はお昼過ぎ。広い食堂で利用者は、見える範囲で私達だけ。

ユストさんとお別れした後は、今日という日のハイライト。SSS定食を食べる為に、二人で仲良く学園の食堂に直行した。

もちろん見えないけれど、リアちゃんは、私の頭に鎮座中。暑い外気に曝《さら》されて、私の頭は絶賛蒸れ蒸れ中。

「ラビちゃんもお待ちどおさま！」

「ありがとう、マリーちゃん」

「あいよ！　お残しは許さないよ！」

「ふふふ、望むところよ」

御年四十六歳のマリーちゃんは、今日も元気。

「あっはっは！　あの時の芋剥《む》きと皿洗いの小っちゃいお嬢ちゃんが、言うようになったね！　ラビちゃん考案の賄《まかな》い料理が有名になったから、こうして定期的に、城下の元食堂のオバチャンが王立学園の食堂に派遣されるようになったんだ！　プリンもオマケさ！」

「やっだぁ！　バケツプリン！　懐かしい～！」

ついうっかり前世のおばちゃん時代の私が、お顔を出して叫んでしまう。

「食べ切れなきゃ、持って帰りな！　じゃあ、ごゆっくり～」

気が利くマリーちゃんは、小分け用のお皿も忘れない。

奥の調理場に戻って行く凛々《りり》しい後ろ姿に、何か気づいたのか、ハッとするオネエ様。

「ねえ、もしかしてS級《クラス》給仕オバサンて……」

「ええ。ガルフィさんがユストさんをナンパした飲み屋さんは、お昼に娘さん夫婦で食堂を営んでいたでしょう？　入り婿の旦那《だんな》さんの浮気がマリーちゃんにバレて追い出されてから、お昼の営業はしていないのだけれど」

「え、急にお昼の営業を止《や》めた理由って、それ⁉」

「それなりに有名なお話よ？　五年ほど前かしら。浮気しましたって書いたプレートで、局部だけ隠して、裸で近所の公園の木にくくりつけられた男性のお話。知らない？」

「もしかして、縄でくくられた男の顔が、誰だかわからないくらい腫《は》れ上《あ》がってたっていう？」

「そう、それ。ちなみにプレートの裏側はヤスリで粗く削って、ささくれをわざと作るの。以来、真似《まね》する城下のご婦人達が続出した、伝説のドＳプレートよ。マリーちゃんがＳ級給仕オバサンと呼ばれる由縁ね」

「……ツッコミどころしかないわ、その話……」

あらあら？　テーブルの下を覗けば、それとなく素敵なおみ足が、内股《うちまた》に……。

「見るんじゃないわよ」

シャープな頬を赤くすると、いつもの美人さんの中に、可愛らしさが出現。魅力が増し増し！

「ゴホン、それで？」

咳払《せきばら》い一つで素に戻って先を促しつつ、髪を流行《はや》りのシュシュでまとめる仕草も色っぽい。

そのシュシュは、私がユストさんにプレゼンした、パッチワーク生地の第一号シュシュ。スケッチのお礼に、いつも通りオネエ様が手にしたの。

魔獣素材で作ったゴムも開発して、素材の入手も工夫したから、原価ほぼ〇円。これを文化祭で販売したら、狙い通りバカ売れ。内一〇個は、特別仕様の限定シュシュと銘打ち、一つが前世価格で一〇万円。お高く設定し過ぎたからと、内緒で守護のお呪《まじな》いをかけておいたの。ラッキースケベが起こるくらいの、軽いものよ。

「いただきながら話しましょう。このオムライス、絶品よ」

それより私も食べるのに集中するわ。ポケットからシュシュを取り出して、髪をくくる。

フードファイター・ラビ、降臨！　頷《うなず》いて男性並みのスピードで食べ始めたオネエ様にだって、負けない！

『リアちゃん！　やるわよ！』

『まかせな！』

今日の私達は共闘！　いつの間にか私の贈ったシュシュを首に装着した、シースルーなリアちゃんも気合い充分！

柄は同居中のお狐様、キャスちゃんの物と反転させた、ピンク基調に一部紺色。レースも使用。色々と魔法をかけた特別製。使い方がチョーカーみたいになっているのは、あえてつっこまない。むしろ首輪みたいなんて、口が裂けても言わない。

「ユストさんが、かつて夫婦漫才を繰り広げていたおばさん。その人があそこの店主さんと仲が良くて、そのご縁で仕事を紹介してもらったの」

まずは一口堪能してから、話を再開する。

「んんっ、美味しい！　玉子がふわとろ。そういえば、前にそんな事を言ってたわね。公女が何してるのかって呆《あき》れたけど、家庭環境考えたら子供とは思えない英断に、良い行動力だったわ」

「ああ、フライもサクサク。さすがマリーちゃん。もちろん当時は身分と年齢を偽っていたわ。五歳くらいから二年ほど、芋剥きと皿洗いと、最後の方は夜に働く人達用の、賄いメニューを担当したかしら。辞めた後もユストさんを通して、時々お願いされれば、お手伝いしていたのよ」

「それにこのパスタ、ソースが濃厚！　それはそれでツッコミどころ盛り沢山だけど、まさか王子と婚約後も手伝っていたの？」

「嬉しいわ。そのソース、マリーちゃんの元旦那さんと私が、一緒に考案したソースなの。その手のお付き合いは大事だし、ユストさんも初心忘れるべからず主義だもの。繁忙期は週二日、ユストさんのフォローもあって、手伝いに行っていたわ」

「……それを聞くとより複雑な味。影の目をすり抜けて外でそこまで働いていたなんて……時々得体がしれない動きをするんだから」

怪しい何かを見る目つきは、止めて欲しいわ。

「公女もそれを食いに来てたのか」

なんて思ったところで、背後から良く知る声。振り向けば、灰色短髪のラルフ君じゃない。

彼は厳つい顔と体格にそぐわない、優しい心の持ち主で、草花愛好家。

学園での活動では、他の二人のメンバーと共に、四人でチームを組んでいる。私が料理を作ると、いつも気持ちの良い食べっぷりを披露してくれるのよ。下位貴族の次男坊で、冒険者もしているわ。

生家は私達二年D組《クラス》が引き継いだ、卒業研究でもお世話になっている、塩害に悩まされている領地の一つ。昨年度卒業したお兄さんが次期領主なの。

「も、という事は、ラルフ君も？」

「あら、じゃあ隣にどうぞ。一緒に……」

「お待ちどおさま！　お残しは許さないよ！」

「……ああ、ありがとう」

何だかめまぐるしいやり取りの末に、少し間を空け、オネエ様の隣に腰かけたラルフ君。いただきますの後、暗緑色の瞳《ひとみ》がキランと光る。獲物を捕らえた途端、驚きの吸引力を披露し始めた。

そうして暫《しば》し三人と一体で黙々と食べ、私と対面する二人が、同時トップで先に食べ終わる。

「ねえ、そのプリン、私達にもおすそ分けしてくれるわよね？　絶対美味しいでしょう」

「もちろんよ」

ニコリと蠱惑《こわく》の微笑《ほほえ》みを浮かべておねだりするオネエ様に、心臓がズキュンと脈打っちゃう。

「「美味《うま》い（美味しい）！」」

おすそ分けした二人は同時に目を輝かせ、微笑みながら頬張る。

『『くっ、もう入らない……』』

けれどリアちゃんと私は、定食の完食で精一杯。プリンはお持ち帰り決定ね。

「そうだ、公女。討伐した一角兎《うさぎ》の他に、兎熊の肉も持ち帰った。いくらか持って帰るか？」

「まあ、本当!?　嬉しいけれど、兎熊は傷みが早くて、なかなか手に入らないわ。いいの？」

私達と同時にプリンまで食べ終えた、ラルフ君からの提案に喜びつつも、一応確認。

オネエ様は無言で微笑んで、お腹を擦《さす》っている。ラルフ君も頬を弛《ゆる》ませているから、二人共、満足したみたい。

兎熊は熊のような体つきで、顔は可愛らしい兎。一角兎のボスが長生きすると、額の角を体内に吸収して、兎熊になる。

でもその場で素材を取って血抜きして、保冷効果を付与した魔石で保存しても、状態次第で翌日には、強烈な生臭さを放つ。筋があって味のクセも強い。人によってより好みする味と肉質ね。

『久々にラビの兎熊料理が食べられるのかい！　あの柔らかく、筋がほろほろ崩れる肉質！　絶妙な加減のまろやかな、肉本来のクセ！　食べたい！』

まあまあ、リアちゃんが小躍りを。ああ、可愛らしい。時折見せるふわふわの羽毛が……滾《たぎ》る！

「ああ、かまわない。そもそも傷みやすいし、他のメンバーが遠慮したから八割持ち帰っただけで、俺は焼くくらいしかしない」

はっ、いけない。まだ話の途中ね。自主規制しなくっちゃ！

「なら一旦《いったん》持ち帰って、少し保存期間が延びて柔らかくなるような下処理をしたら、後日またおそ分けし直しましょうか？　温めるだけで良いようにしておくわ」

「へえ、あの兎熊の肉がそんな風になるの？」

あらあら、オネエ様が興味津々。昔逃亡&潜伏中、空腹に耐えかね、携帯していた生臭い兎熊のお肉を、吐きながら食して耐えたという伝説を持つ。それが、この王家の影。

「ええ、少し手間をかければ筋もほろほろして、臭みも和らいで食べやすくなるの。今日戻ってきたのなら、ラルフ君は暫くお休みよね？」

「ああ。美味くなるなら、頼みたい。保存期間が延びるなら余計だ。持ち帰った肉を全て頼んでもいいか？　他に分けたい人がいたら、そうしてくれ」

「わかったわ。ガルフィさん、良かったわね」

「ええ、ありがとう！　あなた将来、いい男になるわ！」

「……そ、そうか……」

ふふふ、隣の席からずずいっと近寄る押しの強い美人オネエ様と、気圧《けお》される厳つい少年……良い！　これはこれで滾る構図！

『ラビ、次の小説の題材が、決まったんじゃないかい！』

リアちゃんが私の頭に再び鎮座。テンションが爆上がりしているわ。

『ええ！　早く帰って書くわよ！』

『ただれた方を頼むよ！』

『任せてちょうだい！』

まずは大奥物を完成させて……。

「そういえば、公女の兄と妹を学園で見かけた」

まあまあ、それとなくオネエ様から距離を取ったラルフ君の言葉に、うっかり現実世界へ舞い戻ってしまったわ。

「あらあら、二人が？　生徒会のお仕事かもしれないわね」

「兄の方は全学年主任と校内を歩いていたからそうかもしれんが、妹は……」

首を捻《ひね》ったわね。どうしたのかしら？

「なんとなく、半透明だった？」

ラルフ君の言葉に、私も首を捻っちゃう。

半透明って何かしら？　幽体離脱？　学園の七不思議的なお話？

「……何だか面倒臭そうね。ご飯も食べ終わったし、お肉を受け取ったら、さっさとお暇《いとま》するわ」

「そうね。ラビは関わらない方が良いわ」

昔はうちの離れの天井で同居していた王家の影《オネエ様》も、同意する。

「婚約者がいなくなっても、男女で寮の部屋に行くのはどうかと思うわ。私もいいでしょう？」

「もちろんだ」

気遣いのできるオネエ様に、硬派なラルフ君も頷いて……。

『でも実際には男二人に女一人だよ。そこらへんは問題ないのかい？　考えようによっちゃ、乱痴気パーティーだ』

リアちゃん、色々残念よ。私の要R指定小説で性癖がただれているわ。

「ありがとう、二人共。早速行きましょう」

「『ああ（ええ）』」

リアちゃんは無視して、まずはバケツに蓋《ふた》。

鞄《かばん》をごそごそ漁《あさ》って、繰り返し使える伸縮素材のエコなラップを取り出し、伸ばしてペタっと蓋をする。前世のラップのように、くっつく素材よ。

主成分は座布団サイズで時々川なんかを漂う、半透明のアメーバ。最近完成したの。抗菌作用も持たせてあるから、お薦めね。

「その便利そうな代物は何？」

この世界に保存用ラップはないから、新しいもの好きなオネエ様の好奇心をくすぐったみたい。

「繰り返し使える……そうね、布みたいなもの？　こんな風に蓋にもなるし、食材を包んだりもできて便利なの。逆さにしても……ほら、落ちないでしょう。粉末にしたワサ・ビーの粉と、香りを飛ばしたハーブオイルも混ぜたから、衛生的で乾燥も防ぐわ」

ワサ・ビーは、植物型魔獣。前世のあのツンとくる、日本食文化に欠かせないワサビと、色形や生息地、効能はほぼ同じ。

普段は清流にぷかぷか浮いていて、白い花が咲いて種が育つと、葉っぱの部分をバサバサ振って飛ぶ。食べ頃は花が咲いた時。種ができると、栄養がそっちに取られて、えぐみが出てしまう。

あちらの世界と違うのは、下の部分が蜂のお尻《しり》みたいに、くびれている事。

でも前世の記憶を持つ私には、形の悪い某植物が、葉っぱを翼のようにバサバサ上下に振って飛んでいるようにしか見えない。肉食じゃないから、虫取り網で捕獲可能よ。

「何それ！　欲しい！　素材とか渡すから、私のも作って！」

「俺も……」

食い気味、遠慮気味の違いはあれど、予想通りの反応。ちょうど良いわ。

「耐久性なんかはまだわからないの。暫く使って、使用感を教えてもらえれば、それで良いわ」

「やった！」

いざとなったら巨大ムカデのウゴウゴや、肉の腐臭もなんのその。食べては、主に体調的な意味で状況を悪化させてきた王家の影的なオネエ様は、心底嬉《うれ》しそう。

ラルフ君は、コクコク首を縦に振る。前世の、動物が首を振る郷土人形みたい。可愛らしいわ。

そうして空になったお皿を各々手にし、返却口に立つマリーちゃんに、ご馳走様《ちそうさま》を言ってから、食堂を後にする。

「それじゃあ明後日《あさって》には、お肉とラップを持ってくるわ」

「ああ、頼む」

「ラルフ君、またね。今度会ったらデートしましょ」

「……」

男子寮の出入り口で、私には素直に頷《うなず》くラルフ君。ほぼ一頭分のお肉の入った大きな袋を、ワイルドに左肩に担いで、ウインク&投げキッスをお見舞いしたオネエ様には、無言で手を振った。

※※※※

「ラグちゃん、こっちに来られ……」

「何だ?」

「まあ、早い」

ログハウスまでお肉を運んでくれたガルフィさんは、もういない。

帰宅して、眠る事が多いリアちゃんを頭に乗せたまま、黙々と作業を終わらせれば、もう夕暮れ。

目の前に現れたのは、竜の聖獣、ラグォンドル。今は抱き枕サイズだから、尻尾《しっぽ》あたりの鬣《たてがみ》に、シュシュを結んでいるのがすぐに見て取れる。巨大化すると、周りの鬣に埋もれちゃうの。

色彩は、キャスちゃんと同じく紺色基調に一部ピンク生地。

「基本、お前が呼ぶのは珍しいからな。もっと呼んでもいいんだ」

「ありがとう、ラグちゃん。尻尾でアレ、ペシペシしておいて欲しいの」

「アレ？」

床に直置《じか》きした皮袋を、指差す。皮袋にだけ物質強化の魔法をかけて、お肉を入れ直した。

「兎熊のお肉」

「よし、任せろ」

ラグちゃんも兎熊のお肉料理が大好き。

「床も物質強化したし、防音対策もバッチリよ。終わったら、袋ごと凍らせておいて」

「わかった」

私のお願いに快く頷いて、すぐさまやってくれる。ラグちゃんの食欲が、味方してくれたようね。

――ドゴン‼　ドゴン‼　ドゴン‼　ドゴン‼

華麗な尻尾さばき。素敵よ。ちょっと破壊音がハンパないけれど、気にしない。叩《たた》きつけるほどに柔らかくなるから、頑張って。

「鍵《かぎ》もかけてあるから、あと一〇分くらい、やっといて」

「わかった。俺はほろほろ煮こみがいい」

「任せて」

テーブルに立てかけておいた虫取り網を手にして、頭に向かって声をかける。

「リアちゃん、起きて。行きましょう」

前世で子供達が小さかった頃を思い出す。こんな網を持って、旦那《だんな》さん主導で山に入っては、昆虫採集していた。

「んあ？　ああ、寝ちまってたね。じゃあ、転移するよ！」

当時を思い出して、ほっこりしていれば、翼を広げたリアちゃんが、私の頭を挟むように、バサリと羽ばたく。私の頭がド派手に彩られた事、間違いなし。

瞬時に景色が変わった。

「いるいる。良かったわ、花が開く前で」

暫く上流に向かって歩けば、そこには落ちる夕日に照らされた、ワサ・ビー。川に流される事なく、葉っぱと色づきかけた小さな蕾《つぼみ》が水面に出て、プカプカ浮いている。

「それじゃあ、採集してくるわ。採っている間は、これでも読んでいて」

「はぁぁぁぁぁ、ようやく……」

リアちゃんの声が歓喜に震える。

「ふふふ、さっき完成させたばかりの、大奥シリーズ第四巻！」

空中に亜空間収納の出入り口を出現させ、できたて小説の束を落とす。

「着物イツモノ乱デ舞《ランデブー》！　ヒャホー！」

リアちゃんは雄叫《おたけ》びを上げ、目にも留まらない速さでクチバシキャッチ！　からの、大きな岩に鎮座する。あ、魔法でライトボール点《つ》けた。早技。恐れ入るわ。

明るめの光を照らして読み始めたのを見届けて、亜空間収納から毛羽立った靴底を取り出す。ペタリと靴裏に装着して、川に足を踏み入れようとすれば、日が沈みかけて薄暗くなったのが気になったのね。

オレンジ色のライトボールがふよふよと漂って来て、私の足元に浮かんで照らし始めた。

ひゃ〜、きゃ〜、んぐっふふふ、なんていう奇声……嬌声《きょうせい》？　が聞こえ始めた方向から、優しい

「ありがとう、リアちゃん」

お礼を言って一歩進むけれど、水の中には沈まない。ペタリと貼りつけた靴裏に、虫型魔獣である巨大なアメンボの脚髭《ひげ》を加工してあるからよ。自分の体重はいくらか重力操作で軽くしないと沈むけれど、これによってスイスイと水面を移動できる。

アメンボの背丈は、私より少しだけ低めかしらね。間近で見るとなかなかの迫力がある。

大きさは違うけれど、あちらの世界と姿形も、肉食なのも同じ。捕まると体に針を刺されて、中身を吸われるから要注意。

「せえの！」

スイスイと対象に近寄り、かけ声と共に虫取り網をゴルフスイング！　まずは一匹ゲット！

植物型魔獣は威圧の効かない、ワサ・ビーのようなタイプも多い。最初の一株は問題なくゲットできる。

問題はその後。今までその場で浮いていた魔獣達が、スーッと氷の上を滑るかのように、散り散りに逃げ始めた。

網の中の魔獣は空中でスナップを利かせ、投げ捨てて、そのまま亜空間にイン。

また水面をスイスイと滑って近寄り、ゴルフスイングで掬《すく》って、投げて、イン。

それを数回繰り返せば、四方へ散るスピードが増していく。

徒歩滑りから小走り滑り、小走り滑りから風魔法でスピードを制御しつつ、スケート走行して、最後はスピードスケーターもびっくり。全力疾走で追いかけて、本気スイングからのインを五〇回ほど繰り返した。

人気《ひとけ》のない山の奥地とはいえ、さすがに夏にこれだけ動くと、かなりの汗をかく。水面から砂利の上に戻り、自分にも持ち物にも洗浄魔法をかける。汗も汚れも綺麗《きれい》に除去。うん、スッキリ。

靴裏から靴底を剥《は》がし、網と一緒にぽいぽいっと亜空間に収納。するとずっとついてきていた、足元のライトボールが消えた。

すぐに羽音をさせ、読書用ライトボールを伴ったリアちゃんが、私の頭に鎮座した。

「思ったより時間がかかったね。お陰で小説が全部読めたよ」

そう言ってクチバシに挟んで、上から紙束を差し出すから、受け取ってこれも収納。

「例のエコなラップも作るから、いつもより多く捕獲していたの。楽しめたようで、何よりよ」

「ふぇふぇふぇ。大奥シリーズの中でも、乱デ舞《ランデブー》はたまんないよ」

まだ興奮冷めやらぬ高揚した笑いに、微笑みを返しておくわ。

「良かったわ。いつものR仲間にネタバレしておいて」

「アイツは私の反応とネタバレさせて内容確認してから、読むかどうかを決めるからね。わかったよ。それじゃあ、そろそろ帰るかい」

「そうね。今日はいつもより暑いから、早く戻らないと。ラグちゃんが凍らせてるはずのお肉が、解凍されちゃう。ログハウスの裏手の用具入れに転移してもらえる？　滅多に使わなくて仕舞いこんだ大鍋《おおなべ》を、取り出しておかなきゃ」

「任せな」

そう言って来た時と同じようにして、瞬く間に用具入れの前。

特注の大鍋を奥から引っ張り出して表に回れば、前触れなく頭上のオカン鳥がいなくなった。

「ラビアンジェ？」

一瞬遅れて、兄が門扉の向こうから声をかけてきた。

「お兄様、遅くにどうされました？」

「庭を少し散歩していたら、こちらに明かりが見えたんだ。少し心配になってな。この離れは、普段あまり人の行き来はないから」

兄の言うお庭は、この裏を真《ま》っ直《す》ぐ進むとあるわ。ログハウス三つ分の、この邸にしてはこぢんまりした兄専用。

明かりの犯人はライトボールかしら。用具入れを出てからは、足元をずっと照らしてくれている。生活魔法の一つだから、私が使っても問題ない。

「左様でしたの。多分これが正体でしてよ」

「そのようだ。外で何を……というか、その大鍋は何だ？」

「これは……」

——プィ〜……。

ムムッ、このモスキート音は……。

——パチン。

ほっぺたに止まった気配を感じてつい、手首のスナップを利かせて、自分で打ってしまった。

「お、おい⁉」

兄が慌てて駆け寄るけれど、そんな場合じゃない。仕留め損なった。地味に痛いし。

「蚊でしてよ。普段は虫除《よ》けを焚《た》いているから気になりませんけれど、場所が場所だけに、多いんですの。まだ寝るには早すぎる時間ですし、中に入ってお茶でもいかが？　落ち着きませんわ」

「あ、ああ」

そのまま大鍋を抱えて、すたすたと玄関に移動すれば、戸惑う兄も続く。

「どうぞ。そのまま中に入って下さいな」

魔法の鍵穴に魔力を通して解錠し、ドアを開いてライトボールを放りこむ。

「鍋を貸せ。失礼する」

大鍋をさっと持ってくれた紳士な兄も中に入り、勝手知ったるテーブルの方へ向かう。

背後に忍び寄る、プィ〜、に追い立てられるように、私も入ってすぐにドアを閉めた。

ついて来てないわよね？

入り口付近にある照明用魔法具のスイッチにも魔力を通し、点灯させて奥に行けば……。

「お兄様？　どうしてお鍋を持ったまま、固まってらっしゃるの？」

リビングの椅子に腰かけるでもなく、目線を下にして一点集中？

「ラビアンジェ……私はお前がこんな事をする人間ではないと、信じている。だがこのログハウスは鍵をかければ、お前以外に入れない。こうする前に……誰かを庇《かば》って隠す前に……俺に相談して欲しかった」

あらあら、思い詰めたような、どこか呆然《ぼうぜん》とした声で、何を言っているの？

近づいていき、視線を追えば……。

「誰がやったのか、言いたくないかもしれないが……見てしまった以上、無かった事には……できない……くっ」

悩ましげなお顔の兄の視線の先には、人が一人入っていそうな皮袋。口を縛っていた紐《ひも》が解《ほど》け、口から赤い血が……サスペンスな惨状ね。

「ラビアンジェ……」

……めちゃくちゃ思い詰めた顔の兄には申し訳ないけれど、単なる自然解凍。でも兄の中では死体遺棄犯にされていないかしら？

確かにラグちゃんにペシペシされて、当初の膨らみよりペチャンコ。その分、死体を連想させなくはない。このログハウスの特徴と、鍵の開閉も兄の前でしたから……。

【隠蔽《いんぺい》～妹は死体遺棄犯⁉】なんてミステリー小説がインスパイアされそうな、悲愴《ひそう》感。

「お兄様、それ、お肉でしてよ？」

「人肉!?」

サイコホラージャンルに変更されたわ。

「兎熊でしてよ」

「…………………う、兎……熊？」

長い沈黙の後、ようやく理解できたのか、お鍋を胸に抱えて、ふらふらと白いソファに座った。

「よ……良かった……」

真っ白に燃え尽きたように、うつむいて脱力してしまう。

「あらぬ誤解が解けたようで何よりですわ。解凍だけに、ふふっ……とけましたの、ふふふ」

「そ、そうだな」

ライトボールを消して、親父《おやじ》ギャグをお見舞いしちゃった。どうしてか兄の視線が生温かいのに、室内が少しだけ涼しい気がするのは、冷凍肉のお陰……よね？

※※※※

という事で、遺体発見現場は調理場にチェンジ！　レッツ兄妹《きょうだい》クッキング！

「ではお兄様、大鍋に薄く水を張って蒸し網をセットしたら、まずは火にかけて下さい。そうしたら先に加工し終わった三つのブロック肉と、ワサ・ビーの葉っぱを順に、ミルフィーユ状に敷き詰めていただいて、終わりです」

「……あ、ああ」

兄は厨房《ちゅうぼう》に立った事はなくても、討伐訓練なんかで切る、煮る、焼くは経験しているみたい。

戸惑いながらも手伝う美男子……眼福か！

なんて思いつつも、私は残り一ブロックとなった兎熊のお肉を加工していく。

テーブルの上に載せたお肉は、兄の魔法で縦横半分にカット済み。お肉は大きいから、包丁より魔法ね。

お肉の下には例のラップを敷いてある。久しぶりにうどんが食べたくなって、特大サイズも作っておいて良かった。ちなみにこれを敷けば、打ち粉はほとんど要らないの。

ワサ・ビーはこっそり亜空間収納から取りだしたわ。ちゃんと洗浄して、葉っぱと胴、お尻の部分で全てカット済みよ。

ワサ・ビーのくびれ付近でカットしたお尻《しり》の部分を左手に持ち、右手に包丁を持って、いざ！

猟奇殺人を彷彿《ほうふつ》とさせる持ち方で、お肉にグサッと勢い良く包丁を刺し、グッと斜めに倒して切りこみに隙間を作る。包丁を抜きつつ穴にお尻を埋めこめば……ハイ、完成。

それを間隔を空けて一〇箇所設置すれば、お肉の加工はほぼ終わり。簡単でしょう。

最後は作り置きの特製ハーブソルトをお肉に擦りこんで、このお肉も兄が火にかけて準備を終わらせていたお鍋にイン。上に葉っぱを被《かぶ》せて蓋《ふた》をすれば、後は暫く放置。

ワサ・ビーもハーブも、お肉を柔らかくして臭みを取る効果があるから、筋が硬くて臭みの強いお肉には、うってつけ。特にワサ・ビーのお尻の部分は、その効果が高い。

「お兄様、お疲れ様です。ラップをクルクル巻いて、流しに放りこんでおいて下さる？」

「わかった」

妹に死体遺棄容疑をかけていた兄は、素直に従う。でも殺人犯だとは思わなかったのね。あの状況ならそう断定されても仕方ないのに、優しさから謎の容疑者Aを庇っただなんて。

以前の兄からは考えられない。歩み寄ろうと頑張ってくれているのは、目に見えてわかる。

前世の子供や孫達の反抗期後を彷彿とさせるし、私自身も人並みに若気の至りをやらかしながら、八十六歳まで生きた記憶があるって厄介ね。若者の粗相を若さ故と気にしなくなるし、情に絆《ほだ》されやすくなるもの。

「お兄様も夕食……もう夜食になるのかしら。いかが？　手伝っていただいたお礼でしてよ」

「いいのか。少し小腹が空《す》いていたんだ」

「もちろん」

もう一つあるコンロも、無駄にしない。うちのコンロは二口あるの。

カットしてあった、いただき物の一角兎のお肉。それをラルフ君に感謝しながら、ジュワッと焼きつつ、今度こそ、まな板の出番。

ワサ・ビーのワサビっぽくなった体の部分を、千《せん》切り。お肉にハーブソルトをふりかけてから、葉っぱと一緒に軽く火に通す。

残した葉っぱは、岩塩で軽く揉《も》みこんで、手の平サイズのラップに包《くる》んで放置。明日の朝ご飯は、ワサビ菜茶漬け。

長細いバゲットを側面から半分に切って、隅に寄せたお肉の横で、肉汁を吸わせながら軽く炙《あぶ》る。

仕上げはお皿の上で。できたての具材をバゲットにサンドすれば、完成！

「ありがとう。…………美味い！　それに柔らかい！」

もちろんお兄様には、大きい方を差し出したのに、数分後には消失したわ。思春期の食欲と吸引力、恐るべし！

※※舞台裏※※　夏休み中～白い誓約紋、赤い仇花《あだばな》～（ヘインズ）

『貴方《あなた》達は馬鹿にされる事しかしていないと、いい加減自覚なさいな』

公女はそう言って、俺の体を容赦なく切り刻み、焼き、水に沈めながら体中の骨を砕く。

「うわあああああ‼」

突如、あの時の激痛に襲われた気がして、飛び起きた。

「っ、あ、ああ！　はっ、はあっ、はあ……」

悲鳴を上げる余裕すらねえ、一瞬でもたらされたあらゆる苦痛を思い出し、恐怖と共に震える。

ここはどこだ⁉　俺はどこにいる⁉

「ヒッ……」

窓から差し込む月明かり。それが映し出す影にすら、ビクリと体を震わせて、息をのむ。

『私の事を話そうとすれば言葉に詰まり、先程の痛みが襲うように誓約紋を刻んだわ。頑張ってお口を閉じておくか、本来の私の魔力量を上回って跳ね返す事ね』

あの呪いのような言葉と共に、冷たい顔の少女の姿が、脳裏を占める。

白とも見紛《みまご》う淡い薄桃色の混ざった、ゆるく癖のある長い銀髪。そして藍《あい》の瞳《ひとみ》の中の、金の虹彩《こうさい》。

「あ、ああ……ああああああ‼」

季節に似合わねえ、分厚い掛布を頭から被《かぶ》り、ダラダラと流れる汗など構わず、心身を支配する痛みと恐怖に叫ぶ。

『こ、こりょ、して……きず……ぃや……生きひゃ、くな……』

記憶にこびりついた、顔の半分が焼けただれた同級生が、口もうまく開けられず、呂律《ろれつ》も回らねえ中、死を懇願する姿。艶《つや》のある金髪が生えていた頭皮は、赤黒く腫《は》れ上《あ》がってた。

彼女──マイティカーナ＝トワイラは、回復薬を拒絶し、徐々に弱って息絶えた。

その隣には体を青紫色に染め、小さく痙攣《けいれん》しながら、口から涎《よだれ》を垂れ流し、虚《うつ》ろな目を彷徨《さまよ》わせるもう一人の同級生、ペチュリム＝ルーニャック。俺と共にシュア、いや、第二王子に侍《はべ》っていた、生徒会役員。

後遺症が出ても生きたいと望み、回復薬を飲ませて、何とか命を繋《つな》いだ。

特別仲が良かったわけじゃねえし、二人は被害者でありながら、加害者でもあった。

だから初めは、救えなかった罪悪感にも耐えられた。

だけど決定してた騎士団への学園推薦も、団からの引き抜きの話も、取り消された。卒業後は表向きはともかく、事実上、家名を名乗る事も許さねえと、アッシェ家当主である父から強い口調で厳命され、邸《やしき》からも出された。卒業までは寮の手配だけはしておいてやるのが、事実上の手切れ金代わりだと言い捨てられて。

そして主君と仰いだ第二王子。

苦難があっても共に乗り越えようと、誓いあったはずだ。なのに責任から逃げるように口を閉ざし、音信不通。よりによって、第一王子からの全校生徒に向けた周知で、現状を知るなんてな。

そうなってやっと、己の愚行を自覚した。浅はかで利己的な主君と、その女に良いように踊らされていた……道化だ。

信を置くに相応《ふさわ》しいと、信じた。そんな責任感のある第二王子も、純粋で優しい健気《けなげ》なシエナ＝ロブールも虚像だった。

踊らされたのは、全て自分自身の責任だ。見る目の無さ、物事への視野の狭さがもたらした。何度もそう言い聞かせてきた。それでもあの二人を責める気持ちが消えねえ。

騎士にあるまじき考えだと、そう戒めようとしても、もう騎士にはなれねえと思うと、止まらねえ。自業自得だとか、王族を危険に曝《さら》した不祥事案件だと思っても、駄目だった。

「こんなはずじゃ……こんな……」

同級生達には白い目で見られ、生徒会役員として、D組《クラス》への調査に動けば、恨まれる。

何より馬鹿にし続けたあの公女は……化け物だった。

『事実を明らかになさい。そして王家とアッシェ家の罪を知りなさいな』

蠱毒《こどく》の箱庭でのあの言葉。事実って何だ？　大体王家まで絡んだ罪なんか、知れば殺されちまう。

なのに強制的に右肩に刻まれた、あの白いリコリス。あれは何だよ⁉

公女の話だけじゃねえ。稀代《きたい》の悪女やベルジャンヌって言葉にすら、何も言えなくなって激痛が襲う。

特に第二王子の事を聞き出そうとして、ここに押しかけて来たシエナとの会話は最悪だった。

『シュア様と連絡が取れないの。お義姉《ねえ》様が婚約者だからって何かしたのかもしれない！』

『うぐっ、違、う。シュア、は……公女を助けようと……っぐ、庭に。怪我《けが》、だ』

『そんな、どうしてシュア様まで⁉　でもお義姉様が悪いのよ。自分の力で出られもしないのに、人を頼るなんて。シュア様が心配で、夜も寝られないわ。お義姉様はまるで、稀代の悪女ベルジャンヌのように、形だけの婚約者の座に執着してるの。お兄様もシュア様も、騙《だま》されてるのかもしれない。ねえ、一緒にお見舞いに行って。お願い、ヘイン』

『……っ、無理、だ。もう愛称で、呼ぶ、な』

『え……酷《ひど》い！　あ、待って、ヘイン！　ヘイン！』

話してる最中、激痛でのたうちそうになるのを耐えるのに、精一杯。

明らかに冷や汗をかいて、苦しみながら返事を返す俺を、心配もしねえシエナに構う気力は失《う》せた。引き止める声を無視して、部屋のドアを閉めて、そのまま……。

不意に右肩に違和感を覚えて、体が強張《こわば》る。

「助けてくれ……俺が悪いのはわかったから……許して……」

この激痛から逃れるには、何かの事実と、王家と生家の罪を明らかに……いや、違う。明らかにするのは、何かの事実だけだ。罪は知るだけで良いのか？　もう、わからねえ。

第二王子の側近を、愚かにも自負してた俺は、事情なんか知る由もねえ学生達に、王子不在の理由を問われ、その度に激痛に襲われて心身を蝕《むしば》まれてった。

そして第一王子が赴任した。初めの内は、生徒会役員も目の敵にはされなかった。

けど俺達の知らねえ所で出回ってた、例のリスト。そこに名のある同級生達は、次第に第二王子へ取り次げ、何とかしろと俺に詰め寄るようになった。示談が成立せず、卒業後の進路が危ぶまれる奴《やつ》らだ。

黙ってれば、お前のせいだと、お前が第二王子を諌《いさ》めもせず、共にロブール公女にきつく当たったからだと責められ始めた。精神的にもきつくて……ちょっとずつ最低限の登校しか、できなくなっちまった。こんなにも、自分が弱い人間だったとはな。

正直、学園の夏休みに入って、ほっとした。そろそろ寮生達が戻り始める頃だが、それでも今は、まだ誰かと顔を合わせる事も、ほとんどねえ。

『『お前のせいだ！　人殺し！』』

ああ、まただ。幻聴に、あの同級生達への罪悪感が膨らむ。現実には無かった言葉も、夢と妄想の中で吐かれ続ける。

「助けてくれ……お願いだ……許して……公女……もう許してくれ……」

とにかくこの激痛からも、罪悪感からも、解放してくれ。家も、騎士の道も、人からの信用も、全部失った。己が信じた主《あるじ》と、恋した少女に裏切られた。

全てが俺の身から出た錆《さび》だ。わかってる。だけど、もういいだろう。許してくれ。

――コンコン。

「へイン」

不意に部屋がノックされ、返事も待たずにドアがガチャリと開いた。

「な、んで……」

恐怖に声が漏れる。鍵《かぎ》はかけてたはずだ。

手には赤い仇花。そして自分を裏切った少女が歩を進め、俺の目の前に屈《かが》んで……黒く濁った目を合わせた。

※※舞台裏※※　事件当日の朝～実妹からの誕生日プレゼント～（ミハイル）

早朝、空き教室で一人静かに書類に記載する。夏休みに入って授業がない分、生徒会の仕事が始まる前の、この時間が一番集中できる。

「おっと」

書類を書き損じてしまったが、いつもと違って気分も軽く、別のペンを手にする。

――シャシャシャ。

小気味良い音に気を良くしながら、その部分を消して、ほくそ笑む。

書き損じる事が多い俺は、書類関連の仕事が実は苦手だ。しかしここ一月《ひとつき》程は、さほど苦にならない。何故《なぜ》なら……。

「ミハイル」

ガチャリとドアが開き入ってきたのは、全学年主任として赴任した第一王子、レジルスだ。

秘密裏に学園の保健医として潜伏していた頃とは違い、黒銀の髪に、朱色の瞳は顕《あらわ》になっている。

今日は何の用だ？　夏休み前から報告の上がり始めた、例の事故でも起きたか？

すぐにペンをケースに仕舞うが、遅かった。朱色が、ペンを捉えてしまう。

「それは？」

レジルスがつかつかと歩み寄り、触れようと手を伸ばす。

「ラビアンジェからの誕生日祝いだ。触れるな」

そう言って、ケースごと自分の手元に引き寄せた。

そう、ロブール家は冷え切った夫婦関係と、両親共に家庭に無関心なせいか、誕生日を祝い合う風習は無かった。しかし実は、兄妹間《きょうだい》ではあったのだ。

といっても俺から実妹への贈り物は、届いていなかった。

そして実妹から俺への贈り物は……気づいていなかった。

邸《やしき》の料理長は以前、二人いた。実妹と仲の良い方が担当する日で、俺の誕生日が近い日に、何かしら実妹が手料理を作り、届けてくれていたらしい。

思い返せば確かにその日は、いつもと違う珍しい食材で作った料理が並んでいた。記憶に残るくらいだから、絶品だったのは言うまでもない。

実妹が俺に黙っていたのは、特に自分も祝われておらず、俺に嫌がられてせっかく作った料理が無駄になる可能性を考えての事だった。ショックが過ぎて暫《しば》し呆然《ぼうぜん》としたのは、記憶に新しい。

俺から実妹への贈り物については、すぐに調べがついた。母の雇った執事長から母へ、物によっては義妹へと渡っていた。その執事長は即刻、クビにした。

こんな事なら直接手渡せば良かった、と悔やんだのは言うまでもない。

次の実妹の誕生日には、必ず直接渡すと心に誓った。

にしても……正面に立つこの男に目をやる。

「…………ほう」

何だ？　レジルスが腕を組み、背後に黒い何かを噴出させている幻覚が見える!?　いつも通り無表情だが、その口調から不機嫌さが窺《うかが》えるとか、意味がわからないぞ！

「俺の誕生日を公女は知っているだろうか……」

「……知らない事は無いだろう。王族は誕生日パーティーだってやっている」

「興味を持たれていない。公女が出席した事もない。知らないはずだ」

そもそも知っていたら、どうだと言うんだ。実妹はお前の婚約打診を、きっぱり断っただろう。

「本気でラビアンジェを諦《あきら》めないつもりか？」

「そなたの目の前で、何度でも挑戦すると話した。嬉《うれ》しそうに贈り物をひけらかしやがって」

言葉遣いが急に乱暴になったぞ。え、目の光が暗くなった!?　錯覚か!?　待て待て、殺気だと!?

いや、違うな。これは……嫉妬《しっと》？

「……まさか……羨《うらや》ましい、のか!?」

「当たり前だ。心底羨ましい。俺にも使わせろ」

「まさか……まさか本気でラビアンジェに惚《ほ》れているのか!?」

婚約者候補ができた以上、てっきり諦めたものと思っていたのに……。

「本気だ」

「しかし婚約者候補ができただろう。先日は妹達の事で、彼女達に頼み事もしてくれていた」

そう、だから俺はこの男の側近になる話は保留としながらも、二人でいる際にはレジルスと名前で呼ぶ事を了承したんだ。

「それも含めて、話は通している。それに王子達の婚約者候補だ」

どういう意味だ？　もし実妹の他にも娶《めと》るつもりでいるのなら、絶対にその婚約は許さない。実妹の婚約者だった、こいつの異母弟のように、実妹を馬鹿にして軽んじるのは、もう……。

「違う。俺がそなたの妹以外を妻に迎える事は、絶対にない。誓っても良い。長年想《おも》い続けたという言葉を見くびるな」

そう言えば、膝《ひざ》をついて実妹に求愛した時に、そんな事も言っていたな。

だが三人いる王子の中で最も王位に近いのが、この男だ。国王ならば、複数の妻を娶る事ができるのに、絶対？

「いつだ。ラビアンジェを見初めたのは、いつだ」

問い詰める俺に、しかしレジルスはため息を吐《つ》く。妹が絡むと表情が動きやすいが、今は全くだ。態度が違いすぎないか？

「そなたの妹が思い出さない限り、教えない」

「なら一切協力しないどころか、邪魔してやる。あの離れにも、二度と足を踏み入れさせない」

ひとまず脅してみるが、いつも通りにスルーされ……。

「昔俺が魔法呪に侵されていたと、聞いた事はあるか？」

なかったたな。こいつ、本当に実妹に惚れているのか？　いや、それよりも……魔法呪？

「……噂《うわさ》で聞いた事はあるが、本当だったのか？　だが魔法呪なんてものが、本当に存在するとは知らなかった。魔法呪をかけられた者は、苦しみぬいて死ぬとか、助かっても心身に異常をきたす、だったか？　古い文献で読んだが、何もなかったのか？　本当なら、解呪は父上が？」

「そなたの妹だ」

「え？」

「まだよちよち歩きのラビアンジェが、何も知らずに俺の呪いを引き受けて……何か勝った？」

「はあ⁉　何か勝ったって何だ⁉　しかも何で疑問形⁉」

つっこみどころが多すぎる！　むしろそれしかない！

魔法呪……稀代《きたい》の悪女が悪魔を使い、この国や祖母に、魔法の呪いをかけようとした、とかいう話は誰もが知っている。

当事者の祖母に聞いたら、そこは作り話だと一笑されたが。

【魔法呪は魔法とは似て異《い》なるもの。万物の理《ことわり》を歪《ゆが》めし悪魔の力に頼りしもの。呪う者、呪われる者のどちらも不幸にせしもの。決して使う事なかれ】

そんな文言を見た記憶がある。魔法師の中でも、とりわけ解呪に特化した能力と、ある種のセンスもなければ、解けない。伝え聞いた程度の知識だが。

しかし解呪される側もする側も、命を危険に曝《さら》され、後遺症をどちらにも遺《のこ》しかねない代物だったはず⁉

「あの時の魔法呪については、今も犯人は見つかっていない。王命によって箝口令《かんこうれい》が敷かれ、知る者もごく一部だ。解呪されてすぐ、その場には魔法師団長であるそなたの父も駆けつけた」

「そんな……いつ……」

「そなたが生まれ、何年かした頃に呪われた。あの魔法呪は、俺を黒く醜い毛玉のように変え、触れる者に死を与えた。魔法師団長が他人に移らないよう処置し、数週間後には王妃の生家の離れへ療養と称して隔離された。数年程な」

その話を聞いて、微《かす》かな記憶が蘇《よみがえ》る。そう、実妹が三歳になる前。母が初めて実妹だけを連れて出かけた。その有り得ない後ろ姿に、強い不安を感じた、あの日。

「王妃の生家は、ロブール家の傍系だ。俺の話を聞きつけた夫人は、事故を装い、娘を俺の魔法呪に触れさせ、殺すつもりだった」

「なん、だと⁉」

耳を疑う。あの頃から既に、実妹を殺そうとする程、邪険に⁉　何故だ⁉

「実際、公女はあの邸の離れに放置され、何も知らずに俺に触れ、呪いを引き受けた」

「⁉」

言葉が出ない。ただ息をのむ。

「黒マリモちゃんとか言われて、よちよち歩きで追いかけられた。当然、誰も近寄らないから止める者もいなくてな。俺の手足は短くなっていて目も潰《つぶ》れていたから、すぐに捕まって、背中によじ登られて敷き布にされた」

「……そもそもマリモって何だ？」

「さあ？」

「今さらだが、妹が申し訳なかった」

記憶の中のよちよち歩く妹は、可愛《かわい》らしかった。しかしやっている事が……小さな害獣だ。

「元々体内の魔力が少なすぎるのと、その頃から魔力枯渇の耐性が異様な程高かったようだ。俺にかけられた呪いは、触れた者の魔力を媒体にして、体内へと浸透していく。魔力に絡みついて強制的に消費させつつ入りこむから、ある程度浸透してしまえば、体内の魔力が完全に枯渇させられて死に至る。だが公女は体に呪いが浸透する前に魔力を消費しきり、呪いの力を霧散させてしまった」

「つまり媒体である魔力がなくなる事で、その時絡みついていた呪いの力が霧散したと?」

「そうだ。俺の体内の呪いは、公女に吸い尽くされる形で消えてしまった。倒れた俺の背中を陣取って、昼寝する間に終わったな」

「……うちの妹には一般常識どころか、魔力や魔法の常識も……通用しないのか……」

色々衝撃的だ。何から考えればいいか、もうわからない。

「まだよちよち歩きの頃だから、無理もない。魔力が低過ぎるのが一周回って、どんな魔法師よりも華麗に解呪するとか、何の冗談かと思ったな。まあ魔法呪のタイプにもよるのだろうが。箝口令も敷かれていたし、居合わせたのが、離れの周りに張っていた、結界魔法の異常を感知して駆けつけた魔法師団長と副師団長の二人だけだったから、この解呪について知る者は、俺達三人と国王陛下だけだ。知っても誰も信じないし、真似《まね》できない」

レジルスはどこか遠い目で語ってくれたが、何年にもわたって苦しめられた魔法呪が、幼児の昼寝で解呪されたんだ。納得いかない部分もあるのだろう。

「父上は何と言っていたんだ？」

「何も言わず、副師団長に眠った娘を押しつけた。俺に魔力を注いで、魔力枯渇の症状を抑えたら、一人で城に帰った。師団長の父性は、その頃から死んでいる」

「……そうか」

最近閑散としてきている頭髪が悩みだと言う、副師団長の頭がふさふさだった頃、あの母と出かけた妹を彼が連れて帰ってくれたのもまた、覚えている。

母が俺達に愛情を持たないのは、別に良い。だが何故娘にだけ、殺意を向けるのか。実妹が不憫《ふびん》で、今度こそ守ろうと誓う。

実妹はきっとまだ俺を、信用はしていない。当然だ。長らく義妹ばかりを、優先してきたんだ。それに実妹自身も、今さら期待はしていない。そう、はっきり口にされた。

それでも、俺は実妹の兄でいたい。

そっと、ペンケースに目をやり、あの日を思い出す。この男が実妹の暮らす離れで直接婚約を打診し、共に追い出された後、見送ってから気になって、もう一度訪れた、あの日だ。

ドアをノックしたが、返事はない。しかし軽く触れると、鍵《かぎ》はかかっていなかった。

実妹からは、鍵をかけていない時なら、いつでも入って来て良いと言われていたものの、入るつもりはなかった。

『ラビアンジェ？』

一応声だけはかけてみるも、返事はない。

――カタン、カラカラ……。

何かが落ちた音？　まさか、誰かが侵入した⁉

脳裏に以前、無断でけたたましくドアを開けた、義妹の姿が浮かんで慌てて入る。

すると先程まで俺達のいたテーブルに、突っ伏して寝ている実妹の姿が目に入った。

何かを書いていたらしく、二つの紙束は軽く雪崩を起こし、一つの紙束は枕にして、ペンを握ったままだ。床には別のペンが落ちていて、これが音の正体かと胸を撫《な》で下ろした。

汚してはいけないからと、細指からそっとペンを抜き取る。起こさないよう気をつけて実妹を抱き上げた。何となく三つの崩れた紙束に目をやり……その内容に固まった。

その状態のまま、暫し硬直。我に返って、ぎこちなく、すぐそこの真っ白なソファに寝かせれば、藍色《あいいろ》の瞳《ひとみ》がゆっくり開く。

『……お兄様？』

紙束の方へ、ギギギギ、と顔を向けた。体中の関節の滑りが、悪くなった気がする。

『あれは……なん、だ？』

実妹は俺の様子には特に触れず、寝起きだからか、少しぼうっとしていた。ややあって、キョトンとして答える。

『創作物でしてよ？』

『そう、さく、ぶつ……』

喉《のど》の油も切れたのか？　言葉がぶつ切りになってしまうが、どうにもできない。

『左様でしてよ？』

至極当然、というような顔に、最近の若者は、この手の話が普通なのかと錯覚しそうだ。

『カ、ゲキ、デハ？』

接吻《せっぷん》以上の事も、書いているぞ？

『あらあら？　どうしてカタコトになってらっしゃるの？　そこまで具体的な睦《むつ》み合いは、ございませんわ。そんなものでしてよ？』

『む、むつみ……そ、んな、もの……』

心底意味がわからない。経験者かのように、その手の描写が書かれていないか？　妹の妄想の底が知れない……え、妄想、だよな？

いや、あれ、ちょっと待て？　ふとウォートン＝ニルティの顔が浮かぶ。

――巷《ちまた》で流行《はや》りの小説作家。

――庶民から貴族まで、うら若き乙女達からご年配の淑女方まで、幅広い年齢層の女性全般にうけが良い。

――定番の男女の睦み合いだけでなく野郎同士も淑女同士もありの、軽いものから深いあれこれまでと、これまた幅広いジャンルの小説を流布している。

『……お前、だったのか……』

確かに内容は、かつてない程に斬新かつ新鮮。しかも読みやすい。誰が書いたかさえ気にしなければ、読み物としてありだと思う。

あの腹黒とニルティ家の影達が、はまっている小説は絶対これだ！　破廉恥かつ、いかがわしいと言っていた小説家が、俺の……。

一冊は衆道、一冊は百合《ゆり》、一冊は婚約者を寝取られた令嬢が、婚約者と浮気相手に一矢報いる報復逆転劇。多分、義妹も含め、生徒会役員達が時々話していた、ザマアとかいうやつだ。

もしかしなくとも、義妹もこの小説を読んでいる！

どうしよう……俺の実妹が、斜め上方向にぶっ飛んでいた。

責任や教養の察知からの、逃走能力はピカイチ。

切れ味を良くしようとしたら、暴発する短刀。魚型魔獣釣りで気配を消す為《ため》に作った、蠱毒《こどく》の箱庭に張った結界をもすり抜けるロープ。製作理由と性能が釣り合っていない、魔法具の作り手。

魔力が低すぎて、蠱毒の箱庭からも普通に出られる体質。

そして……破廉恥でいかがわしい……巷で流行りの小説を書く作家。

才能って、有能って、何だっけ？

『ラビアンジェ、お前は公女だ。もうこのような小説は……』

『ふふふ、お兄様も、お読みになってくれましたのね』

それでも止《や》めさせようと口を開いたものの、いつもの淑女の微笑《ほほえ》みではなく、年相応の少女らしい微笑みに押し黙る。単に、寝起きだからかもしれないが。

『読者さんもそれなりにいて、発売日には並んで買って下さるんですのよ。楽しみになさっている

方がいると思うと、料理と同じで私も嬉《うれ》しくなりますの。それに、それなりの収入にもなっている
お陰で、生活にも困りませんわ』
『うぐっ……そうか』
内容がいかがわしく破廉恥だ！　淑女からかけ離れているから書くな！　とはもう、言えない。
これまで邸内の事には関わっていなかったが、今は母から俺へと金銭管理も含めて役割が移り、
実妹に支払われるはずだった日々の支度金が、母と義妹へと流れている事が露呈した。
かなりの金額だった為、二人からの返金には数年を要するが、調整している。
とはいえ、それまで実妹には小遣いどころか、生活費すらも与えられていない。
それなのに学園で見る服は、最新の物だ。城下での手伝い云々《うんぬん》は少し前から把握していたが、足
りない部分はどうしていたのかと、首を捻《ひね》っていた。その謎がこんな形で解決するとは。
『ラビアンジェ、影の報告書には、お前の作家活動についての記述は無かった』
『王家の影の、オネエなガルフィさんですか？　とっくに買収済みでしてよ？』
疑問を口にすれば、事もなげに、ヤバい何かが打ち返された。
『……そうか』
だが何も言えない。王家の影って買収できるのか⁉　とは……言えない。言っちゃ駄目なやつ
……というより、そんなんやるなよ⁉　妹のヤバいが過ぎる‼
『ええ、新刊の中でも、最初に製本された一冊を献本するのが、交換条件ですの。この部屋での執
筆活動は、しっかり見過ごしてくれていましたわ』

まさかの新刊⁉　最初に製本された一冊は金じゃ買えないだろうが、オネエはそれで良いのか⁉

『あとはガルフィさんのいない時に、契約している出版社さんへ、こっそりと。さすがに外に出て活動するのを見つけたら、報告すると言われましたの。なのでその時には、あの箱庭に持参したローブを羽織って、外出しますわ』

一応ギリギリちゃんとしている片鱗《へんりん》はあったが、結局アウトだ！　オネエな影、お前も自由か‼

実妹と類友か⁉

『……魚釣り用では……なかったのか』

『色々便利なので、ローブの開発には心血を注ぎましたわ』

『他へ注ぐ心血は……あったと思うぞ？』

『うーん……特には？』

こてりと首を傾《かし》げ、全く悪びれる事もなく言ってのける。

『……そうか』

やはり貴族として、淑女としての教養を身につけるという意識は、端《はな》からないらしい。駄目だ、俺の手に負える気がしない。だが……。

『お兄様？』

ソファに座り直した実妹に近づいて、頭をそっと撫でる。記憶にあった髪質は、もう随分前の、児童のものだったんだなと、変なところで感慨深く思う。

『お前は今、幸せか？』

何となく、そう聞きたくなった。

無関心な父親、幼い頃から殺意を向けてきた母親、常に陥れ蔑《さげす》んできた義妹。そして、長らく辛《つら》く当たってきた不出来な……兄《俺》。全てが、現在進行形だ。

『幸せかどうかはわかりませんけれど、少なくとも不幸ではありませんわ。それに毎日、楽しく過ごしておりましてよ』

『そうか。なら、いい』

そんな環境で、こんな風に伸び伸び楽しく過ごせていると言うのなら、それはそれで僥倖《ぎょうこう》だ。

『何か作業をしていたのか？』

『ええ。校正済みの物を見直して、夕方には出版社へ渡しに行きます』

『そこの小説の束を読みながら、見ていても良いか？』

『かまいませんけれど、作業は別段面白くありませんことよ？』

『ああ、共に時間を過ごせればそれでいい』

『……でしたらお好きになさって』

今まで、そんな風に過ごした事はなかった。だからか俺を訝《いぶか》しげに見て、しかしすぐに淑女然とした微笑みで頷《うなず》いた。

そして妹の作業を横目に、なんとはなしに使っているペンを見て驚く。

何だ、あのペン⁉　先に書いた文字を、消去しているだと⁉

片方は稀代《きたい》の悪女、ベルジャンヌの生きていた時代に発明された、今ではありふれた文字を複製印刷できるペン。

が、驚くのはもう片方だ。その文字を綺麗《きれい》に消すペンなんて、存在していない！　便利すぎる！

声をかけたいが、何分今《なにぶん》は集中しているし、さすがに邪魔になるのは本望ではない。

正直……欲しい。複製できるインクと専用のペンのお陰で、何十年も前と比べれば、より便利な世の中になったのは間違いない。実際俺もそのペンは、よく使っている。

もちろん間違うと二重線だらけになるし、見た目が悪い時には一から書き直す事も多い。部分的に消せればばと、何度願った事か。

いつかそんな物が出回れば、多少高くても絶対買う！　そんな風に思っていた、夢のような消去ペンが今、目の前で使われている！

実妹の手製のような気がする。これまでの事で実妹は、自分の欲望の為にならら、便利な物をしれっと発明し、使っていた事が判明している。

早く終われと応援しながら、手にしていた百合の小説の続きを、気づけば読みふけっていた。

……破廉恥だが、今後いかがわしいと口にするのは……止めておこう。

そうして渡された、少し遅めの誕生日プレゼントが、この消去ペンと、もう一本。複製ペンだ。

実はこれも、従来のものから進化していた！　ありがとう、妹よ！

レジルスの事などすっかり忘れて、実妹とペンに想いを馳《は》せていれば……。

「昼から生徒会の仕事の予定だが、そなたの義妹を朝から呼びつけてはいないか？」

王子のこの言葉に、ふと我に返る。

「……シエナが今、学園にいると？」

ある事を思い出し、ハッとした。今日は確か、実妹が学園の食堂へ行くと……。

「まずいな」

ぼやきつつ、立ち上がった。

2　【事件勃発《ぼっぱつ》当日】始まりは、義妹のクマさんから

「久しぶりね、お義姉様《ねえ》。相変わらず、みすぼらしい格好。公女がそんな大荷物を背負って歩くなんて、みっともないのではなくて？」

久々に得意気で強気な義妹に出くわしたけれど、随分と萎《しお》れて……あら、目の下にクマさんが住みついたのね。青クマさんが茶クマさんに衣替えすると、永住しかねない。日々のケアはちゃんとしないと、若さだけでは乗り切れない日も早まるわよ？

髪もパサついているし、唇も夏なのに乾燥している。蜂蜜《はちみつ》あげたら塗るかしら？

それにしてもこの子、食堂に向かう一本道で一人立っているなんて、珍しい事もあるのね。

「義妹《いもうと》として、何よりロブール家公女として恥ずかしいわ」

はっ、まさかSSS《トリプルS》定食を⁉

でも周りには誰もいない。ほら、一年生に前の年の皆勤賞は取れないでしょう。だとすれば上の学年の、賞を獲得した誰かがついていないとおかしいわ。

「あら、周囲を見回したって、誰も助けになんて来ないわ」

助けって、荷物の事かしら？　江戸時代の行商人のような格好をしているから、きっと重い荷物を背負っていると勘違いしたのね。もちろん重量的には重いけれど、重力操作で軽くしてあるのよ。

いつも通りに微笑《ほほえ》んで、教えてあげましょう。

「問題なくってよ。それより同伴しないと食べられないし、ランチまでまだ時間があるから、今すぐは難しいと思うの」

「ちょっと、何の話をしてるのよ？」

「もちろんＳＳＳ定食よ？」

「は？」

「貴女《あなた》は一年生だから、誰かと一緒じゃないと難しいわ」

何コイツ、みたいなお顔をするという事は、知らなかったのね。

「約束した方と出直してらっしゃい。もちろん事前予約はしたのでしょう？　それに長期休み中の食堂は今の時間、原則お湯やお水以外は出さないし、各自で用意するのよ？」

「そんなの、初めて聞いたわ」

「寮生活でなければ、あらかじめ調べる人もいないでしょうし、一年生だもの。知らないのも無理はないわ。それじゃあ、行くわね」

今の時間、食堂の料理人達は待機しつつ、お昼の準備をする頃。邪魔させないで良かった。

「はあ!?　そういうお義姉様は……ちょっ、待ちなさ……ゴホン」

何か慌てているけれど、私の方を向いてハッとした顔に。背後霊が見えたとか言われたら怖いから、無視しましょう。今日は頭にリアちゃんも鎮座していないし、約束していたお届け物の日だから、相手にできない。

それよりも義妹越しに見える、食堂のガラスドアの向こうが気になる。心配そうな顔でこちらを窺《うかが》っているのは、S級《クラス》給仕オバサンこと、マリーちゃん。

約束の時間には少し余裕を持たせてあったけれど、先に中で待っていてくれたのね。こちらを指差したり、来い来いと手招きして、お口をパクパクしている。

はやく？　ああ、早く来いという事ね。読唇術は、王女時代に習得済みなの。

「酷《ひど》いわ、お義姉様！　そんなに嫌わなくても……って、ねえっ、待ち、お待ちになって！」

何度も見てきた悲劇のヒドイン爆誕の気配。もちろん今は付き合えない。

そのまま無視して横をすり抜けようとすれば、腕を掴《つか》まれた。

「待ってお義姉様！　きゃあ！」

「あらあら？」

義妹がステップを踏んで、自ら壁にぶつかって行ったわ。前世昭和のコントかし……。

「何をしている？」

まあまあ、突然の不機嫌そうな低音ボイスが後ろから。

「お兄様！　違いますわ！」

私が口を開く前に、義妹が叫ぶ。このやり取りもお久しぶり。悲劇のヒドイン劇場の開幕かしら。

「何が違う？」

ゆっくりと振り返れば、眉《まゆ》を顰《ひそ》め、全身から不機嫌オーラ全開の兄。

そしてその隣には、全学年主任として赴任中の、レジルス第一王子。相変わらず不遜《ふそん》に無表情。

いえ、いくらか呆《あき》れている？

でもそんな事よりも、視界の端に映るマリーちゃんよ。不安そうにオロオロし始めた。

そうね。これまで通りなら、兄は義妹の言葉をあの子の思惑通りに反対の意味に取って、まずは私を責めるもの。

「お義姉様は悪くないの。私が無理にお義姉様の手を掴んでしまったから……それで……」

相変わらず、涙は出し入れ自在ね。お久しぶりだからか、無駄に感動しちゃう。

「それで？」

「え……あ、その……振り払われて、壁にぶつかっただけ、で……」

あらあら、兄がとっても冷静に先を促したわ。いつもと違うやり取りに、義妹も戸惑ったのか、声が小さくなっていく。

「ラビアンジェ、本当か？」

「いい……」

「お義姉様！　お義姉様が力任せに振り払ってしまったのも、私のせいなの！　壁にぶつけられたのも！　だから……お義姉様が私を嫌っていても、全て私が悪いってわかってるわ！」

義妹が早口で捲《まく》し立《た》てて遮る。噛《か》まずによくそれだけ喋《しゃべ》れるわね。お婆《ばあ》ちゃん、尊敬しちゃう。

「シエナ、私はラビアンジェに聞いている。黙っていなさい」

「……ぁ……」

まあまあ、兄の不機嫌オーラが冷たいお怒りオーラに変化した？　それに気づいた義妹の、元々少し悪かった顔色が更に悪くなっていく。

「ラビアンジェ、どうなんだ？」

「いいえ、振り払っておりませんわ」

あらあら、答えた途端、ギュンと私に向けた義妹のお顔がとっても残念。私だけなら良いのだけれど、その角度は後ろのマリーちゃんにモロ見えよ？

まあまあ、ちょっと待ってマリーちゃん⁉　憤怒のお顔で腕まくり⁉　こちらに来るの⁉

あらあら、若い見習い君が颯爽《さっそう》と現れた⁉　後ろからマリーちゃんを羽交い締めにしたわ！　頑張って！　正義感溢《あふ》れるＳ級給仕オバサンの殴りこみを阻止してちょうだい！

内心の焦りとは裏腹に、もちろん私の淑女の微笑みは崩れない。

「シエナが私の手を掴んだ途端に、よろけたみたい。顔色が悪いから、体調が思わしくないのでは？　私とシエナではお話の主観が違いますし、どちらが正しいかの証拠もございませんの」

まあまあ、マリーちゃんの為《ため》とはいえ、一応庇《かば》ってあげているのよ？　全部お前が悪い的なお顔で睨《にら》むのは止《や》めなさい？

「シエナも体調不良から、冷静でいられないようですわね。お二人で保健室に運んで下さる？　私が運んでも良いのだけれど、今は二人きりにならない方が、お兄様も安心でしょう？」

「……お前はそれで良いのか？　私達も見ていたが、先ほどのあれは……」

一昨日《おととい》、遺体遺棄疑惑をかけられた時にも感じたわ。兄はもう、私への色眼鏡を外したのね。

「話の通じない相手に、正論や現実を伝えても無意味でしてよ。既にその子の中の真実は、書き換わっておりますもの」

「なっ⁉　やっぱり酷いのはお義姉様じゃ……」

「お黙りなさい、シエナ＝ロブール」

予想通り、再び口を開くシエナへ、強めの口調で被《かぶ》せて黙らせる。

「っ……」

あらあら。ギリギリ奥歯を噛みしめると、歯が傷むわよ？

「自分にいつもより余裕がないのを、もう少し自覚なさい。貴女のお顔七変化憤怒寄りは、あそこで最初から、この学園のS級給仕オバサンと呼ばれる、マリーちゃんが見続けているのよ？」

「え……」

義妹は食堂の方に目をやり、固まる。

「このままだと、腕っぷしの良いマリーちゃんに討ち入られてしまうわ。彼女がS級と称されるには、それだけの理由があるの。凶悪極まりないドSプレートの餌食になりたくはないでしょう？」

「ちょっと、何言ってるの⁉」

慌てているわ。どうやら、あのドSプレートの怖さは知っていたようね。

「あれがマリーちゃん……」

「ドSプレート？　武器か？」

王子は保健医時代から勤務していたはずなのに、マリーちゃんを知らなかったみたい。

兄もドSプレートまでは、知らなかったようね。見た目の素朴さからは想像がつかない、無駄に地味な威力のある、危険極まりない武器よ。取り扱いに注意しないと、自分の手にも棘《とげ》が刺さるの。

そうして兄に、改めて向き直る。

「けれどお兄様。これまで野放しどころか、そうなるよう増長させた原因の一端。それはどなたの、どのような言動か、お考えになって？　責任はこの子一人だけのものではございませんでしょう？」

「……すまない。そうだったな」

私の言葉にシュンと項垂《うなだ》れる男性陣？　どうして王子まで……ああ、そうね。義妹を増長させた、その最たる者が、彼の異母弟だったわ。

でも異母兄がそんな風になると、私の責任がブーメラン効果を発動するから、やめてくれない？

一応聖獣ちゃん達と眷族《けんぞく》達にお願いして、義妹《義姉》が私以外の誰かを標的にした時だけは、お知らせしてもらうようになっていた。どうしてか、他の人達にも時々適用されていて、学園パトロールをする羽目になった事もあったけれど。

ただこの子に関しては、私以外に何もしなかった。

それよりも、と再び後ろを軽く振り返る。

よし！　マリーちゃんのお顔が、憤怒から満足気！　半泣き状態の見習い君、よくぞ止めてくれたわ！　後で彼にもおすそ分け……はっ！　ずっと行商人スタイルなのに、重さを感じさせない自然な直立だった！　気づかれていないかしら!?

物の重力操作って、魔力はあまり使わない割に、繊細なコントロールが必要なの。私の表向きの能力では、扱いきれない魔法よ。荷物の中身を検分される前に、とんずらしなくっちゃ！

「それではお二人共、シエナの事をお願い……」

「後からすぐに向かうから、待っていてくれないか？」

さっさとこの場を離れようとしたのに、成り行きを見守っていた王子が話しかけてくる。

「……食堂で用を済ませる間でしたら？　この後、学園の外に出ますから、時間はあまりないかと」

もちろんオネエ様とユストさんにも、お肉とラップの差し入れよ。

「その荷物を持っていくのか？　もしかして中身は……しかし重そうなのに、軽そうだな」

うちの兄が鋭い。けれど私のお顔は、デフォルトの微笑みを崩さない。

「必要な分だけにしましたの。中身は恐らくそれですけれど、重さはそれほどでもありませんわ」

嘘《うそ》よ。パンパンに中身が詰まっている。

「そうか。私のそれは……」

くっ、うちの兄がぬかりない。けれど手伝ってくれたもの。ちゃんと用意している。

「取り置きしておりましてよ。明日の朝ご飯に、いかがかしら？」

「ああ、それならそちらに行こう」

「用意しておきますわ。それでは、マリーちゃんを待たせておりますので」

「そうか。シエナ、これ以上ここで醜態を曝《さら》すのは、お前も望まないな」

義妹に厳しい目を向ける兄を横目に通り過ぎて、マリーちゃんの下へ向かう。

もちろんすれ違いざま、私をしっかりと睨みつける義妹は無視。

「心配かけてごめんなさいね。お待たせしたわ」

「良かった、ラビちゃん！　自分から壁にぶつかっといて！　何なんだい、あの義妹は！」

まあまあ、マリーちゃんの怒りが、絶賛再燃中ね。

「落ち着いて下さいよぉ。相手は仮にも、王家と四公なんすから。あ、皆さん行ったたっすね」

見習い君は、やっぱり半泣き。外の三人が保健室に行った事まで報告をご苦労様。

でもこれが、平民なら誰しもが取る普通の反応。なのに、マリーちゃんてば……。

「愛されてるのね、私」

ほぅ、と頬に手を添えて息を吐く。今世はオカン体質の人から愛されるみたい。嬉《うれ》しい。

でも言葉があからさま過ぎたかしら？　見習い君が照れたのか、赤くなってしまう。

「当たり前だよ！　ラビちゃんがこ～んな小さい時から知ってんだ！　うちの娘も同然だよ！」

「マリーさん、そりゃ小さすぎっす～」

そうね、親指と人差し指が、懐かしの視力検査でよく見た、C。太もも丈くらいはあったはずよ。

「物の例えだよ、細かいね！　ラビちゃんが色っぽ可愛《かわい》いからって、赤くなってんじゃないよ！」

「そりゃないっすよ～」

そう言って、見習い君の背中を、バシバシ叩《たた》くマリーちゃん。漫才しているみたいで微笑ましくて、クスクス笑っちゃう。

「随分と、朝から盛り上がっているな。そちらは随分と顔を赤らめているが？」

あらあら、渋いお声が背後から。見習い君が驚いたのか、お顔の赤みが、瞬時に戻る。

「おはよう、ラルフ君。時間ぴったりね」

「おはよう、公女。途中で公女の兄や義妹とすれ違った。何も無かったか？」

「もちろん、問題ないわ」

「……そうか。持とう」

行商スタイルで担いでいた荷物を、輪投げの輪っかを取るように、さっと持ってくれる。

「これは……重かっただろう」

「そうでもなかったわ」

間一髪で魔法を解除。すぐそこのテーブルに置いてくれた荷物は、本来の重さに。危なかった。

「じゃ、じゃあ俺はこれで～」

「待って！」

見習い君は、どうしてか緊張した様子で、後ずさり。かと思ったら、くるりと回れ右して厨房《ちゅうぼう》に行こうとした。思わず彼のエプロンの腰紐《こしひも》を両手で掴む。

「ひぃ！　お気になさらず～。死にたくないっすよ～」

「まあまあ、死なないわ？　多分」

「多分⁉」

「きっと？」

「きっ……」

「そんな事より」

「そんな⁉」

「どうしてそんなに怯《おび》えるのかしら？　何もしていないし、しないわよ？」

「公女様じゃないっすよ〜。放っといて下さいよ〜」

視線はしきりに私をかすめて、もう少し後ろをチラチラ、行ったり来たり？　私の後ろにはラルフ君しかいないのだけれど……ハッ、もしかして……。

「怖がらないで？　ラルフ君のお顔は強面《こわもて》でも根は優しいの。それに私、公女らしくないから！」

「そんなんじゃないっす！　公女らしくないって、どうなんすか〜！」

エプロンの紐を掴《つか》んで放さない私を、ズルズル引きずって逃げようとする、見習い君。

「何じゃれてんだい……」

「強面……」

二人共、私達を見ながら、呟《つぶや》いているだけで、手伝ってくれない。

「じゃあ公女らしい気が、気持ちしない気がしないでもなくはないから、ちょっとお待ちになって？」

「どっちなんすか、それ〜」

「私もよくわからないけれど、そういう事なの。あなたにもおすそ分けしたいだけ。マリーちゃんを止めてくれたお礼」

「お、お許……へ？　お礼？」

あら、やっと止まった。

「ええ、お礼。あのままだと、マリーちゃんが殴りこみに来そうだったじゃない？」

「ふん、当たり前だよ！　元々ラビちゃんへの風当たりが酷《ひど》かった事自体、頭にきてたんだ！　なのにあの義妹が入学してから、被害妄想炸裂《さくれつ》させては、どっかのアホがバカ共引き連れて、つっかかって！　最後は悪女呼ばわりだ！」

アホは元婚約者で、バカ共はお供君……はもうお供を辞めたようだから、ワンコ君にしましょうか。主人に忠実だったもの。ワンコ君みたいな側近候補だった人達ね。そういえばあのワンコ君、どうしているのかしら？　すっかり忘れていたわ。

「食堂の皆はラビちゃんがメニューアドバイスや、おすそ分けしてくれてたから、踊らされなかったけどね！　ラビちゃんが止めてなきゃ、今頃伝家の宝刀で腐った性根を削ってやってたよ！」

「……宝刀……」

「ひぃ～」

ラルフ君はボソリと呟き、やっとこちらに向き直った見習い君は、小さく両腕で自分を抱きしめて悲鳴を上げる。どちらもそれとなく、内股《うちまた》に。

「愛されていて嬉しいわ、マリーちゃん。でも学園内は、許可のない危険物の持ちこみは禁止よ。これからも封印しておいて。マリーちゃんのＳＳＳ定食を食べられなくなるのは悲しいもの」

「ラビちゃん……本当に、こんなに良い子が、何で稀代《きたい》の悪女呼ばわりされたんだか……ベルジャンヌと一緒にしないで欲しいもんだ」

あらあら、一緒なのに。好きな人からそれを言われるのは、前々世とはいえ地味に突き刺さる。

「気にするな」

「え？」

何に対して？

「公女への誤解は、少しずつ改まっている。……主に性格的な部分のみだが」

「ああ、そちらね。そうね、それで十分よ」

ラルフ君のタイミングが良すぎて、ベルジャンヌだったのを知っているのかと勘違いしそうになっちゃった。そんな事、あるはずもないのに。

「さあさ、気を取り直して、まず座りましょう。ラビアンジェお手製の、兎熊《うさぎぐま》を使ったお肉料理よ」

そう言って、囲んだテーブルの上の風呂敷包《ふろしきづつ》みを開ければ、小分けしてラップで包んだアレコレが出てくる。

「例のラップとやらで包んでんだね」

「そうなの。このまま魔法で温めても食べられるから、野営でも便利でしょう」

「ああ、いいな」

興味津々のマリーちゃんと、言葉少なく頷《うなず》くラルフ君。

そして見習い君は……お顔が引きつった？　ああ、もしかして……。

「最初にお肉を叩いて臭み消しと一緒に蒸してあるの。これは煮込みだけれど、灰汁《あく》もしっかり取っているわ。濃いめに味を付けているから、お湯を注ぐだけでスープに変身。炒《いた》めたり、蒸したお野菜を入れてもいいわ。蒸したお芋をマッシュしながら混ぜて、パンに挟んでも美味《おい》しいし、フォークで簡単にほぐれるから、お手軽リメイク料理にピッタリよ」

そう言うと、見習い君のお顔の強張《こわば》りがほぐれてくる。やっぱり兎熊のお肉が苦手だったのね。

「こちらはハーブソルトの塩釜《しおがま》焼きと、燻製《くんせい》。スライスしてあるから、陰干ししてジャーキー風にするなら一月《ひとつき》、このままでも冷所で一週間は日持ちするわ。食べる時に炙《あぶ》ると美味しいの」

ラップに包んだキャベツ玉くらいの、塊三種類を説明も交えつつ、全員の前に並べる。

「このラップ、吸着しているのに、ちゃんと剥《は》がれるな。それに……美味《うま》い」

包み焼きのラップを剥がし開いて、一切れパクッと食べるラルフ君。厳《いか》ついお顔もほころんだからか、他の二人も残りの種類をそれぞれ開いて、パクリ。

「嘘だ……風味は確かに兎熊なのに、普通に美味い。しかも筋が口のなかでほぐれる……」

「これ、確かにスープにもできる濃いめの味つけだけど、きつめの酒の肴《さかな》にも良いね」

呆然《ぼうぜん》と呟く見習い君に、嬉々《きき》とする酒豪のマリーちゃん。

「ラップは基本的に、お皿なんかに被せる使い方をしてちょうだい。もし直接何かを包むなら、包んだ後に生活魔法で数秒温風を当てると、熱で吸着力が上がるわ。切る力には弱いから、先の尖《とが》った物は包まないで。あくまで食品用。三〇回くらいなら、洗って再使用可能だけれど、それ以降は試した事がないの。耐久性がどこまであるのか、教えてくれる？　それからこれ」

横に除《よ》けていた折り畳んだ座布団サイズのラップを、そっとマリーちゃんの前へ出す。

「マリーちゃんのお家《うち》で使う、お仕事用の大鍋《おおなべ》サイズ。蓋《ふた》の代わりになるし、大きすぎるなら切って使ってもいいわ」

「こりゃあいい！　うちの両親も喜ぶよ！」

「二人にも、また顔を出すと伝えておいて」

「もちろんさ！」

快くマリーちゃんが頷いてくれたところで、奥の厨房から、お昼の支度の催促を受けた。

「残りは誰かに渡すのか？」

食堂組の二人が塊を抱えて行ってから、再び風呂敷で包み直していたから、残りの行く末が気になったのね。荷物は二分の一減といったところ。

「ええ。ガルフィさんとユストさんの所に」

「ユスト？　ああ、リュンヌォンブル商会の会長か。卒業研究で何度か会ったな。持とう」

「助かるわ」

行商スタイルになる前に、ラルフ君が荷物を持ってくれた。そのまま二人で食堂を出ていく。

王子は間に合わなかったみたい。良かった。

※※※※

「ロ、ロブール公女」

食堂を抜けたところで、背後から呼びかけられたけれど、随分と硬い声ね。

「あらあら、お久しぶりですわね。何かご用ですの？」

少し先にはつい今しがた、こっそり改名したワンコ君こと、ヘインズ＝アッシェが立っている。

艶《つや》のなくなった赤髪に、以前より淀《よど》んだ空色の瞳《ひとみ》。今日の天気に似つかわしくない、どんより感。そして感じる違和感。

何と表現すれば……そうね、魔力ではなく、気配が二重にぶれている感じ？

内心首を傾《かし》げつつも、もちろん安定の淑女スマイル。

「まあまあ、貴方《あなた》もクマさんを飼ってらっしゃるのね」

彼の目元にも、クマさんが滞在中。こちらの方が色が濃い。

一緒に振り返ったラルフ君も、怪訝《けげん》なお顔に。

「熊は飼ってねえ。必要なら捕獲してくる。話がしたいんだ……頼む」

最後に直接会ったのは、蠱毒《こどく》の箱庭だったかしら。あの時とはほど遠い殊勝な態度で、頭まで下げられてしまう。

「その熊さんではありませんわ。無闇に野生動物を捕獲するのは、オススメしませんことよ。お話は二人きりで、という事かしら？」

「……そうだ……頼む」

「ひとまず頭をお上げになって？」

チラリとラルフ君を見やれば……えっと、どうしたの？　急にスン、と表情が消えて、ほの暗さが増したけれど、何事？　お婆ちゃん、純粋な思春期をまともに経験していないせいか、あまりにも繊細すぎる青少年の心の機微までは、わかりかねるわ。

「男女が二人きりは良くないのでは？　それに自分達が公女に何をしてきたか、忘れていないか？」

「それは……だが……だが、頼む、公女！」

せっかく上がった頭が、今度は勢い良く地面と平行に、体を直角に曲げて下がる。

必死ね。誓約が思っていた以上に効いている？　それに魔力に揺らぎが出るほど、随分と感情が昂《たかぶ》っている。

「おい、落ち着け。魔力を暴走させる気か」

ラルフ君の眉《まゆ》に力が入り、私を自分の背に隠してくれる。

魔力量の多い小さな幼児なら、時々こんな風に魔力制御ができなくなって、暴走させる事がある。発火、カマイタチ、水浸しにする事が多いかしら。だから子供が真っ先に学ぶのは、魔力の制御。

とはいえ、まだまともに魔法が使えないからか被害は大してないの。

でも成長するにつれて、被害は甚大になりやすい。漏れている魔力が、魔法という具現化した形を取るから。

火で例えるなら、大人は魔法の火球までイメージするけれど、幼児は漠然とした火をイメージする。そういう違い。

ちなみに私が本来の魔力を暴走させると、多分この辺一帯の地形が変わっちゃう。

もちろん私達くらいの年なら、普通は暴走に至らないのだけれど……仕方のない子ね。

四公の嫡子だけあって、魔力量は貴族の中でも多い方だから、被害が甚大になりかねない。蠱毒の箱庭で私が右肩につけた誓約紋に干渉して、体に渦巻いている魔力を外へ逃し……。

「あらあら？」

ワンコ君の魔力が、どこかへ吸い取られた？

「どうした？」

「何でもない……」

「はあ、はあ、た、頼む……お願い……だ……」

「おい！」

背に庇《かば》う私を振り返るでもなく問うラルフ君に答える間もなく、ヘロヘロとその場に崩れ落ちるワンコ君を、地面に顔面衝突する前にラルフ君が慌てて抱えた。

「はあ。公女、すまない。俺はこいつを保健室に寝かせて来る」

ラルフ君はため息を吐《つ》いて、私に荷物を渡すとワンコ君を……いやん、素敵！　お姫様抱っこ！

まだまだ成長期真《ま》っ只中《ただなか》のラルフ君の方が、成長期終盤の大柄なワンコ君より、少しこぢんまりしている。この体格差が……BとLな妄想を刺激する！

厳つい年下少年に抱えられる、傷心ワンコ騎士崩れ……何だか無駄に滾《たぎ》る絵面！

ああ……早く私の小説を二次元の世界で具現化してくれるような、神絵師様を発掘したい！

「ええ、お願いね」

なんて妄想していても、安定の淑女スマイルからの、再び行商人スタイル。重力操作も忘れない。

「もし保健医がいなかったら、全学年主任にお願いするといいわ。私がそう言っていたと伝えて。私も外で用を済ませて、様子を見に戻るわね」

「……そうか」

まあまあ、何だか不服そう？　突然の任せっ放しは、良くなかったかしら？

「なるべく急いで……」

「急がなくていい。そもそも公女がこいつを気にかける必要もない。来なくていいくらいだ」

かぶせ気味に遮られたわ。そうね、ラルフ君は仲間想《おも》いの良い子だもの。同級生でチームの一人でもある私が、ワンコ君からもイチャモンをつけられていたのは、当然知っている。眉を顰《ひそ》めてしまうのも、仕方ないわ。

「その通りね。けれどこれで何かあったら、寝覚めが悪くなりそうな、そんな気がしないでもないような、気がしなくもなくはないもの」

「……っふ、どっちだ」

ふふふ、笑われてしまったわ。でもそうやって笑うと、強面《こわもて》さんも年相応の可愛らしい男の子。何だか昔から私を心配する、子供好きな厳ついオジサンに似ている。

「どちらかしら？　とりあえず、もう行くわ。またね、ラルフ君」

「ああ、また」

そうして学園を出る。時々すれ違う学生に、二度見されたのは、解せない。

※※※※

人目が無いのを確認して、王都の裏通りへと転移した私は、目的地まで歩いて向かう。

ちなみに滅多に誰も通らない寂れた細い裏通りは、私の転移スポット。忘れた頃に誰かいるけれど、幻覚魔法か、蠱毒の箱庭でも使った認識阻害効果を付与したローブで、周囲にわからないようにしているから気づかれない。

でも今の時期にローブは、少し暑いの。もちろん着るなら、魔法で中の温度を下げるけれど。

「よお、ラビ。数日ぶりだが、なかなか面白い格好で登場したな」

「なんでえ、ラビじゃねえか！　美味い果物いるか？」

「トムおじさん、いただくわ！　代わりにこれ、食べてちょうだい。お肉よ。包みは再利用可能だから、洗って使って。詳しい事は後で、ユストさんにでも聞いて」

「お、いいねえ。ラビは時々便利グッズをくれるから、ありがてえ！　奥の控え室を使いな！」

とあるお店の前で待ち構えていたのは、ユストさんとトムさん。

トムさんは昔から、時々熟れすぎ一歩手前の果物をくれる、果物店の店主さん。

奥に行く前に、荷物から無造作にラップ包みを一つ手に取り、トムさんに差し出す。塩釜焼きよ。

「お待たせ、ガルフィさん」

「……面白い格好で来たわね。ほら、貸して」

控え室には、既に美人オネエ様がいた。今度はオネエ様が荷物を、輪投げの輪っか取りのように取って、すぐそこのテーブルに置いてくれる。

踵《かかと》が少しあるパンプスを履いていながら、姿勢も良い。今日はあのマーメイドスカートを穿《は》いたのね。ターンすると、裾《すそ》の部分だけが揺れて、優雅な社交ダンスを踊っているみたい。

月影《げつえい》として用がある時は、商会の事務所にお邪魔するけれど、今日はこのお店を指定されたから、今の私は昔からこの界隈《かいわい》でバイトをしていた、平民のラビよ。

「おっと、気が利かなかったな。悪い」

「いいのよ。ガルフィさんが……」

「開けていいでしょ？　きゃー、これこれ！　ラップ！　中身は全部兎熊なの？　あら、三種類！

三つともいい？　いいわよね？」

「オバチャン気質なだけだから」

本当は、紳士なオネエ様って続けようと思ったのに。これはどう見ても、あちらの世界でお馴染《なじ》み、スーパーで一《いち》早く、確実にセール品を手に入れんとする、歴戦の強者《つわもの》、セールハンター！

私もあちらにいる時には、セールという言葉に血が滾ったものよ。野菜の袋詰め放題にだって、何度も挑戦したんだから。

「おい、落ち着け。目が獲物を狙う魔獣じゃねえか。ここにゃどう見たって、俺達だけだ」

「はっ、しまったわ。ラビの作る料理が美味しすぎて、時々争奪戦になるからいけないのよ」

「大丈夫よ。今日はトムおじさんだけみたい」

ちょっぴり恥ずかしくなったのね。頬に片手を当てて照れるオネエ様も、素敵。

昔ユストさんが経営していた古着屋さんは、店閉まいしてしまったの。今ではユストさんと夫婦《めおと》漫才をしていたおばさんの息子、トムさんが受け継いだこのお店が、この近辺の待ち合わせ場所。

おばさんは違う街で、果物をふんだんに使ったテイクアウト専門ケーキ店を営んでいる。大人気店なのよ。

　このお店にも時々アルバイトさんが入るから少し多めに持ってきたのだけれど、う～ん、どうしようかしら。煮こみと燻製《くんせい》が一つずつ余りそう……。

「それじゃあ早速、ブツを確認するぞ」

　ユストさんの言葉で、考えは放棄。成り行きに任せましょう。欲しいと言われたら、渡せばいい。それにしても、厳ついオジサンがブツなんて言っていたら、危険な方向に勘違いしそう。

「ええ。兎熊の塩釜焼き、燻製、それから煮込みの三種類を、それぞれ堪能してちょうだい。ラップはガルフィさんから聞いているでしょう？」

「ああ」

「それじゃ、早速味見ね！」

　そうして全種類を一切れずつ食べた、この二人の好感触な反応を前に、私もご満悦。

　説明はマリーちゃん達と同じようにして、特に何も言われなかったから、残りの二つは持っていく事にする。

「器用ね。それに可愛らしく見えるから不思議」

　風呂敷《ふろしき》の両端を結んでいくだけの手提げバッグ仕様にすれば、オネエ様に感心してもらえた。私を良く知るこの二人に褒められると、嬉《うれ》しくなるの。きっとどこかで、保護者認定しているのね。

「ふふ、ありがとう」

「素直に笑うと悪い虫が付きそうで、お父さんは心配ね」

「まあな」

どういう意味かしら？　ユストさんが神妙なお顔で頷《うなず》いているけれど、私のお父様は虫の心配なんてしないわ？

「それじゃあ、次があるからもう行くわ」

「ああ、気をつけて」

「今日は送っていけないの。変な人についてっちゃ駄目よ」

「ふふふ、そこまで子供じゃないから、大丈夫よ」

心配症なオカンモードのオネエ様に、うっかり笑ってしまう。

その後、いつもの転移スポットから、学園で私が愛用する秘密の小部屋へ転移。

そうして呟《つぶや》いてしまう。

「どうして学園全体が、殺伐とした空気に変わっているのかしら？」

※※舞台裏※※　事件当日昼前～保健室にて義兄妹喧嘩《きょうだいげんか》～（レジルス）

「お兄様、何故《なぜ》今頃になってお義姉《ねえ》様を庇うのですか⁉」

「シエナ、ラビアンジェを庇っているわけでは……」

立場上、ロブール義兄妹についてきたが、そろそろ公女《想い人》の所へ戻りたい。

ミハイルはベッドの端に腰かけた、この義妹《自己中》と絶賛押し問答中だ。何なら食堂前から保健室に到着するまで、ずっとこの調子で一々立ち止まるし、想《おも》い人が行ってしまうまで時間が無いのにと、内心、苛々《いらいら》している。

俺が表立って学園に赴任してから今に至るまで、彼は想い人《実妹》にからみに行こうとする自己中《義妹》を、幾度となく窘《たしな》めている。俺にも異母弟がいるが、お互い兄弟姉妹には手を焼かされるな。

ミハイルが俺に手を貸すのと引き換えに、現在王子達の婚約者候補となった社交界にも明るい令嬢達には、想い人を悪意から守るようにも頼んだ。当然、自己中への牽制《けんせい》も含んでいる。彼女達も思うところはあったようで、すんなりと首を縦に振ってもらえた。

俺がその話をする間、ミハイルが後ろに控えていた事で、ロブール公爵家の意図は伝わっただろう。もちろんロブール家当主たる魔法師団長には、許可を得ている。少々どっちでも良さそうな感じを醸し出していたが、そもそも魔法師団長はそんな男だ。言質が取れていれば、それで良い。

どちらにせよ、もうじき魔法師団長は養女である実の姪《めい》を……。

それにしてもミハイルは実妹の元婚約者《俺の異母弟》の一件もあり、俺がまるで浮気男であるかのように釘《くぎ》を刺してきたが、そこは既に手を回している。王子はこの国に三人いて、誰がどの王子の婚約者候補か明言していないのも、そうした理由からだ。

「何故ですか！　お義姉様は成績だって、魔力だって低い！　なのに何でもすぐに逃げて、全く公女としての務めを、果たしてらっしゃいません！　なのに今更、態度を変えるなんて！　そんなに血の繋《つな》がった妹は大事なの！」

「血の繋がりは関係ない。私はお前の事も、ラビアンジェと同じように、妹だと思っている。ただあの子の事を何も見ず、あのような態度で接するべきでは無かった。それが全てだ」

　確かに想い人の逃走癖は酷《ひど》……いや、素晴らしくプロフェッショナルだ。

自己中の方がよっぽど公女として恥じぬよう、努力していたのは間違いない。

　しかしそれはロブール公爵家の問題。

　軽くため息を吐《つ》き、壁掛け時計をチラリと見る。思ったより時間が経《た》ってしまった。

「そこまでだ。いつまでも押し問答をしていても、ラチがあかない」

まだ帰っていないよな？　想い人の手料理は、何としても食べたい。いっそ独り占めしたい。

「シエナ＝ロブール。今日の生徒会活動には参加しなくて良い。帰りなさい。君が義姉とあそこで揉《も》めていたのが、君の意志によるものだという事は明らかだ」

「そんな！　私はたまたま……」

「兄の公子から、学園で不用意に義姉に近づかないよう、通達をさせたはずだ。間違いないか？」

「それは……」

「ミハイル＝ロブール、通達していないのか？」

「いえ、致しました」

自己中の主張は遮って、義兄のミハイルに問《と》い質《ただ》せば、自己中も流石《さすが》に黙……。

「その通りですわ。ですが私達は姉妹。何故そのような通達を、受けねばならないのです⁉」

黙らないな。やはり時間の無駄か。兄の想いも、危うい自分の状況も、わかっていない。

よし、放って食堂に……。

「失礼します」

その時だ。見覚えのある学生が、ノックもなく入ってきた。ノックはしなかったのではなく、できなかったのだろう。そして多分、保健室の引き戸は、足で開けた。

「何があった？」

すぐに近寄り、抱えられている赤髪の男子学生の顔を覗《のぞ》きこむ。

何故アッシェを接点の無さそうなこの者が抱き抱えているのだろう？

そういえばここに来る前、食堂に続く通路ですれ違っ……ハッ、まさか想い人と秘密の逢瀬《おうせ》を⁉

確か彼女が蠱毒《こどく》の箱庭から帰還した際、真っ先に抱きついていた。俺は一生忘れん！

想い人と同じチーム、通称、チーム腹ペコのリーダーだ。

「ひとまずこいつをベッドに寝かしてかまわないか？　ロブール公女からは、もし保健医がいないようなら、全学年主任に頼んでみるよう指示された」

ん？　そうか、頼られたのだな。俺の事を思い出してくれたなら、僥倖《ぎょうこう》だ。

「そうだな、今日は俺が診よう。そこに寝かせてくれ。この生徒も随分と顔色が悪いな」

「も？」

リーダーは無視して、いそいそと鑑定魔法を使う。

ミハイルが呆《あき》れたような、どこか哀れんだような表情を俺に向けてくるが、お前も誰かに惚《ほ》れれば、俺の気持ちがわかるだろう。

リーダーは、そこで初めて一番手前のベッドにいたロブール義兄妹を見やる。

しかし特に反応せずに素通りし、隣のベッドへ寝かせた。

ふと自己中を見れば、どうしてだか固く手を握りしめ、うつむいている。表情はわからないが、ミハイルも怪訝《けげん》そうな顔でそちらを見やる。

しかしある可能性にハッとする。想い人は、もう行ってしまったのでは⁉

遅くとも追いかけたい衝動に駆られる。つれない人だ。

「睡眠不足と、軽い飢餓状態。それに魔力が随分少ない。君達は魔法で喧嘩でもしたのか？」

落ちこむ気持ちを叱咤《しった》し、想い人から頼まれた任務を全うする。

アッシェは第二王子《異母弟》や自己中と共謀し、理不尽な正義感を想い人にぶつけ続けた。まとめて秘密裏に潰《つぶ》すリストに加えていたが、どちらも自滅。肩透かしを食らった。

「喧嘩じゃない。ラビアンジェ公女を見送る途中、絡んできたと思ったら、突然倒れた」

「何故君が、公女を見送っていた？」

やはり帰ってしまった。夏休み中だぞ。次はいつ会える？　俺が見送りたかったのに、何でこいつが⁉　俺もチームに入れろ。名前呼びにもイラッとする。ここに自己中がいるからだと理解はできるが、とにかく胸に黒い何かが渦巻く。

「ラビアンジェ公女と会った後だったからだ」

「そういえば、すれ違ったな。何故？」

「そこまで教える必要はない。そもそも今気にするのは、そこで良いのか？」

くっ、正論だ。確かに本来質問すべきは、アッシェが想い人に何を言い、どう倒れたかだ。が、俺より長く共にいた可能性が濃厚だと思うと……地味に腹が立つ。

「チッ。まあいい。ヘインズ＝アッシェが倒れた時の、詳しい状況を話して……」

「どういうつもりよ‼」

何⁉　自己中に舌打ちを咎《とが》められた、だと⁉　しかし流石に大人げなかったか。

憮然《ぶぜん》としながらも、これは俺が悪かったと幾らか反省した、その時だ。

自己中が素早い動きでベッドから降りて詰め寄ったのは、リーダーの方だった。

「どう、とは？」

リーダーも普通に答える。俺への注意ではなかったのか？

ミハイルが俺を見て呆れを通り越して、引き気味になっている？　何故だ？

「貴方の身分もそうだけど、お義姉様と同じD組《クラス》じゃない！　礼儀を守りなさいよ！　その方は、全学年主任としていらっしゃった、この国の第一王子殿下なのよ！」

「知っている」

だから何だと言外に告げる。寡黙な少年だと思っていたが、これは恐らく相手にしない方針だ。

「なっ⁉　知っていてその態度は何⁉　それに私は公女でA組なのよ！　無礼よ！」

「シエナ、落ち着け」

更に感情的になる自己中を、ミハイルが後ろから両肩を押さえ、下がらせる。

「いいえ、お兄様！　公女としてこの無礼者を、看過できません！　今すぐ出て行きなさい！」

「それで良いならそうするが、良いのか？」

「まだ困るな」

どうしようか。とてつもなく面倒臭いが、アッシェが想い人と何を話したか、まだ聞いていない。

個人的にも今、一番気になる所だ。

「そんな⁉　この無礼者をお許しになりますの⁉」

「シエナ＝ロブール。黙りなさい。失礼さでいえば、君もそうだ」

「……え……」

無理矢理間に入って自己中に注意すれば、ポカンとした顔になった。何故こうも察しが悪いのか。

「ミハイル＝ロブール」

義兄としてのミハイルに、あえて少し強めに言葉を投げる。

「申し訳ありません。シエナ、これ以上の醜態を曝《さら》し、お前の身勝手にロブール家を巻きこむな」

「そんな……私はただレジルス様の為《ため》に……」

「許されていないお前が、第一王子殿下を名で呼ぶな。それに全学年主任も私情を挟んでいる」

ふぐっ……その通り過ぎて、そっと目を逸《そ》らせば、ミハイルはそんな俺に、ため息を吐く。

「それに目上の者同士で話しているのを、無関係のお前が何の断りもなく立ち入り、病人の現状把握を邪魔している」

「目上だなんて……」

「彼はお前にとって先輩だ。それにD組は関係ない。特にお前は生徒会役員であり、成績による偏見を助長させた第二王子一派として認知されている。二度とそこに触れてはならない」

「そんな言い方……酷いわ、お兄様」

潤んだ瞳《ひとみ》で、何故自己中は俺を見上げる？　心底意味がわからない。

「もう帰れ。それから、このままだと生徒会役員の適性からも外れる。そろそろ自覚するんだ」

「ま、待ってお兄様！　そんな……そんな事……」

「言い訳は聞かない」

自己中は更に何か言を紡ごうとして、うつむいて押し黙り、再びゆっくりと口を開いた。

「後悔、しますよ」

何だ？　自己中の魔力が体内でうねり始めた？　小さな子供ではないから、本来なら魔力暴走はないだろうが……。まさか、例の？

「そうだな。どういう結果になっても、そうなる」

ミハイルは言外に王立学園の生徒はおろか、公女でいさせ続けるのも難しいと言ったが、通じていないだろう。裁量は当主たる魔法師団長にあるが、これからどう決定するか……。

その時、自己中がギッ、とミハイルを強く睨《にら》みつけ、本格的な魔力暴走の兆候を見せた。

「落ち着け。そのままでは、魔力暴走を引き起こすぞ」

「こいつもか……」

仕方なく自己中に話しかけていれば、不意に対面からリーダーがボソリと訝《いぶか》しむように呟《つぶや》く。

大きな騒ぎは今のところ耳にしていないが、まさかアッシェも魔力暴走を？

それにしても、リーダーは随分と冷静だな、と感心する。

この者は冒険者として、評判の良いパーティーに時折交ざり、その実績を順調に積んでいる。学園での成績は中程度だが、実戦では頭の回転が速く、機転も利くらしい。

想い人が組むチームリーダーだからな。既に身元は調査済みだ。

「シエナ、落ち着くんだ。お前が傷ついてしまうぞ」

「うるさい！　アイツの肩ばっかり持って！」

ミハイルが努めて冷静に話すが、よりによって体の周りに小さく火が爆《は》ぜた。火傷《やけど》はあまりに深いと治癒魔法でも痕《あと》が残ってしまう。魔力暴走が発火という可視化を取った以上、黙って見ているわけにもいかない。

「ミハイル」

「わかっています」

不服ながらも必要と判断したのだろう。ミハイルは自己中の周りに魔力障壁を張る。

魔力干渉に特化した、解呪を得意とする者ならば、暴走する者の魔力を自分の魔力に一度馴染《なじ》ませる事で、落ち着かせる事も可能だ。一番被害が少ない。

俺よりもミハイルの方が解呪の類は得意だが、流石に暴走する魔力だ。難易度は計り知れず、下手をすればこちらもつられて暴走しかねない。

だから一度完全に暴走させて落ち着かせるしか、今は鎮める方法がない。もちろんそれだと当人は、自らの魔法によって傷つくが……。

バチバチと自己中の体の周りで連続して火の粉が爆ぜ始めた。暴走に身構える。

「……うぅっ」

ところが、だ。突如暴走が鎮まり、自己中が呻《うめ》いてその場に崩れ落ちた。

「こいつもか……」

「『こいつも？』」

訝しげな様子のリーダーの言葉に、今度はミハイルとも言葉がかぶった。

「先程も同じ事を言っていたな。どういう事か教えて欲しい」

障壁を消し、意識のない、青を通り越して真っ白な顔で気絶した自己中を、元いたベッドへ寝かせたミハイルが尋ねる。

念の為診てやれば、予想通り、魔力がかなり減少している。

「あの四年生も同じようにして倒れた」

リーダーの言葉に、そういえばアッシェの魔力も、少なかったのを思い出す……。

「有り得ないな。だが有り得ない事が起こった」

「ええ。普通はあそこまで暴走が起これば、止まらない。それに暴走が止まったのは、魔力が落ち着いたからじゃない」

「気づいたか」

俺の言葉に、ミハイルが小さく頷《うなず》く。

「直接この学園で見たのは初めてでしたが、他の報告も含めて、暴走して魔力を消費したわけではないかもしれません」

「やはり何かが起こっているな」

俺の言葉に、リーダーが訝しげに眉《まゆ》を顰《ひそ》めたのを見て、説明する。

「学園が夏季休暇に入る少し前から、そういった生徒が学園内で見られるようになった。最近は寮生の中で急に増えたが、気づいていなかったか？」

最近ミハイルを連れて聞き取り調査も行っていた。だがまだリーダーには尋ねていなかったな。

「夏休み中は、冒険者として活動する事に重きを置いているから、そもそも寮にいない事も多い。最近の事と言われても、よく知らない。間近で言えば、一週間空けて、帰ったのが三日前だ。同じD組で冒険者登録をしている何人かも、そんな感じだろう。聞き漏らした者が他にもいるはずだ」

「そうか。ロブール公子、今日集まる予定だった生徒会役員に、予定の変更を伝えて帰らせ……」

――バン!!

「先生！　いらっしゃいますか⁉」

俺の話は、けたたましく開かれたドアの音と、乱入してきた者の声に阻まれた。

※※※※

突然乱入して話を阻んだのは、俺もよく知る三年の男子生徒《生徒会役員》。彼はまだ第二王子《俺の異母弟》が健在で、他の生徒会役員達が想い人を貶《おとし》める中、富裕層とはいえ平民でありながら唯一、高位貴族や王族達のそれに同調しなかったと報告を受けている。名はドミニオだったか。

そんな彼が貴族令嬢二人を両手にそれぞれ抱え……いや、その腰に手を回し、うつ伏せ状態で荷物のようにぶら下げながら、鬼気迫る勢いで入ってきた。

恐らくそこのリーダーと同じく、保健室のドアは足で開けた。力加減なく開けたせいで、けたたましい音がしたのは、聞かなかった事にする。

身体強化を使っていたのだろうが、腕がブルブル震えて限界を訴えていたから、ミハイルとリーダーですぐに一人ずつ引き受けた。

ベッドの空きを全て埋めた、令嬢の一人を診る。自己中達と同じ症状だ。

他の二人も俺の表情から察したらしく、軽く頷き合った。

不意に、唯一状況がわかっていないドミニオが、ヘナヘナと床に尻《しり》もちをついて、脱力した。ひとまず近くの椅子に座らせて、息が整うのを待ってやる。

「落ち着いたら、説明を頼めるか」

「は、はい」

その顔は恐怖に引きつりながら、やや早口で説明を始めた。

「僕達三人は生徒会室で、予定していた時間がくるのを待っていたんです。他の役員達は、まだ来ていませんでした。そうしたら急に、その二人が感情的に口論を始めたんです。本当にささいな、寝癖がついている、いないから始まりました」

確かあの二人は侯爵令嬢だったか。感情的に口論する引き金が寝癖？　思春期か？　もし想い人に寝癖がついていたら、可愛《かわい》らしい以外に何も感じないな。

もちろん話の腰を折らず、顔も無表情を保つ。

「どんどんヒートアップして化粧とか、今日の服装とか、ドレスとかに変わって……揃《そろ》って魔力暴走を起こしかけた。小さな子供でもない、魔力量の多い、高位貴族令嬢が二人揃ってです。あり得ます⁉　平民の僕じゃ絶対止められないし、防げない。まずいと思って部屋から出て、ドアに魔法障壁を張ったんですが、何も起こらなくて。中を覗《のぞ》いたら、二人が倒れていた。その前からどことなく、顔色は優れなかったような？」

先の二人と同じか。興奮した理由は全く違うが、状況は酷似している。ここまでは理解できたが、判明した令嬢達の争点は難解だ。

「それでよく見たら、その二人の近くに半透明の人が二人、立っていたんです！　他の役員達もまだ来ていなかったし、助けなくても、どちらから助けても、平民の僕じゃ角が立つ。それで慌てて同時に抱えて、廊下に出ました。そうしたら……そうしたら半透明の人達が、フラフラ歩いていて、人が何人も倒れていたんです！　あ、半透明なのはどこかに向かっているようでした」

半透明って何だ？　昔から時々聞く、幽霊とかいうやつか？

「他の奴《やつ》らも？」

リーダーよ、もって何だ？　もが多いな。寡黙なのはいいが、情報は共有してくれ。

もちろん今まで、これといった話をした事はない。仕方ないとは思うが、無表情がデフォルトな顔は、感情が読みづらい。人の事は言えないが、言わないと何を考えているのかわからないぞ。

「半透明なのが誰かまでは……あ、でもシエナ嬢とヘインズ先輩は、わかりました」

「そうか。ここに来るまでに、どれくらいの者達が倒れていたか覚えているか、ドミニオ？」

立場上、俺が主導で話していたが、義妹の名前が出たからだろう。ミハイルが口を挟む。

「一年生が多かったように思います。僕が見たのは、廊下で二〇人いかないくらい。それと途中の職員室で一年A組《クラス》の担任と、学生二人が倒れていました。二年の学年主任は無事で、状況を確認していました」

となると今いる教師で無事な可能性が高いのは、俺と二年の学年主任ということか。今日当直に当たっている教師は三人だ。

「寮の方は今の時期、三分の一が戻ってきている。その内半数は、冒険者や騎士見習いの訓練で、いない……」

『全校生徒の皆さんに緊急のお知らせです。校内、寮内の動ける生徒達は至急、校庭に集まって下さい。動けない生徒は、その場で救助を待つように。繰り返します――』

リーダーが情報提供し終わらないタイミングで、校内にアナウンスが響く。遠隔操作で声を響かせる魔法具を使った、恐らくこの声は二年の学年主任だ。

続くアナウンスを聞きながら、索敵魔法を繰り出す。範囲は学園の敷地全体だ。

「半透明の何かは、男子寮の方に集まっているようだ。生物というよりも、純粋な魔力が動いている感じだな。校内の学生は校庭に避難しつつあるが、倒れた者達はそのまま……ああ、寮生達も動き始めたか」

それだけ言ってから、学生達に主任として向き直る。

「君達三人は、ここから出て校庭に向かえ」

「全学年主任は、絶対男子寮の方に行くつもりでしょう？　私も行きます」

ミハイルは、俺の考えを先回りして、そう告げた。

本来なら次期当主として、俺を止めるべきだろう。しかし俺の赴任理由を幾らか推察し、保健医として極秘に潜入調査していたのも、知っている。

国王陛下や宰相と話し合って、今も現在進行形で調査している事だから、多少の危険はやむ無し。

しかし、ただ黙って見ている事もしないようだ。

詳しい理由を個人的には教えてやりたいが、蠱毒《こどく》の箱庭の時同様、今も教えていない。誘っているものの、未《いま》だに俺の側近を選んでくれていないからだ。

「一人で……」

「王族が何を言っているんです。どんな危険があるのかわからないのに、駄目に決まっているでしょう。どうしてもと言うなら、むしろ私が一人で……」

俺の言葉をミハイルが遮って、意志表示をしていた、その時だ。

「つぐ……う、ぐぁ……あがあああ！」

突然ベッドの上で暴れだしたのは、アッシェ。

突然の事にドミニオはビクッと跳ねて固まり、リーダーは怪訝《けげん》な顔でそちらを向く。

「ヘインズ⁉」

慌てて駆け寄ったのは、ミハイルだけだった。

動ける男認定したリーダーは、動かない。むしろ暗緑色の瞳《ひとみ》は冷たく凪《な》いでいる。何となく、俺が想い人を傷つける者を見る時の目に似ている。

「あっ、がっ、はぁ、はぁ、うぐぁあああ！」

しかし俺は一応、全学年主任。苦しむ生徒をいつまでも傍観できない。そちらへ歩を進める。

「重篤な魔力枯渇⁉」

ミハイルの言葉に、鑑定魔法を使い、眉を顰める。

全身にあらゆる苦痛が広がっているようだ。初めは胸、それが次第に腕や体全体を、何かに縋《すが》るように、七転八倒しながら服を掴《つか》んでは、力任せに掻《か》きむしる。

元々騎士として鍛えていたから、握力が強い。薄手のシャツが、ビリッと音を立ててあちこち破け、胸に赤い花が見えた瞬間に消えて、再び現れる。そして……。

むき出しになった右肩を見て、息をのんだ。

そんな俺の様子に、気づく余裕はないのだろう。ミハイルは魔法で身体強化し、のたうつアッシェが自分の体を傷つけないよう、押さえつける。

リーダーも即座に加勢した。

「おい！　気をしっかり持て！」

「つぐ、ひっ、許し、公女！　あ、ああ！　しまっ、やめ、やめてぇ！　……っぐ……ぁ……」

ミハイルの言葉が届く事もなく、許しを請う。その直後、ビクンと弓なりに体を反らし、見開いた空色は白目を剥《む》いて、気絶した。

……今……誰に許しを？

3　【事件勃発《ぼっぱつ》直後】始まりは、グッズ作りから

「あいつ、やっぱり殺しちゃっていい？」

んん⁉　不意にうちの可愛《かわい》らしいお狐《きつね》様の声が聞こえたと思ったら、不穏⁉

この部屋にあった、ゾワリとする嫌な残滓《気配》は、一瞬だけ私の魔力を放出して霧散させてから、口を開く。

「あらあら、キャスちゃん？　いきなり何の殺害予告？」

ポン、と現れて私の頭にダイブした、白いモフモフ様。左前脚にはご愛用いただいている、パッチワークシュシュ。

「余計な事言った」

苛ついた猫が見せる習性のように、私の後頭部に九本の尻尾《しっぽ》を打ちつけ始める。狐は犬科だったはずだけれど、こちらの世界では猫科なのかしら？　もちろん、ふわふわな尻尾だから、痛くない。

「そうなの？　でも誓約を弛《ゆる》めたのは、私だもの」

そう、学園内の空気が妙に殺伐とした雰囲気だったから、秘密の小部屋に荷物を置いて、まずは索敵魔法で様子を探った。そうしたら学園中で、魔力を暴走させかけては抜き取られる現象が多発。

ワンコ君の症状を思い出し、彼の右肩の誓約紋を使って体内魔力の流れを探ってみた。そうした

ら、どうにもよろしくない状況でビックリ。何なの、彼の胸に刻まれたあの紋は。

ワンコ君の気配がブレているように感じたのは、そのせいみたい。しかも赤いリコリスなんて、随分と洒落《しゃれ》ているじゃない。

なんて思っていたら、その紋を通してワンコな魔力が唐突に、急速に吸い取られ始めた。その上、右肩の誓約紋に意図せず干渉を受けてしまったせいで、あの激痛を彼に与えてしまう。

痛みは過ぎればショック死に繋《つな》がるわ。その上何故《なぜ》か彼の魔力の吸い取り方には殺意を感じた。

それで私の方の誓約力を弛めた上で、赤い紋を消したのだけれど、どうやらその一瞬の隙をついて、ポロリしちゃったのね。困った子。

消した赤い紋は一瞬で解析して、つけ直しておいたわ。怪しまれると面倒だもの。

ちなみに倒れた人達には、ワンコ君のような紋ではなく、小さな点のようなマーキング痕《あと》がつけられていたわ。

「むぅ……見捨てれば良かったのに」

「そんなにむくれないで。ワンコ君だけ他の人達のと性質が違ったし、元婚約者《第二王子》のように腕を捻《ひね》ったりするような、直接的な危害は加えられていないもの。でもお陰で良い物を見つけたわ」

実は今、私達は男子寮のワンコ君のお部屋に、絶賛不法侵入中。

念の為《ため》、蠱毒の箱庭でも使った認識阻害用のローブを羽織り、彼から分離していった魔力の残滓《ざんし》を辿《たど》ってみたら……ふふふ。

思春期男子だもの。青春の本くらい隠し持っていると思っていたのだけれど、それよりもずっと素敵な、薄いノートをベッドの下に発見。隠し場所はド定番ね。

「それに最後は、極上の痛みが加わったじゃない。あれはあれで、少しお気の毒よ」

「あの馬鹿娘も、いつも通り放っておくのかい」

バササ、と羽音と共にパッと現れたのは、リアちゃん。頭に少しばかり重みが加わる。柔らかさを更にアピールする腹肉、たまらん。

「ちょっと、乗っからないでくれるかな」

けれどキャスちゃんは不服そう。

縦に縦列駐車するのは良いのだけれど、私の頭が視覚的にも賑《にぎ》やかね。リア《赤》ちゃんとキャス《白》ちゃんで、紅白もふもふ合戦が始まりそう。

「まあまあ、馬鹿で終わるだけの話なら、いつも通りスルーか、少しだけ助けても良いのよ？　だって仮にもシエナはシャロ……お祖母《ばあ》様の孫だもの。ただギリギリまでは見極めるけれど……」

「結果はわかっている、かい？」

言《い》い淀《よど》めば、リアちゃんが続きを口に出すから、苦笑しちゃった。

「そうね。今後もあの子がロブール家にいる以上、あの性格が助長する事はあっても、変わる事は無いでしょうね」

そう結論づけて、ため息を吐《つ》く。

「お父様にも、今回の件は伝わる。そうすれば調べて、正解に辿り着く。せめてあの紋が無ければ、まだ誤魔化せたかもしれない。けれど、よりによって赤のリコリス。王家は単なる愉快犯で済ませるとは、思えない」

「でも白のリコリスも見られたはずだよ」

キャスちゃんの眷族《けんぞく》達にお願いして、様子を実況中継してもらっていたの。ワンコ君たら、身体強化もせずに服を掻き破ったのですって。騎士を目指していただけに、馬鹿力。

「そこはほら、聖獣ちゃん達以外で知る人なんて、あまりいないでしょう。それにワンコ君が気を失ったのなら、すぐに消えたはずよ？」

私がつけた白い誓約紋《リコリス》の発動も、今は感じられない。

「ベルの本当の花は、白いリコリスなのに。王家の奴《やつ》ら、やっぱり大嫌いだ。ハゲの呪いでもかけてやろうか」

「面白そうだけれど、やめてあげて？　それにリコリスと聞いて、真っ先に思い浮かぶのは赤よ。ベルジャンヌだった時、それを見越して私の印章を、リコリスにしたんだもの」

リコリス……前世の記憶があるからか、今では彼岸花の方がピンとくる。前々世ではまだ赤い彼岸花しか、東方から入ってきていなかった。でもたまたま白色もあると知ったの。

「それよりシエナの養子入りの経緯は、わかった？」

私の肩に止まり直したリアちゃんに、ほっぺをスリスリしながら聞いてみる。ふわふわな羽毛、最高！

「ああ。元々、シャローナを気にかけるよう言ってあった眷族達だからね。何年も前だったけど、珍しく夫婦で口論になったから、覚えてたんだってさ。何でも、知らせを受けたシャローナが、亡くなった息子《シエナ》の子供を見捨てられなかったらしい。初めは、ソビエッシュに引き取りを頼んだ。

だけどソビエッシュは、除籍した息子の子供だからと突っぱねた。それで今度はラビ父に頼んで、
魔力保持量がそれなりに多いならって事で、調べたらラビ父の合格基準に達したらしい」

「そう……随分と甘い審査基準ね？」

思わず首を捻る。平民と比べれば、確かに多い。でも血筋に宿る魔力を維持する為に、政略結婚を繰り返してきた四大公爵家の子供と比べれば、見劣りするレベル。

「むぅ。ラビと同じで、ラビ父のシャローナ贔屓《びいき》が酷《ひど》いだけだよ」

「キャスちゃんたら、ぷっくりほっぺが可愛いわ」

「もう、ほっぺたツンツンしないで」

イヤン！　カプッと甘噛《あまが》みされちゃった！　頭皮で感じる腹毛と腹肉の絶妙なハーモニーに加えて、甘噛み！　萌《も》え死ぬとは、この事か‼

「ラビ、鼻の下を戻しな！」

「んぅいだぁ！」

「変態は止《や》めて！」

リアちゃんはほっぺにクチバシ・チョップ、キャスちゃんは頭から離脱……。

「泣いちゃいそうよ。へそを曲げないで？　ほら、お顔も元に戻したから」

「だったらここは私の……フギャ！」

すかさず頭を止まり木にしようとしたリアちゃんに、空中浮遊したキャスちゃんがキック、から

の、腹肉ヘッド・オン。

「まあ、キックはいただけないけれど、お帰りなさい、キャスちゃん」

「僕のだ！」

「うぉのれ、狐！　ラビ！　空中キャッチするんじゃ……あふん」

頭皮にもふもふを感じる間もなく、バサバサッとかぎ爪キックをお見舞いしようと飛んできたリアちゃんは、私が両手でキャッチ。からの、腕に抱え直す。

顎《あご》下のクチバシとの境い目を、指先でコリコリ掻いてあげれば、艶《なま》めかしい声が漏れちゃった。

「ふふふ、可愛い。あのね、シャローナは特別なのよ。それに今は、私のお祖母様でもあるわ」

「だからって、目にあまる」

頭に伝わる振動で、お狐様がプイッとそっぽを向いたのがわかる。

もう、腹毛にお顔を埋《うず》めて、曲がったおへソごと吸っちゃうわよ。

「でも今回の件が明るみに出ても、出なくても、遅かれ早かれロブール公爵家としては、シエナを切り捨てるわ。リコリスの紋もあるから、ベルジャンヌに絡めて、お祖父《じい》様が一言言えば、さすがにお祖母様も頷《うなず》くはず。それに残念だけれど……根本的にもう、手遅れじゃないかしら」

ごめんなさいね、シャローナ。ベルジャンヌの死後、まさか貴女《あなた》がソビエッシュと心の伴わない婚姻を結ばされるなんて。だから貴女が家族という形に救いを求めたのも、わからなくはない。

「まさか夏前に眷族達が見た、川を流れてた卵ってのが、こんな事に使われるとはねえ」

再び肩に移動したリアちゃんの声に、ハタとなる。

「そう、聖獣の素養があるかもしれないと言っていた、あの」

「本当に、馬鹿な奴は何も考えてないんだから」

苦々しそうな声のキャスちゃんと、沈んだ様子のリアちゃん。

祖父母への孫としての感情は、霧散する。だって私、モフモフ様達の下僕だもの。

「心配しないで。いくら私が祖母を大切に思う孫や、前世の婆心を持つとは言っても、聖獣ちゃん達にそんなお顔をさせたシエナの所業を、いつも通りに流したりしないから。若さ故では、もう済まさないわ」

そう言って、ロブール家初の姉妹対決を決意する。その為にも、まずは道具作りからね！

「ただ、紋をつけたのは別の誰か。馬鹿娘だけでは不可能だよ」

「ぶふっ、それはそうだよ。本来なら魔法の素質なんて知れてるもの」

思いつきを伝えようと口を開きかけたけれど、キャスちゃん？　リアちゃんの言葉に、頭上《そこ》で吹き出さないで？

「そうね。なのにA組《クラス》でいられるのは、シエナが努力して結果を残せたからではあるのよ？」

「この世に努力する者はたくさんいるし、努力したから他人を傷つけて良いわけじゃない」

不意に広がる深い悲しみと、後悔。それから……不安？　これはキャスちゃんの感情。契約関係だからこそ、私にもそれが伝わってくる。

「ベルだって努力して、沢山傷つけられたのに、最期はその場にいた人も、僕と竜以外の契約をしてなかった聖獣も、皆助けて、未来に繋げる努力をしたんだ……」

「キャスちゃん……」

「次は、もう置いていかないでよね！」

「んぷっ…………行ってしまったわ」

尻尾を私の顔面にポフンと当ててから、どこかに行ってしまった。

「次はちゃんと、一緒に連れて逝くのに」

「それが狐との約束だったね」

リアちゃんが肩に止まり、小さな体で私のほっぺをスリスリ。こんな時でも、やっぱり萌える。

「ええ。時々こんな風に情緒不安定になるくらい、キャスケットが望んでしまうなら」

やっぱり狐は犬科ね。忠犬さながらに、いつかを信じて私を待ち続けてくれたもの。

※※※※

あれから一度、男子寮の屋上を確認してすぐ、学園内にある図書室に転移した私は、出入り口に認識阻害の魔法をかけた。

「ここで何すんだい？　人が寄って来ないようにして」

そう尋ねたのはもちろん、私の頭を占拠したリアちゃん。

「良い質問ね」

言いながら、羽織っていた認識阻害効果のあるローブを、横半分に折り畳んで、袖《そで》をスカートの上から腰に巻く。

両手でリアちゃんを持って、頭から腕に抱え直せば、フワフワな羽毛が腕をくすぐる。この喉《のど》元から胸元にかけてがまた、吸いたくなる心地良……。

「ラビ、その変態顔はよしとくれ。突っつくよ」

どうしてかしら……鳥のはずなのに、牙《きば》を剥《む》き出《だ》しにした、凶暴な魔獣に見える。

「ふふふ、ごめんなさいね。今はほら、屋上で魔法呪化しつつある例の卵が、義妹を使って学生達に付けたマーキング痕から、彼らの魔力を奪い集めているでしょう?」

「ああ。卵の孵化《ふか》が近くなって、今までのペースじゃ、間に合わなくなったみたいだね。魔法呪の力でまずは人を見えない呪力で覆って、魔力を閉じこめてから抜き出してる。半透明の人型魔力《まりょく》塊《かい》が自立歩行して、幽霊が歩いてるみたいだよ」

「そうね。魔力を奪っている時に悪夢でも見せたのか、負の感情もしっかり閉じこめているみたい。ここの学生は貴族や跡取りも多いし、重責を背負っている子達ばかりだもの。煽《あお》りやすかったでしょうね」

リアちゃんとの会話を楽しみつつ、ある一角から目的の紙束を手に取って、席に着く。

「まったくだ。あのワンコは、元々ラビの付けた白いリコリスの誓約紋と風当たりの強さで、まいってたんだろう。他の学生と違って何日か前に、魂の一部ごと覆われて抜き出されてたみたいだ。今じゃ抜き出されてた方に他人の魔力を吸収させられてて、魔法呪の依《よ》り代《しろ》になりかけだ。あの義妹も、実は依り代候補にされてたんのに、気づいてもないよ」

「私達がＳＳＳ《トリプルS》定食を食べた日に、ラルフ君が見たと言っていたのが、そうだったのでしょうね。だからお仕置きも兼ねて、二人を張り倒すハリセンを作ろうと思うの。自立歩行している魔力塊も、スパンとつっこめば膜が壊れる仕様よ」

亜空間収納から、工具と入れっぱなしにしていたご飯糊《のり》を取り出し、紙束をバラす。

「確かにあの膜を破れば、魔力は還元力で持ち主に還《かえ》るから、一石二鳥だろうね！　それよりハリセンて何だい？」

「よくぞ聞いてくれたわ！　大奥乱デ舞《ランデブー》に出てくる扇子で、舞の音頭を取った事が祖とも言われる、前世のツッコミグッズよ！」

「乱デ舞《ランデブー》の‼」

バサササッと机に飛び移ったリアちゃんは、長い尾をピコピコ、翼をバサバサして、舞を舞う。

「ええ、でも扇子は……」

「私の抜け毛を貼ってちょうだい！　ベルジャンヌ時代から、亜空間にたんまり溜《た》めてたろう！　舞を舞うんだよ！」

「……これに？　でもこれ、図書室でご自由にお持ち帰り下さいの、古新聞よ？」

カサリと紙を一枚取って、リアちゃんに見せる。

「ラビは前世で、日舞とやらを習ってたんだろう。それで踊って、見せておくれ！　ほら、早く！」

「ご飯糊で貼ると、ガビガビになっちゃうけれど、わかったわ。それなら穴だらけの魔導回路にして、羽根に残っている聖属性の魔力が、最大限に効力を発揮するようにしちゃいましょう。何枚か新聞紙を重ねて、強度もアップ。こうやって音が大きく鳴るようにして、と」

前世で孫達にお願いされて、試行錯誤しながら作ったのが懐かしい。スパァン、と爽快《そうかい》な音が出た時には、あの子達も大ハッスル。

あまりに大音量なスパァンやら、興奮した孫達がキャアキャア叫んでいたから、ご近所さんが拳《けん》銃《じゅう》強盗と勘違い。警察が出動したのも、今では良い思い出ね。旦那《だんな》さん共々、叱られたけれど。

誰かこれで孫がしていたみたいに、やり合ってくれないかしら？

なんて懐かしんでいれば、閃《ひらめ》きが降臨。

「そうだわ！　ついでにそれっぽく、封印の御札《おふだ》も作っちゃいましょう！　昔台所に飾って、旦那さんと空気が浄化されたねって、ほのぼのしたわ。あの人〇《レイ》感だったけれど、たまに視《み》えてるとか言って。面白いから放っておいたの」

「へー……何だか眠くなってきたよ……」

リアちゃんはオネムね。年を取ると、すぐ眠っちゃうのよ。私も旦那さんも、永眠する何年か前からは、一日の半分くらい寝ていたはず。

「そうそう、今のログハウスは1K仕様で、調理中の臭いが気になるの。空気清浄機能も付与、と。これにもリアちゃんの羽根を貼れば、見た目も鮮やか！　ついでに魔法呪を封じる魔導回路も描いて、と。うーん、いまいち。はっ、そうだ！　それらしく墨で日本語書いちゃえ！」

魔導回路を描きこみつつ、一人興奮して亜空間に放りこんでいた、お習字セットも取り出す。

「笑門来福、一粒万倍、と。何だか陰陽師《おんみょうじ》とか退魔師になれそう！　どうせならハリセンは起動ワードでブルッと魔法具が起動するように設定して……『悪霊退散』と御札は『祓《はら》い給《たま》え』でいきましょう！　この鱗《うろこ》は……ハサミで割れないわ。二枚しかないから、特別製ね。そうだ、一枚くらいまともな魔導回路に、と。他は量産よ！」

　そうしてかなりの数を、魔力に物を言わせてコピーし、仕上げていく。

「はっ、寝てた！」

「おはよう、リアちゃん。ほら、できたわ」

　ほんの三〇分程の間に量産した束を、誇らしげにリアちゃんに見せた。

「何だい⁉　この雑な蛇腹作品と短冊は⁉　私の羽根がガビガビ⁉　しかも無駄にけばけばしい⁉　無駄に量産⁉　呪いの文字⁉」

　何と⁉　驚きの反応が返ってきた⁉

「クスン、ショック。心がいじけてしまうわ」

「はあ、ラビはこの手の才能が残念なのを、忘れてたよ。デザイナーの月影《げつえい》としては売れっ子なのにさ。ほら、そろそろ行くから、片づけな」

　バササッ、と飛んで再び私の頭に鎮座する。遠慮のない言葉に抉《えぐ》られた乙女心が、頭頂部のモフモフで癒やされる。いいの。私はモフモフを愛する、モフモフの下僕よ。

　机に並べたハリセンを、スカートの腰のあたりにまとめてグサッと差しこみ、機能重視で沢山縫いつけたポケットに、御札の束を分けて突っこむ。もちろん使った道具は、亜空間へ。

　片づけが終わるか終わらないかの内に、リアちゃんが翼をバササッと振れば、景色が一変。

「ほら、いたよ」

リアちゃんが翼で差し示す方向には、半透明の人型魔力塊。前世の心霊特番やドラマなんかで見た事のある、お化け映像みたい。

「実験開始ね」

魔法具を作ったら、起動も含めた動作確認が必要不可欠。

腰に差したハリセンをまずは一つ手に取る。魔力を流し、半透明の魔力塊へ駆けていき、振りかぶってからの、一言。

「悪霊退散ー！」

——ブルッ、スパァン！

起動ワードを唱えてブルッと起動。からの、半透明を勢い良くしばけば、なんて小気味よい音！

地面にうつ伏せで倒れた半透明は、ハリセンが当たった所が衝撃で破れ、風船が萎《しぼ》みながら飛んで行くかのようにして、ブルブルブルッと震えながら飛び去って行った。

「んふふふー！　実験成功ね！」

昔懐かしの光景に、孫達との想《おも》い出が蘇《よみがえ》ったお婆《ばあ》ちゃんは、声高々と成功を宣言！

ハリセンを片手に天高く掲げ、もう片方の手は腰に当てて、決めポーズ！

『見た目と効果のギャップがエグい……』

リアちゃんはいつの間にか、姿を幻覚魔法で消して、念話に切り替えている。

「元の持ち主へ魔力が還った、だと……」

「ラビアンジェ……お前は一体、何をしている……」

何だか聞き覚えのある声が。どちらも呆然《ぼうぜん》とした口調ね。

「あらあら、お兄様も実験ですの？」

「実験……とは？」

「幽霊退治の実験でしてよ」

胸を張り、意気揚々と答えて声の方へ振り向けば、予想通り二人の美男子達。兄と第一王子のツーショットの背後に、薔薇《ばら》が見えた。どこの乙女ゲームのスチルかしら？

※※舞台裏※※　事件当日の昼過ぎ～悪霊退散と悪夢と罪～（ミハイル）

俺とレジルス以外を保健室で待機させて外へ出た。保健室には念の為《ため》、レジルスが簡易結界を張っている。

「白のリコリスを知っているか？」

二人きりになったタイミングで、レジルスに向かってそう切り出す。

「……何故《なぜ》だ？」

レジルスは昔から、あまり感情を表に出さず、読みにくい。少し前に知った、不遇な少年時代を過ごした影響もあったんだろう。

「知っているんだな」

それでも伊達《だて》に、長い付き合いではない。答えるまでの僅《わず》かな間に、そう確信する。

暴れるヘインズを共に押さえていた、あのリーダーもそれを見たはずだ。僅かに目を見開いた。

ヘインズの右肩に浮き出た白いあれは誓約紋。誓約した者が、約定した何かに抵触した時だけ、何かしらの効力を発揮させる。その際に紋が浮き出る仕組みだが、それ自体は、ありふれたもの。

ただその紋の形に、引っかかる。大抵は何かしらの魔法陣が多いのに、まさかのリコリス。

『つぐ、ひっ、許し、公女！　あ、ああ！　しまっ、やめ、やめてぇ！　……つぐ……ぁ……』

あの恐怖に歪《ゆが》む顔と、許しを懇願する声。学園にいる公女は、現在妹達だけだが、生徒会でのヘインズを見る限り、義妹ではない。ならば学園外の公女かと、思わないわけでもないが……。

夏休み前に一度、ヘインズと共に通りすがりの実妹を見た。その時うつむき、無造作に伸びて長くなった前髪に隠れたヘインズの顔は、どこか険しかった。

しかし今思い返せば、以前のような侮蔑《ぶべつ》や怒りとは違う。痛みに耐えるような顔で、少なからずの恐怖を瞳《ひとみ》に滲《にじ》ませていなかっただろうか？

リコリスといえば、稀代《きたい》の悪女の象徴花。だが色は赤。ヘインズの心臓の位置に刻まれていた、何かの目印と魔力を吸い取る起点にしている紋と同じ、赤いリコリス《死の仇花》だ。

「その事は口にするな。少なくとも今はな」

朱色の真摯《しんし》な眼差《まなざ》しに、これは本心からの警告だと直感した。

「……わかった。それより、あれを見ろ」

「感謝する。やはり男子寮へ集まっていたか。今入ったあの二体以外も、集まっている。魔力が一つに融合しつつあるようだ」

互いに短い言葉でやり取りしつつ、意識を現在の問題解決へと向ける。

途中出くわした人型半透明の何かは、魔力塊だった。塊は男子寮の入り口まで来ると、寮の中へと入っていく。

それらは学園で見た事があるような学生を模《かたど》っているが、色は薄ぼんやりして、顔面は鼻筋が僅かにわかるだけ。個人の特定は難しく、意志があるようには見えない。

「やはりあれ自体は単なる魔力の塊で、意志はない」

二人して寮に近寄ると、レジルスはそう言って、魔法障壁を男子寮全体に張った。

「ただの障壁ではないな」

内側から障壁に触れ、更にぐるりと見渡して、そう結論づける。

「ああ。外から入ろうとする魔力だけを弾《はじ》く。これで新たな人型の魔力は、中に入れない」

「しかし、何故あのマーキング痕《あと》から直接魔力を奪わないんだろうか?」

浮かんだ疑問を口にする。途中倒れていた男子生徒の手首には、小さな点のような痕があった。

注意深く、念入りに鑑定して、やっと気づくような、小さな痕《点》。

「詳しくは俺にもわからない。だが話を整理すれば、こうなる前から幾らかは、痕から奪われていたはずだ」

言われてみれば、夏休み前から部屋に引きこもりがちだった義妹は、生徒会の活動や月に一度の夕食会で顔を合わせた時、どことなく顔色が優れなかったのを思い出す。

保健室で寝かせたあの令嬢達とヘインズも、夏休み中に何度か顔を合わせたが、どことなく顔色は優れなかった。

「確かにそうかもしれない。しかし全員倒れる程ではなかった、か。突然こんな風に具現化させた理由は、何だと思う?」

「逆かもしれない」

レジルスが、思案しながらポツリと呟《つぶや》く。

「どういう事だ？」

「倒れて魔力枯渇症状を引き起こすくらい、大量の魔力が必要になった。だが恐らくあの痕で抜き取れる魔力量は知れている。それがつけた者の力量によるものか、痕の性質上なのかは不明だが。だから痕をつけられた者が多いのでは？　総合すれば、かなりの量を抜き取っていたはずだ。しかし今、それ以上に抜き取る必要が出てきた。理論はわからないが、具現化はそのせいで起きたのかもしれない。ただ倒れている者達が、少し限定的ではないか」

「限定的……そうだな」

レジルスの言葉に、倒れた学生達を確認しながら移動してきたからこそ、頷《うなず》く。

「倒れた者達の大半が一年かA組《クラス》の者だ。生徒会役員も含めてな」

「……ああ」

同意しながらも、義妹の顔がちらつく。学年は違っていても、倒れた者達はあの箱庭の事件が起こる前まで、義妹とよく話をしていた。

それにここへ向かいながら、膨らんでいった疑問を改めて認識する。何故ドミニオは薄ぼんやりした、顔の無い半透明な人型の一つが義妹だと判別できた？

まさか義妹が何か……いや、考え過ぎであって……。

「悪霊退散ー！」

――スパァン！

不意に結界のすぐ外側で、急には理解し難い言葉と、軽快な破裂音が聞こえた。

考え事など頭から吹き飛び、反射的にそちらの方向を向く。

地面にうつ伏せで倒れた半透明が、ブルブル震えて萎みながら形状を変え、校舎の方向へ吸い込まれるようにして、消え去るのが見えた。

「んふふふー！　実験成功ね！」

そこには子供が作ったような下手くそな工作物を片手で天に掲げ、もう片手を腰に当ててふんぞり返った実妹が立っていた。

蛇腹状に新聞紙を折り、所々に赤い羽根を貼りつけた……アレは何だ？　それにその下手くそな工作物が、スカートの腰部分に、無造作に何本も差してある。公女、いや、女性としてどうなんだ。

「元の持ち主へ魔力が還《かえ》った、だと……」

呆然と呟いたレジルスは、恐らく索敵で魔力を追ったのだろう。

兄はちょっと状況が飲みこめない。

「ラビアンジェ……お前は一体、何をしている……」

「あらあら、お兄様も実験ですの？」

「実験……とは？」

「幽霊退治の実験でしてよ」

堂々と宣言してこちらを振り向いた実妹は、いつもの微笑《ほほえ》みがなりを潜めて、得意気だ。

「もしかして、あの半透明なのを幽霊だと？」

「左様ですわ、お兄様。ラルフ君が以前、半透明のシエナを見た事があると……」

そこでふと口を噤《つぐ》み、何かを考えるように首を捻《ひね》り、すぐさまハッとした。

「まあまあ、シエナは生きていましたわね？　という事は、生霊？　ふふふ、魔法では説明できない何かは、まとめて幽霊でかまいませんわね」

まとめ方がざっくりし過ぎだ。あと、半透明なのは魔力だ。何でか人型だが、魔力そのものだ。

「そうか……確かに幽霊っぽいから、それで良いな」

「そうですわ」

そうですわ、じゃない。レジルスも初恋馬鹿になるな。話を合わせて頷くな。それで良くない。

「その工作物は何だ？　随分とずさ……独創的でけば……明るい感じだな」

レジルスよ、ずさんとか、けばけばしいとか言おうとしていなかったか？

「悪霊退散ハリセンですわ。東方での伝統工芸品、音の音頭を取る道具が進化して、こうしたツッコミグッズが出来上がったんですのよ」

「悪霊……ツッコミグッズ……」

そこは幽霊退治グッズじゃないのか⁉　むしろ大真面目かつ、得意気な実妹の言葉が、ツッコミどころだらけだな⁉

「その羽根は？　触れてもいいか？」

「どうぞ。まだたくさん、腰に差しておりますもの。お兄様も差し上げますわ」

そう言って障壁の外に出るレジルスに俺も続けば、実妹はクルンと回って再び背中を向ける。

「ご自由にお取り下さいな」

「いただこう」

いただくのかよ。

「お兄様も、どうぞ？」

「あ、ああ、ありが……とう？」

妹よ、早く取れと言うかのように、尻《しり》を左右に揺らすのは止《や》めなさい。

「羽根は随分と前から、落ちているのを見つけた時に、コツコツ拾っておりましたの。綺麗《きれい》なので、彩りによろしいでしょう？　しかも長いので、切って使えてコスパも良し。という事で見た目も派手にして、ツッコミ用にでもしようかとくっつけたら、効果テキメンですわね」

実妹の得意気な言葉を聞きながら、それを手にして……ん？　この羽根、やけに聖属性の力がこもってないか？

「まさか……聖獣……ヴァミリア……」

「……はあ⁉」

聖獣ヴァミリア⁉　姿を見せなくなって久しい聖獣達の中でも、最古と言われる聖獣⁉

そんな羽根を切ったとか言って……あ、切ってる。普通に大胆カットして、ハリセンとやらの両端を挟むように、米粒が混ざった糊《のり》で、ベタベタ雑に貼ってるな⁉

「あらあら、それで綺麗な羽根なのですね」

のほほんとし過ぎだ、妹よ⁉

「確かに美しいな」

それだけか⁉　ただ頷いているだけのようだが、この国の第一王子として、それで良いのか⁉

「ほら、中から出て来ましたわ？」

不意にそう言って結界の中を見やる実妹に、つられてそちらを見れば……。

「ヘインズと、シエナか？」

寮の出入り口から出てきた、二人の半透明な……あれは魔力なのか？　義妹は入り口で止まり、ヘインズはそのまま進み、障壁の前で立ち止まった。

義妹は憎々しそうに、ヘインズは恐怖に歪めたそれぞれの顔を、実妹に向ける。

「まあまあ？　この二人にはお顔がついていますのね。自己主張が激しいのは生霊の特権」

実妹はしたり顔で、ふんふんと頷いた。後半の言葉の意味が、ちょっとわからない。

「さあさ、次の獲物は貴方達《あなた》でしてよ！　しっかりツッコミますわ！」

「待て待て待て！」

もの凄《すご》く楽しそうに、ツッコミどころ満載発言をぶちかまし、一番非力な奴《やつ》が明らかに他と違う人型魔力塊の所に行こうとするな！　お前が獲物になるだろう！

「援護しよう」

「だからお前も待て！」

すっかり敬語も忘れ、王子をお前呼ばわりまでしてしまった。初恋フィーバーか！

「あらあら？　もしやお兄様が仕留めたいと？　でしたら涙を呑《の》んで、譲って差し上げましてよ。

魔法具ですから、魔力を流して使って下さいな」

その言葉に改めて手元を見れば、やはり雑な魔法具だ。どうして新聞紙を使った。しかもこれ、何年前のだ。かなりの枚数を蛇腹に折り曲げているから、無駄に強度はある。絶対、図書室にある無料配布の古新聞だろう。聖獣の羽根貼りつけるなら、せめてちゃんとした紙にしてくれ。

「さ、どうぞ、どうぞ」

いつの間にか、淑女の微笑みを浮かべていた実妹に促され、悪霊退散ハリセンなる物を握りしめ、前に出て行く。魔力を流すが……起動しない？

「あ、お兄様。ちゃんと悪霊退散と掛け声をかけないと、そのハリセンは起動しませんのよ」

「何故そんな機能をつけた……」

本気か……魔法ですらも余程のものでない限り、詠唱はしない。

「気分？」

「くっ……わかった」

気分でそんな機能をつけるな！　レジルスは実妹の後ろに下がって、小さく肩を震わせるな！

「あ……悪霊……」

「声が小さいですわ」

「くっ……悪霊退散！」

ブルッと起動した振動を、ハリセン越しに感じた。ついでにレジルスもブルブル震える。

俺の魔力が雑な魔導回路を走る。俺の頬にも赤みが熱と共に走る。

なるほど。この羽根が雑な回路を上手《うま》く繋《つな》げて、浄化の力をブースト……どんな奇跡回路だ⁉

「当てる時も決め台詞《ぜりふ》、悪霊退散を所望しますわ！　来たれ厨二病《ちゅうにびょう》！　ハリセンソード‼」

チュウニビョウとは何だ⁉　本能が不穏だと告げている！　ハリセンはいつからハリセンソードになった⁉　声援が痛い‼　頼むから実妹史上初の、キラキラと期待に満ちた曇りなき眼《まなこ》で、お前の信用回復に努める、いたいけな兄を見ないでくれ‼　兄は期待に応えるしかなくなる‼

しかし結界の中に足を踏み入れた瞬間、半透明へインズが心臓のあたりを押さえ、苦しみ始めた。よく見れば寮の入り口から、ヒュッと半透明の帯状へと形状を変化させた魔力らが、勢い良く飛び出し、半透明へインズにぶつかって、吸収されていく。

それまでは輪郭と肩口の辺りまでがおぼろげに色づいて見えていたが、色が濃くなるにつれて上半身全体が顕《あらわ》になりつつある。

いつから胸元に赤いリコリスが浮き出ていたんだ？　半透明な体が徐々に色を濃くしていき、それに合わせて花の色に黒が混ざり始めた。

『……！　……！』

へインズは声を出せないのか？　声なき声を上げ、必死に何かに……いや、実妹に縋《すが》るように手を伸ばして歩を進める。

「へインズ！　意志があるのか⁉」

必死な様子に、ただの魔力の塊ではない何かを感じて、顔を覗《のぞ》きこんだ。

た・す・け・て？

何かを必死に紡ぐ唇の動きを読めば、そう動いている。

『…………!!!!』

その時、ヘインズがビクンと体を反らせた。激痛が体を突き抜けたかのような、一瞬の反応だったが、次の瞬間には黒花となった花色が、ヘインズの顔以外の全身を一気に漆黒へと染め上げる。

埋め込んだかのように花が胸に同化し、ヘインズは立ったままガクリと項垂れた。

「全身黒タイツ……ここでそうくるとは、さすが生霊……」

頬に片手を当てて、うっとりした顔をする実妹。レジルスは口元を隠して、まだ揺れている。

もう、色々意味がわからない。

「あの子も、そうなるのかしら？」

そう言って、うっとりしつつも、何かを期待する眼差しの先を追えば……。

「シエナ……」

意味もなくそう呟《つぶや》いてしまう程に、義妹は愉悦に歪《ゆが》んだ顔をヘインズに向けていた。

アレは……何だ……。何故そんな顔を……。

凝視していれば、愉悦の顔はそのままに、瞳《ひとみ》に殺意をこめて俺の実妹を見た。

こ・ろ・し・て・や・る。

唇は…………そう動いた。

「ブレる全身黒タイツ……」

半透明の義妹の殺意に呆然《ぼうぜん》としていた俺は、実妹の言葉に我に返る。

期待に満ちた曇りなき眼は今、全身を黒く染めた魔力の塊へと一心に注がれていた。

実妹の中で顔だけヘインズの魔力塊は、全身黒タイツと命名されたらしい。

突っ立ったまま、ガクリと首だけ項垂れている様は、哀愁を感じなくもない。しかしその表情はいつの間にか目を見開き、真に迫った恐怖で歪んでいた。

確かにブレているようには見える。よく見れば、高速で左右に揺れている。どんな原理だ。

「ミハイル！」

不意に、それまで実妹の視界から外れるように後退して、普通の速さで肩を揺らしていたレジルスが、警告するように俺の名を叫んだ。

彼がこちらに駆け出すのと、俺が気配を感じて振り返ったのは、きっと同時。

直後に胸に刺されたような激痛。

「シエナ⁉」

愉悦に歪む顔をした、半透明のシエナが俺の胸に触れていた。ニタリと小さな唇が弧を描く。

「っ、ぐっ」

すぐに何かの感情が迫《せ》り上がり、体の中で魔力が昂《たかぶ》り、強制的な高揚感が……。

「悪霊退散ー‼」

──スパァン！

「いっぐっ！」

胸に弾かれたような、とんでもない痺《しび》れと鋭い痛みが走り、思わずハリセンを落として両手で庇《かば》いながらその場に片膝《かたひざ》をつく。強烈に痛む胸を抱えながらも、気力をふりしぼって顔を上げた。

まずは少し離れた所に、憎悪を滾《たぎ》らせたような、半透明の義妹。そしてその義妹の憎悪は、いつの間にか俺を庇うように、目の前で仁王立ちした実妹へと、一心に注がれている。

もしかして俺……ハリセンで胸をしばかれた？

「お兄様、感情と魔力は落ち着きまして？」

「あ、ああ」

犯人らしき実妹は俺の方を振り返らずに、いつも通りの口調で尋ねる。

「悪霊退散‼」

——ドバチーン‼

これまた不意をついたように、今度はレジルスがそう叫んだ。直後の音は実妹よりかなり大きく、そちらの方に驚き、胸に残った痛みと痺れを忘れ、立ち上がって後ろを振り返った。

「……へ、へインズ？」

吹っ飛び過ぎじゃないか⁉　仰《の》け反《ぞ》ったような格好で両手をバンザイして、結界に肩から上の部分がめりこんでいるぞ⁉　そもそも何でめりこむんだよ⁉

「公女を抱きしめようとしていた。俺もまだした事がないのに、ふざけるなよ、変態タイツがっ」

レジルスの怒りどころがズレている。これまでで一番の黒さを見せる睨《にら》みを利かせるな。

「全身黒タイツが、地上スケート的バンザイ再現……やるやつですわね」

実妹の言っている意味がわからないが、黒タイツに羨望《せんぼう》の眼差しを向ける意味は、もっとわからない。やるやつなのは何に対してだ……。

「公女、変態に羨望の眼差しは、向けるべきではない。俺のハリセンさばきはどうだろうか？」

「まあまあ？　そういえば、随分と威力が強いですわね」

変態への視線が気に入らないレジルス《初恋馬鹿》は、実妹の視線を奪取する事に成功したらしい。自分の手にしたハリセンを見せれば、細指がそれに触れて魔力を通す。

「やっぱり通す魔力量の違いでしょうか？　回路が焼けておりますわ。もう一つどうぞ？」

「うっかり、かなりの魔力を通してしまったようだ。いただこう」

実妹が再びくるりと背中を向ければ、腰のハリセンを初恋馬鹿が抜き取る。

実妹は故障したらしいハリセンを受け取って、燃やしてしまった。古新聞はよく燃えるな。

「練習致しましょうか。王子でしたら、これくらいの感じがよろしいのでは？　悪霊退散！」

――スパン。

実妹がそう言ってヘインズに近づき、黒いリコリスをめがけ、ハリセンを小さく振り下ろす。バンザイして仰け反っているから、狙いやすそうだ。

義妹を見やれば、ワナワナと体を震わせ、こちらに体を向けた状態で、スーッと吸い込まれるように寮へ入って行く。

「こうか？」

――バン！

しかしこいつら、全く義妹を気にしていない。

「あらあら、黒いのが薄くなりましたわね。んー、でももう少し、これくらいで。悪霊退散！」

――パシン。

「悪霊退散！」

――パン。

「「うーん……」」

「ふ、二人とも……そろそろ……」

色々哀れになってきて、落としたハリセンを拾い、結界の向こうに出ているヘインズの顔を軽く見やれば……。

俺はスン、と表情を無にする。

「……俺がしよう。ラビアンジェは向こうを向いていなさい。変態の恍惚《こうこつ》……いや、とにかくさっさと始末しよう」

全く何のプレイだ‼　実妹の破廉恥小説が、これ以上そちら方向にひた走ったら、どうしてくれる‼　実妹がその顔を見ていなかった事に、まずは心から安堵《あんど》する。

「ふふふ、お兄様もハリセンを気に入りましたのね。せっかくですから、音と手応えを楽しんで下さいな」

ん？　そう言って俺を見る藍色《あいいろ》の瞳は、どことなく祖母を彷彿《ほうふつ》とさせるものに。

何故だ⁉　微笑ましそうに孫を見るような慈愛の眼差しを実妹は時々するが、何のタイミングで発動するか読めない！

淑女の微笑みとは、全く違う。仮に淑女らしい微笑みを浮かべ、凪《な》いだ目をしていたなら、全く関係ない事を考えている。心ここにあらず、目の前の対象に興味がなく、相手の悪意を受けずに流している時だ。流さないのを、むしろ俺は見た事が無いかもしれない。

しかし実妹が受け流さずに、まともに相手にした奴らがいたな。又聞きだが。

二人ともその場で何らかの制裁を確実に与えられていた。言うまでもなく、第二王子《元婚約者》と、そこの黒タイツの本体の方だ。

元婚約者があの細腕を故意に捻《ひね》った時には、決して逃げ口上や王子という権力を使う余地すら許さずに追い詰めたと聞いた。くすぶっていた周りからの、王子への評価を名実共に落とし、慰謝料という名の大金も、自ら交渉して出させた。

慰謝料は第二王子が引きこもる前に、父が実妹に渡していた。実妹が金貨の入った大袋を肩に担いで、『まるでサンタね、メリクリ～』とか言いながら、白い口髭《くちひげ》を模した綿を着け、俺の棟に用意した自室の金庫へ片づけていた。

サンタとメリクリが何か聞くのは止めて、棟の使用人達を口止めした。

それからか？　あれだけ実妹を目の敵にしていたヘインズは、今では実妹を避けている。

しかし違和感も感じる。もっと何かあるように思わせるくらいには、実妹が元騎士見習いを恐怖に陥れているような気が、しなくもない。

「お兄様？」

「あ、ああ、そうだな。では……悪霊退散‼」

考え事をしている時ではなかった。

我に返ってハリセンを変態の胸元にある、同化したリコリスに振り下ろせば、バシン！　と小気味よい、乾いた音がした。ビクンと変態の体が一瞬硬直し、弛緩《しかん》して大人しくなり、結界の向こう、頭の方から半透明な帯状の魔力が飛び出し始めた。

横目でそれを確認するも、表情は見る気にならず、その胸元を中心に視線を注ぐ。

まずは実妹が変態を垣間見《かいまみ》る前に退治だ、と言い聞かせれば、起動ワードを叫んでも恥ずかしさは軽減された。

それにしても、最初にハリセンで吹っ飛ばした時から、今に至るまで、暗く鋭い眼差しを変態へと向け続けるレジルスは、全く羞恥《しゅうち》がなかったのか？

あれだけ人を笑っていたのにと、実妹の真後ろに立ってポーカーフェイスな男に、イラッとする。

『……‼　……‼』

不意に結界のこちら側の変態から、真っ黒な風が吹き出し、結界にはまったまま、声なき声を上げて手足をバタつかせ始めた。

「どういう事だ……」

変態が黒い風に包まれて暴れる中、レジルスが眉《まゆ》を顰《ひそ》める。恐らく俺と同じく鑑定魔法を使ったんだろうが、俺の方は生憎《あいにく》と、魔法を弾かれてしまう。

豊富な魔力も魔法の才もあるレジルスは、どうだったんだろう。

だがそれよりも……臭い。

鑑定よりも先に実妹に駆け寄って背に庇いつつ、咄嗟《とっさ》に障壁を張ったが、黒い風は弾いても腐臭のような悪臭は、それを透過してしまう。

障壁に挟まった変態の、こちら側《内側》部分から風が飛び出しては、再び中に吸収されてを繰り返し、黒さと臭いを増していくように感じた。

逆に向こう側部分からは、透明な魔力が一つ二つと数を増しながら抜けて行く。

かと思えば、突如変化が起こった。

変態の内側部分で増していたように見えた、あの黒みのある魔力が、まるで行き先を見つけたかのように、寮の屋上に向かって一気に抜け、変態の姿が掻《か》き消えたのだ。

「とりあえず臭いが酷《ひど》いので、寮の中に緊急避難しませんこと？」

共にそれを見たはずの実妹は、あっけらかんとそう言うが早いか、スタスタと寮の方へ向かう。

相談ではなく、決定事項を告げただけだったらしい。それにしても随分と冷静だ。

「ラビアンジェ、シエナの魔り……生霊が入って行ったが、様子がおかしかった。私が先に……」

「面白い事を仰《おっしゃ》るのね？　あの子がおかしくなかった事は、初対面で目を合わせた直後からこれまで、過去一度もございませんわ。生霊になって、被《かぶ》っていた猫ちゃんが脱走したみたいですし、自己主張がその分いくらか激しくなりましたけれど、あのお顔も今更でしてよ」

今更？　初対面から義妹はあんな悪意を実妹に向けてきたと？　何故？

しかし義妹のそれを、長年にわたり受け流してきただろう実妹は、既に義妹自身を歯牙《しが》にもかけていない。

「それにどうせならハリセンソードを、あの子にもお見舞いしてみたいですし。今なら力任せにやっても、バレませんわ」

「いや、バレるからな」

俺達の目の前でやったら、バレるとか以前の問題だぞ。今回は実妹も義妹に、何かしら歯牙にはかけているると認識を改めたが、かけ所が違う。大体、ソードってなんだ。

「ではお兄様は外でお待ちになって？　これからロブール家義理姉妹初、チャンバラ追いかけっこハリセンバトルを開幕しますの」

「物騒なのかコントなのか、よくわからないネーミングをつけるな。開催は認めん」

「判定は俺がしよう」

いつの間にか実妹の隣に来た初恋馬鹿が、キリリとした顔でアピールする。

「よろしくお願いしますわ」

「王子は後押ししないで下さい。ラビアンジェは仮にも王子に、ハリセン判定をさせるな」

「チッ」

「まあまあ？」

くっ、俺が悪いのか⁉　初恋馬鹿は舌打ちするし、実妹は……何故か再び祖母の目⁉

「それではまず、ロブール家義理姉妹初、かくれんぼ選手権ですわね。鬼は私ですから、お手伝いはしちゃいけませんわよ」

「わかった」

「……」

駄目だ、兄はもう何も言えない。寮に足を踏み入れたら、実妹的には開幕だったらしい。チャンバラと追いかけっこと、ハリセンどこに置いてきた。

「まずは鍵《かぎ》の開いているお部屋から……んふふ、男子寮の題材発掘……んふふふふ」

ボソボソ呟《つぶや》きながら、腰に巻いていたローブを羽織る実妹が、不穏。それ、箱庭で使っていた認識阻害効果のあるローブだな。かくれんぼとか言いながら、いかがわしい小説の題材を探そうとしているやつだと直感が告げる。実妹の目が、変質者のそれだ。

「公女、人のプライベート空間に無断で入るのは良くない。かくれんぼは駄目だ。屋上に行こう」

おお！　初恋馬鹿がまともに注意し……。

「俺以外の雄《オス》の臭いを、嗅《か》がせるか」

黒い顔して、何をボソッと呟いた⁉　お前もう絶対、初恋拗《こじ》らせきっているだろう‼

とにかく俺とレジルスで実妹を前後に挟んで先へ進む。

「もう少し何かあっても……」

「ラビアンジェ、上で魔り……幽霊が溜《た》まっているから、まずはハリセン活動をしよう」

微笑みながらもどことなく不服そうな実妹をなだめつつ、階段を登り始める。ただ進むだけなのに、疲労感が途方もない。

本来なら実妹をどこか安全な場所に置いて行きたいが、隙を見て興味を優先させそうで怖い。

無才無能云々《うんぬん》の評判は今更だが、痴女とか変態方面の汚名……いや、もうそれ犯罪歴だな。

それがつくのはロブール公子としてというより、真実であるからこそ、兄として嫌だ。家の力を使って全力で火消しに走るにしても、絶対嫌だ。

まさかこれまでにも……いや、よそう。考えると沼に陥り……。

「着いたぞ」

「早かったですわね……むむ、鼻が曲がりそう……」

隙あらば脱走する気しかなかっただろう、逃げの猛者《もさ》はそう言って鼻を摘《つ》まむ。

先頭の初恋馬鹿が開けるまでもなく、屋上のドアはこちら側に吹き飛び、より強烈な腐臭が屋上から流れこんでいた。

腐臭を運ぶ黒い風は、変態の出す風より、孕《はら》む何かしらの質が濃い。魔力に何かが混じっているように感じるも、何なのかがわからない。

「やはりな」

レジルスはそう言うと、俺達の周りを結界で包む。

「ミハイル、障壁ではなく、聖属性の魔力を意識して、密度の濃い結界を張れ」

「どういう事だ？　屋上にいる何かの正体がわかったのか？」

「下の変態の時にも、もしやと思っていたが、アレは魔法呪の分身のようなものだったのか、鑑定では今ひとつ、はっきりしなかった。だが屋上のアレは、間違いなく本体だ」

こちらを振り向かず、先に進もうとしない男の首筋は、薄《う》っすらと汗ばんで緊張を伝えてくる。

かつて呪われていたレジルスが、幼い実妹の昼寝によって救われた話を聞かされてから、時間はさほど経《た》っていない。

「王子はラビアンジェを連れて、ここから離れて下さい。私はシエナを……」

「却下だ。ミハイルが公女を連れて……」

俺一人が危険を背負う発言を、レジルスが遮る。

「あらあら、それこそ却下でしてよ？　ロブール家義理姉妹初、チャンバラハリセン祭りは絶賛開催中ですもの。それに……」

そして更にそれを実妹が遮ったが、追いかけっことバトルはどこにやって、いつから祭りになった？　兄はお前のネーミングセンスが心配だ。

「実は封印符も作って、虎視眈々《こしたんたん》と実験の機会を狙っておりましたの！　ババババン‼」

効果音を得意気な顔で披露するな！　古新聞を今度は短冊切りにして、雑な工作物に貴重な羽根を、雑に切って貼るな‼　尻《しり》のポケットにぐしゃぐしゃに入れるな！　しれっと気づいて魔法で温めながらシワを伸ばすな！

「さあさあ、ハリセン・ドッツキ祭りですわ！　負かしてヒーヒー言わして差し上げましてよ！」

「待て待て待て待て！」

既にツッコミの嵐で、心中がダダ荒れだ！　更なるツッコミどころを提供するな！　絶対どつくを柔らかい表現に変えようとして、失敗したやつだろう！　お前がヒーヒー言わされるぞ！

「どつくとドッキリをかけ合わせましたのよ？」

「‼」

何故解釈違いに気づけた⁉　そのネーミングセンスで、わかって当然なのに仕方ない子ね、みたいな常識のない孫を諭そうとする祖母の目は止めろ！　非常識はお前のネーミングセンスだ！

「俺は気づいていた」

初恋拗らせ馬鹿野郎！　便乗アピールするな！

「触れても良いか？」

「まだありますから、一束どうぞ？」

……ローブの隙間から尻に手を入れたから、もう片側のポケットにも入れていたのか。

そっちもシワになっているのを見て、苦笑しながら伸ばしてあった方を渡した。

「これは……」

受け取った札に魔力を通した王子が、驚いた顔をして包んでいた魔力を霧散させれば、悪臭が消えている？

「お兄様もいかが？」

「あ、ああ……」

これまたしれっとシワを伸ばした束を受け取り、俺も同じように魔力を通す。回路は雑だが……。

「公女、この札は……」

「魔力を通すだけで、空気清浄する機能付きでしてよ。初めは幽霊を封印するだけのつもりでしたが、それよりもキッチンに東の諸国でポピュラーな神棚でも飾って、そこにお供えするのも良いかと思い直しましたの。調理中の油の臭いを消してくれますわ。その羽根はチャームポイントに。けれど目的違いでも、足止めくらいはしてくれるはず。あの子に貼って動きを止めたところを、ハリセンで叩《たた》けば、完全勝利ですわね！」

何故キッチンに⁉　東の諸国の神棚とやらは耳にした事があるが、雑な工作物は、絶対飾ってない！　そもそもミミズ文字のそれを飾るな！　完封負けしかねないから祭りはやめろ！

「空気清浄機能はともかく、まさか封印機能に起動ワードを設定しては……」

「ふっふっふっ、気づかれましたのね！　起動ワードは祓《はら》い給《たま》え！　さあ、どうぞ！」

心中に嫌な予感が走った途端、実妹は俺の言葉を遮《さえぎ》り、再び隙間から右のポケットに手を突っこんで、シワのある一枚を取り出して起動し、予感の正しさを証明してしまった。

どれだけポケットが⁉　階段の登り降りもスムーズだし、動きを邪魔しない機能的な作りだな⁉

「祓い給え！」

嘘《うそ》だろう⁉　初恋馬鹿は全く恥ずかしげもなく……いや、今度こそ耳が赤い！

「はらい……」

「お兄様、声」

「くっ……祓い給え！」

ブルッと起動した振動を、札越しに感じた。

何故そこでレジルスがブルブル震える⁉　お互い様だ！

俺の魔力が、雑な魔導回路を走る。俺の頬にも再び赤みが熱と共に走った。

なるほど、この羽根が雑な回路を上手く繋《つな》げて……浄化の力を内に向かって閉じ込めている⁉

対魔法呪に侵された人や物にこそ、効果的なんじゃ……。

これなら結界が無くとも、持っているだけで、魔法呪に侵されない。どんな奇跡魔法具だ。

しかも実妹仕様に作られているからか、維持させる魔力消費が少ない。

初恋馬鹿と目を合わせ、無言の意志確認をしてから、互いに結界を消す。黒い風も臭いも、もう感じない。

「さあさ、まいりましょう！」

しまった！　驚きの奇跡魔法具に意識を持っていかれて、実妹を止め損なった！

王子の脇をスルリと素早い動作ですり抜けた実妹。慌てて後を追えば、地獄絵図のような光景に絶句する。

「おにいさま、いらっしゃい」

どこかぶれたような声を発しながら迎えたのは、あちらを向いた、色づいた義妹の頭。

その体は今、人の身の丈ほどある赤黒く丸い肉塊から出た、何本もの肉の触手に絡まり、黒い風と、恐らくは腐臭を撒《ま》き散《ち》らしながら埋もれている。

「ふふふ、やっとたまごから、かえったの」

俺達の方を振り返った義妹の頭《顔》には、悲愴《ひそう》感も恐怖もない。

「シエナ、なのか？」

「そうよ、おにいさま。こうじょ、しえな、ろぶーる。おにいさまの、ほんとうの、いもうと」

愉悦に歪《ゆが》み、ぶれた声は少しずつ幼さを感じさせる口調へと、変わっていった。

「卵とは、何だ？」

「せいじゅうの、たまご。わたしの、まりょく、たりない。あつめて、たまご、しんゆうがヘイン、よりしろ、えらんだ。なのに、つかえない。まりょく、なくなった」

拙い言葉の羅列を拾って、理解に努める。

聖獣の卵？　義妹の魔力では足りなくて集めた。親友？　義妹に親友と呼べる誰かがいた？　そいつが、まさかヘインズの魔力……いや、だとするとこの頭とあの変態は、純粋な魔力の塊ではなかった？　本当に二人の生霊じゃないよな？　とにかくヘインズの何かしらに、倒れていた生徒達の魔力を入れこんで、卵の依《よ》り代《しろ》にしようとしたと？

魔力が無くなったのは、あの二人がハリセンで叩きまくって、俺が止《とど》めを刺したからか。

もしかして、黒い変態が半透明だった頃には、少なからず卵の依り代として本体に、同化していたんじゃ……黒い変態から出ていた腐臭は、そのせいで？

「だから、たまご、くさった。わたしを、あたえて、たまご、いっしょ。わたし、せいじゅう、けいやくしゃ。おうじのあい、あるのよ。このくに、あいされる、おうひ、なる」

今の義妹が契約者など、到底あり得ない。間違いなく依り代だ。もしこの雑な札が無ければ、俺達三人はあの黒い風に侵され、何かしらの呪いを受け、こうなっていたかもしれない。

しかし、何故と思わずにはいられない。

義妹が第二王子の薄っぺらい好意を愛情と勘違いして、この国の王妃になるのを夢見たからか？

第二王子は元より、お前だって真に愛してなど、いなかっただろう。元々第二王子に王の素養はなかった。本人も流されて王座を狙う素振りはあったが、本気で望んでいたかは怪しい。

何より俺がお前を勘違いしていた頃から、わかる者にはわかっていたんだ。お前の本性がどんなものか。お前にも王妃の素養はない。

そう自分の中で、自問自答を繰り返していた時だ。

義妹の首から下を覆っていた赤黒い触手が、下半身へと移動した。禍々《まがまが》しい漆黒のリコリスが咲き乱れる、半透明の上半身が顕になる。肉塊にも触手がまとわりつく。

「シエナ！」

反射的に叫んで、下半身の触手に炎を纏《まと》わせた。しかし炎が上がるだけで、触手には傷一つない。

「あはっ、むだ。せいじゅう、よ。おしおき？　でも、あにだ、もの。みのがし、あげる」

義妹は嘲《わら》笑いながら、下半身の触手に引かれて肉塊の上部に移動し、半身を埋没させた。

「くそっ」

「落ち着け、ミハイル。下手に攻撃するな。あれはもはや魔法呪そのもの。呪物だ。やるなら聖属性の魔法……いや、やはりこのハリセンと封印符を使うのが、周りへの被害的にも少なくて良い」

「……他に何か……」

「無いな。独創的かつ明るい色彩のこの魔法具こそが、最適だ」

くそっ、ここにきて雑な魔法具の本領発揮⁉　緊張感が欠け過ぎだ！　状況が既に呪われている！　初恋馬鹿が、ずさんでけばけばしい魔法具だと思っているのは、お見通しだ！

「ふふふ、そうでしょうとも！」

魔法具の製作者は、胸を張って得意気だ！　ツッコミ用具と空気清浄札のつもりだっただろう！

「公女、作戦はあるか？」

義妹が肉塊の上に移動してからは、触手も肉塊に収まり、黒い風がどこからともなく現れては、吸収される。それに伴って丸い肉塊が大きくなり、ヒビ割れ、耳や細長い鼻、短い三角尻尾《しっぽ》のついた動物へと輪郭を作り始めた。

義妹はそいつの背中らしき部分で、胸に咲いた黒花を抱くように身を屈《かが》め、眠るように目を閉じている。次に何が起こるのか読めない。

そんな中、初恋馬鹿が実妹に意見を求めたのは、放っておいて好きに行動されると、どこかの部屋に侵入しかねないからだ。変態の行動は、読める。

「もちろん、お二人がアレの注意を引いている間に、私が背後からアレの脚に封印符やハリセンでダメージを与えて、アレが振り向く前に逃げますの。お二人がまたアレの注意を引いて、また背後から私が違う脚にダメージを与えて逃げるのを繰り返しましてよ！」

そこは正面突破じゃないのか⁉　王子と兄を最初から囮《おとり》に使い、背後から狙うつもりしかないらしい。清々《すがすが》しいほどに、最弱で逃げの猛者らしい発想だった！

「幸い、屋上には外からも登れる階段が、あちら側にございますわ」

指差す方を見ると、鼠《ねずみ》っぽく見え始めた肉塊の背後に、外階段があった。

肉塊は亀の甲羅のような何かを背負い、頭や手足も甲羅に覆われている。まるで、鼠が鎧《よろい》を纏っているようだ。

義妹は甲羅の真ん中で、微動だにしない。ただ黒い風を取り込む度、鼠共々体が黒く艶《つや》やかに染まっていく。

変化していく様を観察しながら、ふと実妹の好奇心を感じ取り、釘《くぎ》を刺す。

「まさかこの機に男の、雄《お》部屋探索はしないな？　雄部屋は汚《お》部屋だ。自ら汚《けが》れに行かないと、絶対にしないいと誓えるか？」

「……上手い事仰るのね、お兄様。素敵ワードに免じて、そこは約束しましてよ」

多分初めて実妹に、尊敬の念を抱かれた気がする。やけにキラキラした目だが、期待感を持った目ではなく、敬いの目だ。

信用を失ったと知ってから、いつか兄としてそういう目で見られたいと願っていた。だが思っていたのと違う。このタイミングは絶対違う。

というか、やはりどさくさに紛れて、探索する気だったのか⁉　釘を刺しておいて良かった。実妹のいかがわしさに、悪寒がする。

と、その時だ。

「ギュアアアアア‼‼」

真っ黒に染まった肉塊だったそれが、カッと真っ赤な目を開けて天を向いて咆哮《ほうこう》を上げた。耳をつんざく咆哮は、まるで赤ん坊が激しく泣いているようにも聞こえる。

そして真っ黒に染まりながら目を閉じていた義妹が身じろぎ、蕾《つぼみ》が花開くように体を起こして、混沌《こんとん》とした黒い瞳《ひとみ》をカッと見開いた。

「あっはははははははは!!!!」

咆哮の合間に聞こえる嗤《わら》い声は、やはりブレている。頭に直接、不協和音が響く。それが頭痛を覚えるほどに不快で、俺と王子は思わず耳を押さえて身を固くした。

「それではお二人共、応援しておりましてよ！」

が、実妹はマイペースだ。言うが早いか、咆哮と高笑いも何のその。黒い鼠に走り寄り、手にしていた札を、黒く短い前脚に貼りつける。

「「ギィアアアアア!!!!」」

その途端、今度は鼠と義妹が同時に悲鳴を上げた。

「悪霊退散ー！」

――スパァン！

実妹は目にも留まらぬ速さで、ハリセンを一発。

「「ギィアアアアア!!!!」」

更なる悲鳴が同時に上がり、鼠の方は巨体を揺らせば、黒い風が幾らか出て行く。

しかし実妹はそれを見ない。今度は逃げに集中を全振りだ。踵《きびす》を返し、俺達の脇をすり抜け、後ろのドアから脱兎《だっと》の如《ごと》く出て行った。

その間、数秒。俺は実妹の駿足《しゅんそく》を、初めて知った。

すれ違いざま、ピンクブロンドがふわりと舞う。隠れていた耳栓が見えた……いつの間に!?

「来るぞ！　その札は護身用にして、もう一枚手にしておけ！」

「わかっている！」

ほぼ一瞬のような出来事に、内心愕然《がくぜん》とするも、肉塊の時からは二倍ほど大きくなった鼠の突進を視界に捉《とら》え、レジルスの言葉に短く返事をしながら札をもう一枚手にして、俺達は互いに反対方向へ躱《かわ》す。

「おにいさまー、おしおきだからー」

どうやら義妹の狙いは俺に定まったらしい。鼠が鋭い牙《きば》の生えた口を開け、噛《か》み千切ろうとこちらを追いかけてくる。

だが、やったのは俺じゃない。

「まってー、おにいさまー」

けたたましい足音と、どこかコミカルな動きで俺を追いかけ、食らいつこうとする黒鼠。

俺は身体強化して走りつつ、引きつける。

「悪霊退散！　レジルス！」

「「祓い給え！」」

鋭い爪の生えた前脚が、俺を攻撃する。それをハリセンで弾き、合図を出せば、向こう側にいる王子と同時に、手にしていた札を起動させた。俺は弾きざまに片方の前脚に、レジルスは彼の目の前の後ろ脚に、札を貼って動きを止める。これで脚三本に札が貼られた事になる。

すると実妹が外階段付近から、黒鼠の背後に現れた。

「悪霊退散！　からの、祓い給え！」

貼られていない最後の後ろ脚を、利き手のハリセンで叩いた流れで、クルリと回転し、そのまま反対の手にあった札を、後ろ手に貼りつけた。動きに無駄が無い。

「「ギィヤァァァァァ！」」

見た目以上の衝撃が走るらしく、義妹も一緒に絶叫して飛び上がる。

少し前、実妹がハリセンソードと言っていたが、確かに叩《たた》いた所が裂け、亀裂が走る。ソード効果があるようだ。たまたまだろうが。

どうやら雑な工作物は魔法呪にこそ、聖獣の羽根の効果を最大限に引き出す仕様らしい。そこから黒い煙のような何かと半透明な魔力が、湯気のように出ていく。

痛みに歪む黒塗りの顔で、振り返る黒鼠と背中に鎮座する義妹。

だが、惜しい。実妹はとっくにいない。毎回どんな勢いで逃げ去るのか。ツッコミどころ満載だ。

かつて実妹に教養をつけさせる為、追いかけた事もあった。だが、ここまで迷いなく逃げという行為に全運動機能をフル稼働し、初動から猛ダッシュをかけられたら、そりゃ捕まらないよな。何でこのタイミングで納得する羽目に……。

「ギャア！」

「あああ！」

実妹が最初にハリセンを使ってから、初めて義妹は苛《いら》つきを顕にした。黒鼠と義妹が天を仰いで絶叫する。

すると黒い煙が再び集まり、傷口が閉じた。

黒鼠が俺に向き直り、義妹の漆黒の瞳と交叉《こうさ》する。

「おにいさま、もうゆるさない」

今までで一番、はっきり喋《しゃべ》ったが、心中で何度でも言おう。俺じゃない！

義妹が体に生えた黒いリコリスを、掻《か》き抱《いだ》く。

すると周りの黒が吸い取られたかのように、薄くなる。同時に甲羅が肉塊の時のような赤黒さに変化した。

それまで黒肌だった腕や背中からも、ボコボコと黒花の蕾が生じる。目覚めた時のように身じろぎしたと思った瞬間、バッと、両手を広げた。

花が一瞬で咲き、黒い花粉が霧のように周囲に散る。

「あっはははははははは!!!!」

再びブレた嗤い声が大きく頭に響き、殴られたようにグワングワンと衝撃を感じて、目が回る。

「っ、くそ」

思わずハリセンを取り落とし、片膝《かたひざ》をつく。

それでも気力を振り絞って顔を上げれば、甲羅一面に黒いリコリスが無数に咲きほこり、黒霧が色を増していた。

王子も片膝をついているのが、視界の端に映る。どうやら魔法具《札》の効果を上回ったらしい。

『あいつ、むかつくんだよ！』

『何よ、あんな子、顔だけじゃない！』

『ちょっと家格が上だからって、生意気言ってんじゃねえ！』

『私の婚約者より顔が良いなんて許せない！』

不意に男女入り乱れた声に囲まれる。あらゆる悪意と嫉妬《しっと》が詰まった声だ。

「う、るさい！　幻聴、だ！」

わざと声に出さずにはいられないほど、精神を直接切りつけられるような感覚に陥り、心臓がドクドクと不快な音を鳴らす。

『許せない！』

『妬《ねた》ましい！』

『悔しい！』

『憎い！』

いつしかそんな声に感情が支配されそうになる。

何とか自らに精神系魔法をかけ、それを抑えてフラフラと立ち上がる。顔を上げ……ギクリと体が強張《こわば》る。

目の前に、ニタリと嗤う義妹がいた。正確には黒鼠からリコリスの葉や茎が折り重なり、黒い蔦《つた》のように纏まったその先から、リコリスに包まれた義妹が咲いている。

両手にあった漆黒のリコリスが、俺の胸元に押しつけられた。下にいた時のような痛みはない。

『死にたくない』

『生きたい』

その二つの言葉が幼子の声で、頭の中で繰り返し響く。感じるのは死への恐怖と生への渇望。

やがて意識が遠のいた俺は、ガクリと両膝をついた。

※※※※

背中に温かい何かを感じて、意識が浮上する。

真っ暗な中で、ザアザア聞こえるのは、雨音？　全身が濡《ぬ》れていて、体の節々が痛い？

どこか自分の感覚ではない違和感を覚えながら、目を開け、呆《ほう》ける。

大破した残骸《ざんがい》。これは馬車？　手綱を付けた馬が向こうに倒れていて、全く動く気配がない。

馬だけじゃない。老若男女が入り交じった幾人もの人が、折り重なるようにして倒れていた。

魔法師団に交じり、訓練していたからわかる。これはどこか高い所から転落した遺体。遺体もこの体も、雨に打たれてずぶ濡れだ。

だがわからない。俺がいつもの自分の視線より低い所から、何故この人を見下ろしているのか。

『……っ、ど、して……』

桃金の髪は短く切りそろえられ、血濡れている。この髪色は俺がよく知る色。しかし声の主とは、一度も会った事がない。

記憶が確かなら、彼は肖像画で何度か見た、俺の伯父。こと切れた、焦げ茶色の髪をした女性を庇《かば》うように抱いている。

伯父は腹に木片が刺さり、大量出血していた。早く治癒魔法をと思うのに、この小さな体は、動く気配がない。

藍色《あいいろ》の瞳は信じられない物を見るかのように、俺を見上げている。

状況に戸惑いながらも、祖母から聞いた通り、祖母や実妹と同じ色だと見つめれば、その瞳には俺が初めて会った頃の、幼い義妹の姿が浮かんでいた。

その顔は、恐怖に歪《ゆが》んでいる。

『と、父さんが、悪いんだ、から！　私、公女だっ、たのにっ』

『……そうか……僕は幸せ、だったよ……シエナ。ごめんね。お前はずっと……うらん、で……』

藍色の瞳が閉じていく。祖母や実妹に似た顔は、悲哀に染まっていた。

『……っう、ひっく……何で、こんな、ことしちゃっ……と、父さん……母さっ……』

小さな手が顔をこすり、しゃくりあげる。

『シエナは悪くないわ』

唐突に、落ち着いた別の少女の声が聞こえ、優しげな手つきで抱擁された。

今の妹達くらいの年頃か？　両膝をついて抱きしめてくる少女は、全身をすっぽりとローブで覆っている。声や背丈でしか判断できない。

『シエナのお父さんが駆け落ちなんかせず、お母さんとロブール家に留《とど》まれば、可愛《かわい》い娘がこんな事をしなくても良かったの。お父さんは次期公爵になりたくなくて逃げた、無責任な人。お母さんはそれを唆《そそのか》したの。そんな人が両親だった君は、不幸で可哀想《かわいそう》。だから少しも悪くないわ。だって、本来の場所に帰るだけだもの』

　少女はそう言うと、伯父の胸ポケットに……あれはカフスか？　それを入れた。恐らく伯父の遺体から発見されたというカフスが、アレだ。ロブール家の家紋が彫ってあった。

『でも……』

『大丈夫。シャローナは、君の祖母は、昔からそういうところが甘いの。それに元婚約者に最期まで守り抜かれた妻に甘いのが、君の祖父。上手くいくわ。シエナ、私達はずっと親友よ。ほら、君も怪我《けが》をしているし、今は怪しまれないように、眠りなさい』

　そう言うと、形の良い指が額にトン、と触れて視界は再び真っ暗になった。

『後は本物の公女になれるように頑張ってね。私の可愛い……』

　声は途中で途絶えた。

※※※※

　景色が変わる。

　舞台のスポットライトに照らされ、現在《今》の義妹が倒れた誰かに馬乗りになって、短剣でめった刺しにしていた。

　慌てて近寄るも、横たわる人物を見て、固まる。

「許さない。父さんみたいに逃げても公女でい続ける。邪魔よ。私は全て捨てて公女になったのに、何も失わずに父さんに似た顔で笑って、せっかく取り返したのに、また奪う！　憎い！　憎い！」

倒れて血の気を失った実妹に、心の内に燻《くすぶ》り続けた怨嗟《えんさ》をぶつける義妹。

不意に左の太もも辺りにも、状況に似つかわしくない温かさを感じた。あまりの惨状に慌てふためく気持ちが、何故か落ち着く。

俺は今、あの魔法呪に取り込まれていると冷静に判断する。見せられているこれは、シエナの過去と、多分願望。そうか、お前はこんなにも、ラビアンジェ《俺の妹》を。

「すまない、シエナ。俺は次期ロブール当主として、お前を切り捨てる」

静かに宣言すれば、夢から醒《さ》めるようにして、意識が浮上するのを感じた。

『死にたくない』

『生きたい』

再びどこからか、幼い声を聞いた気がした。

※※※※

「っ」

背中と左の太ももに、明らかな熱さを感じ、ハッと目を開ける。

「あっははは、あはは、あはははははは!!!!」

「ギャア！　ギャア！」

頭に響く不快な、ブレた声に、反射的に体を起こし……一瞬状況が理解できなかった。

見渡す限り一面の、黒いリコリス。俺はそれを生やした黒鼠の背中にいるらしい。目の前には、次期当主として切り捨てると覚悟を決めた、シエナ。

相変わらず下半身は埋もれ、俺に背を向けているせいで表情はわからない。嗤《わら》いながら、時折黒い花粉を撒《ま》き散《ち》らしている。

いや、花粉のように見えるそれは、悪意のこもった、呪いの粒子だ。それを浴びる度、おぞましさを肌で感じる。

そしてシエナの前には、片膝をついたレジルス。右手にハリセンを持ち、左手の札を前に掲げ、何とか耐えていた。

あの魔法具の雑さが、事態の切迫感をとんでもなく無駄に緩和している。魔法具の製作者の兄として、いたたまれない。

しかしそれより徐々に熱くなっていく、ズボンの左ポケット。何を入れていただろうかと、手を入れれば、雑な作りの札束。

同じく背中の熱さにも手をやり、札の感触に外して見れば、札に妹の魔力の痕跡《こんせき》。

思い当たるのは、妹が初めて魔法呪に一撃を与え、脱兎の如き逃走を披露したすれ違い様。

あの時していた耳栓といい、妹は言葉そのまま、手が早い。

よく視れば、背に貼られたこの魔導回路だけは、整然としたものになっていて、浄化の力を内に向かって閉じこめるのではなく……嘘だろ⁉

何の役割かも、何故他の札が熱を帯びていたのかも一瞬で理解し、バッとその場に全ての札を投げ捨てた。身体強化してシエナを飛び越え、そのままレジルスを肩に担いで走る。

「ミハイル⁉」

レジルスが戸惑うのもわかるが、反応する余裕はない。

「にがさないー」

シエナの上半身も追いかけて来る。しかし今は、後ろを振り返る余裕も全くない。

「札！　札を全部シエナに投げつけろ！」

レジルスのポケットを弄《いじ》る時間は、もっとない。そう判断して叫び、黒鼠から飛び降りる。

幸いにも、レジルスは何かが逼迫《ひっぱく》しているのだけは、悟ってくれたらしい。即実行した。

——カサ。

安堵《あんど》したのも束《つか》の間、レジルスの背中にも古新聞の感触だと⁉

「ラビアンジェー！」

ふざけるな、と思わず叫んでその札をむしり取る。担いだ体は空中で放し、札は追いかけてきたシエナに向かって投げ捨てて、着地しようとした。

瞬間、甲羅の上の札から始まり、追いかけてきたシエナや蔦に触れていた札が、連動する形で真っ赤な炎を噴く。

「「ギャアアアアア」」

黒鼠共々、シエナが一気に炎に包まれた。黒い霧や花粉のような悪意も燃え、すぐさま灰へと変わり、燃え消える。

業火のような炎を纏《まと》い、炎鼠となった魔法呪は叫び暴れ、向こうへ行ったかと思えば、こちらに走って来た⁉

しかし爆風に煽《あお》られて着地を失敗した俺は、体を打ちつけた衝撃と痛みで反応できない。

視界の端に映ったレジルスは、転がって衝撃を分散させたようだ。が、魔法呪に侵されかけていたせいか、すぐには次の行動に移せないでいる。

眼前に炎鼠が迫り、ぶつかる！　と身構えた、その時だ。

「まとめハリセン効果発動！　悪霊退散ー‼」

——バチゴーン‼

俺の背後から走りこんできた妹が、恐らくなけなしの魔力で身体強化したんだろう。

高く跳躍し、炎鼠の顔をめがけてハリセンをフルスイング。鈍い大音量を上げながら、炎鼠は後ろに吹っ飛んだ。衝撃からか、炎が消えて黒鼠に戻る。

まとめハリセン？　ああ、腰に差していたハリセンを束にして、両手で握って……って、どんな効果だ⁉　レジルスも向こうで呆気《あっけ》に取られている。

しかし俺達に全く構わない妹は、横倒れた黒鼠から咲く未《いま》だに燃えるシエナに走り寄り……。

「悪霊退散！」

「「ギャア！」」

まずは触手と上半身の境を、バゴンと叩《たた》き切る。するとローブをバッと勇ましく脱ぎ、レジルスに向けて放り投げた⁉　それからまとめたハリセンを、再び腰に装着……って、しれっと自国の王子を、側仕《そばづか》えのように使うな！

レジルスは惚れ直したような顔で……まさかのローブ畳んで、走って出入り口に置きに行っただと⁉　扱いが丁寧だな！

「悪霊退散！　悪霊退散！　悪霊退散！」

と、妹は連呼しながら残した一つのハリセンで、シエナへの連打を開始。

シエナの炎は叩かれる度に消え、気づけば鎮火していた。

「いたい！　いたい！　まって！　いたい！」

「おーっほっほっほ！　待ちませんわよ！　ヒーヒー言わして差し上げますわー！」

「ギィヤアアアアア！」

スパンスパン音をさせながら、ハリセンを振るう妹……当初の宣言通り、ヒーヒー言わしている様は、実に楽しそうだ。まるでこれまでの鬱憤《うっぷん》でもぶつけているようにすら見える。

後ろで倒れたままの黒鼠がずっと叫んでいるが、見向きもしない。あっぱれな集中ぶり。

念の為、俺も初恋馬鹿《ほ》も、何かあればすぐに妹を引きはがせる距離へと移動する。

そんな状態だが、本人はそれはもう爽快《そうかい》な、淑女じゃなく悪ガキ的な顔だ。もう起動ワードも言っていないし、ただやりたいだけだろう、それ。

札は一度言えばずっと起動し続けるが、ハリセンは違うよな。音だけはそれっぽく鳴っているが、完全にツッコミ用具にしている。魔力の温存とかじゃなくて、祭りを開催したいだけだ、絶対。

シエナはまだ黒さはあるが、いくらか色が抜けて目が漆黒から赤に変わった。他の半透明なのと違い、内面の禍々しさも抜けて、今は子供のように怯《おび》えている。

改めて見ると魔力塊でもないように見えるが、これが魔法呪というものなのか？　黒い花が燃えて、叩かれてボロボロだ。何より気づいていないようだが、ハリセンは地面を叩いている。怯えてないで、いい加減気づけ、シエナ。色々やかましい。

「まったくこの子は、人様に迷惑かけ過ぎですのよ！　おバカちゃん！　お尻《しり》があったら、ペンペンものでしてよ！　出しなさい、お尻！　この！　この！」

「ごめんなさい！　ごめんなさい！　ごめんなさい！」

「ギィヤアアアア！」

いや、妹よ、お前が蔦《つた》をぶった斬ったから、多分もう出てこないぞ。

シエナはとうとう謝り始めた。

そして後ろの魔法呪がずっと叫んでいるのは、完全に無視する方針らしい。

「いいこと！　死にたくないのも、生きたいのも、生き物として当然の願望だから、そこに文句はないわ！　けれど他人の魔力を奪うだけに留まらず、孵化《ふか》に焦ってこんな大事にさせた挙げ句、未熟な体で外に出て、寿命を縮めるなど言語道断！」

「ごめんなさい！　ごめんなさい！　ごめんなさい！」

「ぎゃあああ！」

ん？　妹は何を言い始めた？　スパンスパン効果で、聞き漏らした。

後ろの叫び声が少し落ち着いてきたな。

「しかもあんな未熟で半端な、ヒドインに体を盗《と》られて、自分は密度スカスカな、ヒドイン魔力のクズ入れに魂移《たまうつ》しをするなら、初めから足掻《あが》かずに逝った方が、余程マシというものよ！　このままなら結局死ぬのも時間の問題でしょう！」

「ごめんなさい！　ごめんなさい！　ごめんなさい！」

「ぎゃあ、ぎゃあ……」

ヒドインとクズ入れに注意がもっていかれて、妹のくだけた口調で発する内容が……。

黒鼠は短く……呻《うめ》いているのか？　よく聞くとあの魔法呪の方も、少し前のシエナのように声がブレている？

「体が爛《ただ》れて、内臓から腐る痛みをもろともせず貴方《あなた》の体に居座っている、見栄《みえ》に固執して欲望に忠実な、あのヒドインの方がよっぽど根性あるわ！」

「ごめんなさい！　ごめんなさい！　ごめんなさい！」

え、ちょっと待て……今、重要な事をサラッと……。

後ろの黒鼠は黙って震えているから、まだ生きている。

「貴方が生きたかった体から逃げて、ヒドインに体を乗っ取らせたお陰で、立派なドロドロ魔法呪が完成したじゃない！　何を自分で自分に止めを刺しているの！　現状まだ生きているなら、反省なさい！」

「ごめんなさい！　ごめ……う、う、うわーん‼」

「ぎゃあっはっはっはっ、ぎゃははは‼」

こっちは泣き始めて、あっちは頭に響くブレた声で嗤い始めた⁉　妹は何をツッコミがてら、ぶっこんできた‼

「せいじゅうよ！　わたしはせいじゅうになったの！　おうさまよりもえらいのよ！　あははははは！」

シエナ、お前は王妃になるくだりを、どこに落っことしたー‼

4 【事件勃発《ぼっぱつ》真っ最中】始まりは、腐ったアルマジロちゃんから

「ラビアンジェ、今のはどういう……」

驚愕《きょうがく》した様子で尋ねる兄はともかく、無言で私を凝視する王子は無表情だけれど、瞳《ひとみ》にはどこか恍惚《こうこつ》とした熱を感じる？

『ラビは見たままを言っただけなのに、何を言ってんだろうね？』

意味がわからず、相変わらず姿は消して頭に鎮座するリアちゃん共々、首を傾《かし》げる。

「あはははは、あーら、おねえさま、くやしいの？　わたしが、さらに、ふさわしいたちば、せいじゅう、なったから、あははははは！」

『ふん、何が聖獣だい、この呪物娘が』

そうね、違うわね。アレを聖獣扱いされると、流石《さすが》にリアちゃんも他の聖獣ちゃん達も、殺気立ってしまうから、止《や》めて欲しいわ。

「公女、それは義妹ではないのか？」

「魔力はあの子のものでしてよ？」

『この王子も、何を言ってんだろうね？』

熱は保ったまま、シエナっぽい体を指差して問う王子に、呆《あき》れるリアちゃん。

「それ以外は？」

「腐ったアルマジロちゃん？」

「うわーん！　わ、わたし、くさったー！」

王子の問いに答えれば、義妹の魔力塊の中のアルマジロちゃんが大泣きする。

泣いてもどうもできないけれど、ヨシヨシだけはしてあげましょう。魔力塊は直接触《さわ》れない仕様だから、エアタッチ。これ以上のお仕置きペンペンは、孵化したばかりのこの子に可哀想《かわいそう》よね。

でも中身の入れ替わりに気づいてからは、起動ワードなしでそれっぽく地面を叩いただけなのよ。

「アル……マ……何？　それにラビアンジェ、あの黒鼠は？」

「鎧鼠《よろいねずみ》とも言われていて、元は他国で生息していた動物が、この国に入ってきたのでしょうね。他国でも数の少なさは、絶滅危惧種《きぐしゅ》並みではないかしら？　背中側が鎧のような、硬い甲羅で覆われておりますの。大昔、他国から流れてきたらしき、古い図鑑に載っていたのをチラッと見ましてよ」

兄がアルマジロを知らないのは、無理もない。あちらの世界ではお馴染《なじ》みだけれど、少なくともこの国では、王女時代に図鑑でしか見た覚えがないの。あちらでは哺乳類《ほにゅうるい》だけれど、こちらの生態系まではわからない。

「卵生だったのか、実は丸くなった甲羅のような骨だったかは、ああなる前を見ていないのでわかりませんわ。魔力があるので、魔獣なのでしょうが。アレは見たまま、完成した魔法呪でしてよ？」

「シエナ、なのか？」

「動かしているのは、そうですわね。まだほんのりアルマジロ成分が、なくはないですけれど」

「うわーん、わたしのからだー！」

兄の質問に答え続けていれば、アルマジロちゃん？　自分から逃げたのに、何を言っているの。

それに今のあの体に、戻りたくはないでしょう？

ギリギリ魔力は行き来しているけれど、繋《つな》がっていた蔦を切るのがもう少し遅かったら、戻す道は完全に断たれていた。ただ、どうするかはお任せね。

「聖獣、なのか？」

「あり得ませんわね」

「シエナは聖獣の卵と……」

「聖獣は元魔獣でしてよ？」

『ラビ兄は、何を寝ぼけた事を言ってんだい？』

リアちゃんと、またまた首を傾げてしまう。

「公女は魔獣がどのようにして聖獣になるのか、知っているのか？」

「そもそも何故《なぜ》知りませんの？　王家と四公の祖の口伝は誰でも知っていますでしょう？」

「だがそれは聖獣に助けられた、としか……」

「ええ、ですから普通は仲良しの魔獣が、昇華して純度増し増し聖属性の力を備えた魔力を持ち、聖獣と呼ばれるくらい強くなった、と考えるものでは？　人に害をなす方向性なら、それは災害級の魔獣。契約して守ってくれるなら聖獣。そしてアレは腐った魔獣で、魔法呪でもありましてよ」

厳密には、そもそも聖獣になるには契約者がいて、昇華させられる状況が整ってこそよ。でもべルジャンヌの死後、どこまで正しく伝わっているのかわからない。全部は伝えないでおきましょう。

そもそもこの王子も、知らないとは言っていない。人を試して、様子を窺《うかが》う節があるもの。

それより、この子ね。確かに聖獣になれるだけの素養はあった。そうでなければ死にたくない、生きたいと望むだけで、こんな事態を引き起こしたりできるはずがない。ここが魔法の世界だからかしら？　想《おも》う力が強いのは、素養の一つとなり得てしまう。

「もしや他に魔法呪を見た事はないか？　呪いと魔力の違いがわかるのか？」

『呪いの塊を目《ま》の当たりにしといて、この王子は何を言ってんだろうね？』

そうよね、リアちゃん。またまたまた首を傾げる。

それとなく、期待の眼差《まなざ》しを向けられる意味が、わからない。もちろん前々世でも、今世の幼い頃にも見たけれど、王子も全身黒タイツを見た時から、わかっている素振りはあったわよね？

屋上に出てアレを確認して、すぐに呪いを外に漏らさないよう、しれっとこの建物の屋上にも、聖属性の魔法で、結界を張っていたわ。

それにしても……少し前から気になる気配を感じていた、結界の外側に意識を向ける。

父はこういう時の対処、普段と違って早かったのね。それとも魔法バカだから、魔法呪に興味を惹《ひ》かれた？

「呪いと魔力の違いでしたら、索敵魔法で魔獣と人を見分けるのと同じでは？　呪いは魔力よりゾワゾワして、何となく違いますわよね。黒いですし。魔法呪はお二人がそう仰《おっしゃ》っていましたし、アレを見れば、そうとわかりましてよ？　でもある種の、魔法具のような物ではないかしら。負の感情と魂と膨大な魔力を、入れ物にセットする。負の感情は、囁《ささや》く黒い風とか、霧っぽいので可視化されておりましたわ。入れ物が生き物でないといけないのか、物でも良いのかは、知りませんが」

意識を目の前の王子に戻しつつ、あくまで魔法具の観点から話しておく。

「何故、魂だと？」

兄まで、何を言っているのかしら？

「最初から生霊だと、そう申し上げておりましたわ？」

「……そう……だな？」

どうして実の兄妹《きょうだい》で見つめ合って、首を傾げているのかしら？

「何故生霊だと思った？」

「半透明の人が、うようよしておりました。これぞ学園七不思議！　それのお顔がついているやつは、生霊に決まっております！」

「……そうか」

王子には胸を張って力説する。納得してくれたみたいね。

「だが、お前は何故魂の中身がシエナとアル……アルジ……鎧鼠と入れ替わったと思った？」

兄は簡単な名称を選んだわね。

「アルマジロちゃんでしてよ。瞳の色が違います。向こうの目は黒くなって、こっちは赤くなりました。しかもシエナが私に叩《たた》かれれば、もっと悲劇のヒドインを加速させるか、蔑《さげす》むか、睨《にら》みつけるかの、どれかしか致しません。謝りませんし、心底怯《おび》える眼差しは、意地でも向けませんわ」

「……それが判断基準……」

兄がいたたまれなさそうに、私を見やる。何故？

魔法呪に入ったシエナは、足が砕けて移動はできなくなっているけれど、普通にこっちを見て、高笑いしながら現在進行形で絶賛蔑み中よ？

「あとはハリセンで蔦《つた》を叩き切った時、何かが交差して、引っこむ手応えがあったからでしょうか」

「……なるほど」

『随分と簡単に、どうとでも取れる説明で納得したね』

リアちゃんたら、神妙な顔の兄に、呆れた声を投げないで？　王子はともかく、兄は魔法呪の事、ほとんど知らないみたいだから。

魔法呪は魔法具とよく似ている。それは間違いない。

真に依《よ》り代《しろ》になるのは、怨嗟《えんさ》に染まった魂。その魂に魔力を取りこませ、入れ物に入れて、更に負の感情で満たす。怨嗟に染まりきり、取り込んだ魔力の質がある存在の好む質へと変容すれば、入れ物となる何かの瞳の色が、漆黒に染まり、魔法呪が完成する。目安はあの腐臭。もちろんアルマジロちゃんの体の腐った臭いもあるけれど、どうしてか変質した魔力は、臭い。

今世で会った、黒マリモちゃんも臭かった。瞳はギリギリ黒くなかったけれど。

「わたし、しにたくない。しぬの、こわい、いきたい、いきたいよー、う、う……」

『まったく、面倒だね』

本当にね。それでも恨まないのね、この子は。

そこの二人も、痛々しい目をして、押し黙る。

純粋に死にたくない、生きたいと望むだけのこの子なら、魔法呪にはならなかった。生き物の純粋かつ、シンプルな欲だけでは、呪いなんて発生しない。

この子は体が腐る痛みから逃げても、誰かを妬《ねた》んだり恨んだりだけはしていない。まだ純粋な赤ん坊と変わらないし、だから聖獣の素養があるとも言える。

入れ物は魔力の大きい生き物であるほど良く、同時に依り代を染める為《ため》の怨嗟も魔力も大量に必要となるんじゃないかしら。たくさんの学生達の、魔力も怨嗟も魔法呪は取りこんでいたわ。

もちろん魔力自体を取りこんでいたのは、この子の意志によるところも大きい。元々魔獣が孵化《ふか》する時は、魔力を消費する。その為に卵がコロンと外の世界に出た時から、自分でも魔力を溜めつつ、親も温めながら魔力を分け与え、殻の中に蓄えていく。

魔力が大きな魔獣は、孵化にたくさん魔力を要するから、親のいないこの子は、本能的に集めようとした？　でもそもそもの疑問は、アルマジロって卵生かしら？　目撃談は卵ばかりだったけれど、それって世間一般的な卵だったの？　生態がわからないわね。

でも紋を付ける事ができたのは、卵と繋がっていて、魔力供給できた人だから、やはり義妹の可能性が高い。兄にも紋を付けしようとしていたし。

ただ、供給できるよう細工したのは誰かしら？　ワンコ君の部屋に残っていた独特の気配といい、合同討伐訓練での転移陣の描き換えといい……きな臭い。

やはり悪魔？　そもそも魂を絡めるような魔法呪は、悪魔の得意分野。そうでないと、人の魔力を怨嗟で変質なんてできない。

だとしても、誰が呼び出したの？　それとも……あの時の？

いえ、それはない。あの時、ベルジャンヌだった私が自分ごと……。

『ラビ、何を考えてるんだい？』

『あらあら、ついうっかり。少しこの子に、引きずられたかしら』

『そう……あの時のベルも、こんな風だったのかい？』

『え、と……どう、かしら。死ぬのは……』

怖かったけれど、生きたいとまでは思えなかった。

出かかった念話の声を散らせる。知ったらきっと、聖獣ちゃん達は悲しむわ。

『そうね、だからこの子が哀れで、微笑《ほほえ》ましいと思えるわ』

『微笑ましい？』

『ええ。こんな風になるまで、いいえ、こんな風になっても、と言うべきかしら。それでも生にしがみつこうとする姿は、いっそ哀れよ。けれどそれでもまだ、ただ純粋に生きたいと思えるこの子が、微笑ましくも感じるの』

この子とあの時の私は、そこだけは決定的に違うから。

もし、前々世の私がこの子のように、生にしがみつこうとしたら、違う道があったのかしら。

もし、私がもっと早く……いえ、どうせ過去は変わらない。それに結局は、あれが最善だった。

今世《今》の私が私であるのは、その後《前世》の人生が在ったから。

ああ、無性にあの人に、旦那《だんな》さんに会いたくなる。縁側で、どうでも良い話を、たくさんしたい。

『ラビ？』

『ふふふ、熱いほうじ茶が飲みたいわ』

あの人の、好きなお茶を飲みながら。

『そうかい。じゃあ、そのうち大奥乱デ舞《ランデブー》を朗読しながら、茶でも出しとくれよ』

『……私が朗読するのね……ちょっぴり雰囲気が台無しよ、リアちゃん』

郷愁が瞬時に霧散しちゃったついでに、魔法呪の中のアルマジロちゃんの魔力に干渉して、私の誓約紋に取りこんでおく。全身黒タイツと一緒に、あの誓約紋が魔法呪の中に移動していたの。

後はこの子がそれに気づいて、自身の魔力を媒介に、自力であちらの本体に戻るだけ。

『そろそろ気を引き締めな。くるよ！』

「あははは！　呪われろ！　私にひれ伏せ！　あはははは!!!!」

義妹の嗤《わら》い声と共に魔法呪の至る所で、黒のリコリスが再び開花する。一気に飛んだ花粉《怨嗟》で、辺りは闇に包まれた。

※※※※

「…………。…………さない」

――ビシッ！

「許さない。お前みたいな賤《いや》しい子供が」

――ビシッ！

「王女と名乗るのを許されるばかりか、瞳《ひとみ》に金環まで」

――ビシッ！

ああ、これは昔、よくあった出来事。

明らかに高級感のあるドレスを着て、真っ赤な髪に憎悪を滾《たぎ》らせた、赤みのある紫色の瞳。射殺すように睨みつけ、淡々と告げながら、鞭《むち》をしならせる迫力系美人。

その少し後ろには、薄く緑がかった銀髪に、空色の瞳の少年。顔だけは綺麗《きれい》に整っているのに、ニヤニヤと薄気味悪い笑みを浮かべているのが、何とも残念。

そこに幼子がいれば、かなり悪趣味な光景。今世の母といい、年を取ると、鞭を振るのが好きになるのかしら？

けれど昔自分を苦しめたはずの、その光景を見ても、思っていた以上に心は凪《な》いでいる。自分の中で、本当に終わった事なのね。

それよりもよ！　SとMなジャンルの小説の、参考にできそう！　こっちは母お気に入りの短鞭とは違って、長鞭でしなるし、改めて見ると……鞭使いが上手《うま》い！　あちらの世界の、西部劇に出てくるカウボーイも真っ青！

時に怖がらせるかのように、フェイント・ビシッ。着実に一点を狂いなく打つ、肉裂き・ビシッ。やるわね！　私はそれをしっかり観察して、今後の執筆に活《い》かすわ！

鞭使いと、ニヤニヤ少年。二人の周りをぐるぐる回って、間近に観察するこの場所は、見覚えのある小屋の前。

この小屋はもう……今、どうなっているのかしら？　王宮の離宮の庭に、ポツンと建っていたはず。現在を知らなかったわ。

でもいい加減、取り壊されているわよね？　小屋の周りには何もない、当時を再現した雑草が所々生えた、土くれ。その向こうには、寂れた石造りの建物。あれが前々世の私の離宮よ。

「ラビ」

鞭を振りかぶった様を、真横から観察していれば、不意に名前を呼ばれ、上を見上げる。するとボッと火の玉が出現し、すぐに見慣れた真っ赤な鳥へと、姿を変えた。

「何だい、この胸くそ悪い光景は！」

そのままいつも通り頭へ鎮座すると、バサリ、と二つの対象に向かって両翼を振る。

――ボボボッ。

途端に激しい火柱が二つ上がった⁉　そんな⁉　瞬きする間に灰になって消えちゃった⁉

「ああ⁉　SとMなプレイ現場が⁉」

「何言ってんだい⁉　おかしな事を口走って⁉　まさか呪いに囚《とら》われたのかい⁉　今、突っついて正気に……」

まずい！　クチバシ・チョップが来ちゃう⁉

「ち、違うのよ、リアちゃん。生プレイを観察して、テンションがおかしくなっていただけ。燃やすのは、もう少し待って欲しかったわ」

「何だって⁉」

「ほら、あの場に本来いたはずの、幼い王女はいなかったでしょう？　アレはもう、とっくに終わった事よ。けれど昔痛い思いをさせられたのなら、元を取ろうと観察していたの。もったいないわ」

「………ならいいさ」

こうしてこの場所とあの二人が現れたのは、直前の会話で最初の死を、思い出したのもあったからね、きっと。

リアちゃんは小屋と石造りの建物にも翼を振る。プレイとは関係ないから、そっちはどうでも良い。

それにしても見方によっては私達、火で巻かれたみたいになっていない？

「八つ当たりしなくても、今さらよ」

「あの時、見て見ぬふりしてた自分にも、腹が立って……あふん」

「んふふふ、可愛《かわい》いわ、リアちゃん」

リアちゃんを腕に抱え直し、顎《あご》下のクチバシとの境目辺りを、指先でコリコリすれば、鉄板の艶《なま》めかしい声。

「申し訳ないと思うならこうやって、素敵ボディを堪能する時間に充てて欲しいのよ？　どうせならその柔らかな羽毛に、お鼻を当てて、スンスンと……んぅいた、いた、いたぁ！」

「調子に乗るんじゃないよ！」

リアちゃんたら、照れ過ぎたのか、バサッと私の手から飛んで、オデコを高速三段突き⁉

「くっ……まるでキツツキのよう……」

私はしゃがんで、オデコを両手で高速擦《さす》り。少しは痛みが誤魔化される。

「おかしいわね、ここは魔法呪の影響を受けた夢だけれど、主導権は渡していないから、痛みまでは……ハッ」

まさか、とバサバサ空中飛行するオカン鳥を見やれば……鳥なのにニヤリと笑った⁉

「契約した聖獣、なめんじゃないよ」

私の主導権に……干渉したのね……。

※※舞台裏※※　悪夢の中～レジルスの夢～（レジルス）

『痛いのだ……誰か……』

体中が痛い。この痛みには、覚えがある。

『誰か助けて……怖い……』

『早く終わって……苦しい……』

この声もそうだ。かつての俺が叫び続け、いつしか諦《あきら》めて、終わりを懇願した。

目を開けても、辺りは暗闇に支配された空間。いや、また視覚を失ったのか？

突然、黒い花粉に覆われそうになって、公女《想い人》を守ろうと抱き寄せた。すぐに結界を張ったまでは、覚えている。

もしやと、冷や汗が背中を伝う。

また魔法呪をこの身に宿したのか？　幼少期のある日、突然魔法呪に侵されたように。

今思い返せば、あの時の発端は一つ。その存在すら知らなかったあの離宮。そこに忍びこんだ事。

鬱蒼《うっそう》とした木々の茂る、あの場所。何も知らぬ者が、今なお稀代《きたい》の悪女と貶《おとし》める王女、ベルジャンヌ。彼女が母親である側室と共に過ごしていた場所。

あの幼い頃、当然のように品行方正さを強制され、厳しい教育を受けていた。毎日が苦痛で、仕方なかった。稀代の悪女のせいで、より厳格にそれが求められる。そう聞いた時には、何も知ろうともせず、見た事もない王女を悪者にして、悪態をついた。

初めの頃は、王妃である母が褒めてくれる。それがただ嬉《うれ》しくて、頑張れた。

だが異母弟が生まれ、数年した頃。母も周りと同じように長子だ、正妃の息子なのだからと言い始め、我慢の限界がきた。

俺はその日、自分の暮らす王子宮を抜け出し、あの寂れた宮に忍びこんだ。

外からはそう見えなかったが、離宮の内部は王女が没して何十年どころか、もっと長い間、手入れされていないように感じた。全ての場所が、ボロボロに朽ちていたから。

昼間だというのに、薄暗い場所。好奇心が勝って奥へ進み、やがて雑草だらけの、庭らしき場所にぽつんと建つ、古びた小屋を見つけた。

そういえばその小屋は、想《おも》い人が住んでいるあの小屋に、どこか似ている。

離宮の内部と比べれば、まだマシに見えた小屋。そのドアを開けようとしたものの、足音が聞こえて、叱られると思い、咄嗟《とっさ》に裏手に隠れて、向こうを窺《うかが》う。

現れたのは、二人。何かを話しているのは聞こえたが、すぐに防音の魔法を使ったのだろう。声が途切れた。

ただその内の一人の声に、覚えがあった。俺が魔法呪の呪いを受け、最初に触れて亡くなった、俺つきの筆頭女官だ。

後の一人はローブを目深に被《かぶ》り、髪も顔もわからなかった。多分、女。

先に女官がいなくなり、ほっとした俺は頃合いをみて小屋の裏手から一歩踏み出す。

するとその女と、正面から対峙《たいじ》してしまった。俺に気づいていて、直《す》ぐ側《そば》に立ち、気配を消していたのだ。

そこで記憶は、ふつりと途切れている。

次に気がついた時には、自室のベッドの上。

体が軋《きし》む。何かが体の内側から、侵食するようにして這《は》う、怖気《おぞけ》。そして魔力を強制的に枯渇させられ、肺を捻《ひね》り潰《つぶ》されるかのような息苦しさ。

俺は悲鳴すら上げられない程の、あらゆる苦痛に襲われ、恐怖した。

そんな俺に触れたあの女官は、激しく悲鳴を上げ続け、その場で絶命。騒ぎを聞きつけ、駆けつけた者の何人かは、同じように、更に犠牲となった。

やがてロブール魔法師団長が呼ばれ、俺が魔法呪に侵されたのが確定した。

魔法師団長は他人に移らないよう、魔力の膜で俺の体を覆う。呪いをその内に封じる事には成功し、短時間なら触れる事ができるようになった。

だが、それだけ。これといって有効な対処など何もなく、地獄の苦しみはその後、数年にわたって続いた。

最低限だけ触れられるようになってすぐ、他の王族に伝染せぬよう、母の生家の離れへと療養と称して移された。

俺の体は黒く変色し、毛に覆われ、気づけば目も潰れていた。人の形の片鱗《へんりん》すら無くなり、ただ一人、その恐怖に耐え続けるしかなかった。

それでも初めの内は、忘れた頃に使用人が訪れた。冷たい水をかけ、体をデッキブラシで擦《こす》るだけの。俺はその頃から、幼心にも人生の終わりを願うようになった。

いつしか使用人も長らく見なくなり、食べ物すら与えられなくなった頃、ふとした瞬間から、俺の心に変化が訪れた。

『どうして俺が、こんな目に』

『母上も父上も、誰も会いに来ない。俺がどうなっても、いいんだ』

『腹立たしい。俺ばかりが苦しい……憎い』

胸に湧き起こる感情は、ドス黒く染まっていった。心が酷《ひど》く殺伐として、全てが憎らしくて仕方なかった。

そうだ、憎い！　何故《なぜ》俺は今まで、この感情に蓋《ふた》をしていた！

思い出すのは、呪いが消えて、城に戻った時。

手の平を返したかのように、近寄ってきた奴《やつ》ら。その中には、俺の両親もいた。

そうだ、許すべきじゃなかった！

心が憎しみに黒く染まっていくのを、感じる。これは幼き頃のかつての感情か、それとも今の呪いに当てられたのか。

だが、関係ない！　そう、憎い！　復讐《ふくしゅう》をしてやらないと、気が済ま……。

――ボッ。

突然だった。視界全てが真っ赤な炎に変わる。驚くも、熱くはなく、むしろ温かさのある炎。

それが徐々に、白くぼやけた世界へと変わった。

『め、しろい。みえないのね。もとは、あかっぽいの？　あとでなおちまちょ』

不意に、小さな手が体に触れ、明らかに幼児だとわかる声が話しかけてきた。

これは……まだよちよち歩きだったはずの、ラビアンジェ＝ロブールの声と、手。

そうだった。俺は何故、初めて恋に落ちたあの日の彼女を、忘れていたのか。

想い人はあの日、前触れもなく現れて、黒マリモちゃんと謎の命名をした。そしてあっけなくも、
ほんの半日で、俺を長年の苦しみから救ってくれた。

そう、こんな風に毛に埋もれ、潰れた目を探し当てて、瞼《まぶた》をこじ開けたんだったな。遠慮のない、
可愛《かわい》らしい手だった。

魔法呪が見せる夢の中のはずなのに、感覚がして、懐かしさと共に、胸には愛《いと》しさがこみ上げる。

彼女は何かを確認すると、多分顔を近づけて、鼻を鳴らす。

『くちゃい。からだから、きれいに、しまちょ』

そう言うと、魔法で体を綺麗《きれい》にしてくれた。

正直、驚いた。仮にどれだけ魔力があっても、魔法という概念が扱えるような年でない事だけは、
感じる背丈や声でわかったから。

その後は俺の戸惑いなど、なんのその。

黒い毛を撫《な》でまわし、何なら三つ編みなどして雑草を毛に編みこみ、好き放題しまくった。

けれど手つきは優しく、何よりも感じるその温かさに……涙が溢《あふ》れた。
それを全て体験し直した時、意識が浮上するような感覚がして、素直にそれに従った。

※※舞台裏※※　悪夢の中～ミハイルの夢～（ミハイル）

目を開けると、真っ暗な空間に一人立っていた。

あの時、黒い花粉に覆われそうになって、レジルスは真っ先に妹を抱き寄せた。俺はレジルスごと妹に覆い被《かぶ》さり、魔法で結界を張ったはずだ。

もしや、魔法呪に取りこまれた？　結界は魔法呪に効果がないのか？

『母上、止《や》めて！』

突然、景色が変わり、今よりずっと目線が低い俺が、覚えのある言葉を叫ぶ。

これは夢で、過去を体験しているのか？

どこかで現在《いま》の自分が、冷静に分析する。

『次期当主ともあろう者が、そんな出来損ないを庇《かば》うなんて！　恥を知りなさい！　ミハイル、お前しか当主になる者はいないのですよ。その出来損ないはスペアですらない、ただの害虫だと何度言ったらわかるの！』

物心ついた頃には既に母は妹を虐げていて、妹を庇うと、こうして必ずなじられていた。

それまでは素手で妹を叩《たた》いていた母は、俺の当主教育が始まった頃から、鞭《むち》を打つようになった。

俺達兄妹《きょうだい》の時間が減ったからかもしれない。

いつも身を守るように、丸くうずくまる妹の背中は、今日も傷だらけだ。

この頃の俺は、勉学を早めに切り上げたり、時間を母の知るものとわざとずらして、できるだけ妹の顔を見に行くようにしていた。

背に庇った妹は、いつものように気を失っている。どれほどの時間、鞭打たれたのか……。

眠っているかのように深く気を失うのは、幼子の防衛反応だったのかもしれない。

母の後ろに控えていた治癒師を睨《にら》みつければ、金で雇われて見て見ぬふりをする男も、そそくさと近寄って、母の顔色を窺いながら、小さな背中の傷を癒やす。

人を治癒する能力に長《た》けていながら、幼子への暴力を看過する大人に反吐《へど》が出る。

それは兄である自分にも……。

『貴方《あなた》の行動が妹を生かすか殺すか、決めるのよ』

要は黙っていろと母は告げていた。そうしなければ、妹を……くそっ。

幻覚だとわかっていても、感情移入してしまう。これは魔法呪の影響か？

涙一つ見せない妹が、不憫《ふびん》でならなかった。だがもし妹が泣けば、娘の全てが気に入らない母をつけ上がらせ、更なる暴力を招くと直感していた。どうかこのまま、泣かないで。

せめて俺に向けばと挑発しても、母は妹への暴力を加速させただけ。早々に反抗は止めた。

ごめん、ラビアンジェ。お兄様なのに、力が足りないから……誰かに助けを求めたら、お前がどうなるのかわからない。

早く魔法を学んで、母よりも力をつけるんだ！

そんな思いで日々を過ごし、やっと治癒魔法を学べるようになった。必死だった。妹にも教育を施そうと、父に直談判《じかだんぱん》して講師をつけた。少しでも母の言いがかりを減らし、俺のいない間は、母から引き離したかった。

結局妹は逃走を選び、今では逃走猛者《もさ》だ……。

そしてあの日──俺の回想に合わせるかのように、景色が変わる。

『母上！　ラビアンジェが死んでしまう！』

朝から機嫌よく妹と出かけたはずの母が、鬼気迫る形相で帰ってきたと、俺つきの専属執事長から報告を受けた。嫌な予感がして、この頃既に自分の居所となっていた棟を飛び出した。

駆けつけて目にしたのは、母が妹を殺そうと魔法で風刃を繰り出す直前。

咄嗟に庇おうと前に出て障壁を張ったが、治癒魔法から習っていた俺の障壁は、全てを防ぎきれなかった。古びたワンピースに着替えた妹の、年齢よりも細い腹に、深手を負わせた。

『ラビアンジェ！　母上、治癒師は⁉』

『チッ、この役立たず！　少しは避《よ》けなさいよ！　治癒師はいないから、貴方が治しなさい！　死んだら、貴方のせいですからね！』

言うだけ言って、そそくさと部屋を出て行く母を、ただ呆然《ぼうぜん》と見送った。

無茶苦茶だ！　腹から流れる血は、止まらない。誰かを呼ぼうにも、女主人の命令か、使用人は完全に人払いされていた。

習っていた治癒魔法を、必死にかけ続けた。頭がガンガンと痛みを訴え、吐き気も目眩《めまい》もしてくる。魔力が枯渇しそうになっても、かけ続けた。

『どうしてこんな事になった⁉』

『ふざけるな！　俺のせい⁉　ふざけるな‼』

そんな事を叫びながら。

『妹なんていらない、欲しくなかった、足ばかり引っ張る、邪魔だ……』

………何だ？　俺はそんな事は言っていない。なのに……今、俺の声で……。

いや、言った、のか？　感情が……憎しみに支配されそうになる違和感。

『母上はもちろん……妹も……憎らし……』

――ボヒュッ。

不意に、目の前を真っ赤な火炎が横切ったような気がして、憎しみに染まりかけた思考が止まる。

「お兄様」

良く知る声に、我に返る。いつの間にか、腕に現在《今》の妹を抱いていた。腕の中の藍色《あいいろ》と目が合う。

「あの時、助けてくれてありがとう。もう大丈夫よ、お兄様」

こんな場面、現実には無かった。こんなに心を温かくしてくれる、柔らかな妹の笑みも……。

けれど心は救われた気がして、目の前の光景は白く温かな光に染められていく。

意識が浮上するような感覚がして、素直にそれに従った。

※※※※

「二人共、まだ起きないわ。これはやっぱり、全員にドッツキ祭りを開催すべきよね？」

意識が覚醒《かくせい》していくのを感じながら……ドッツキ？　……不穏が過ぎる。

――カサカサ。

紙の擦《す》れる音……不穏だな⁉

「⁉」

気合いで目を開ければ、妹が頭側に立ち、左右の手にそれぞれハリセンを構え、今まさに振り上げたそれを、俺達の顔に向かって振り下ろさんとする、いや、振り下ろしたな⁉

恐らく隣には、レジルス。しかし気配を認知するのみで、俺は咄嗟《とっさ》に横に転がって避ける。

元いた場所の隣を見れば、顔の前でハリセンを両手で挟んだ、レジルスの姿。

「ハリセン白刃取り……やりますわね」

「……それほどでもないが……そなたに褒められるのは、何であっても嬉《うれ》しいものだな」

おい、何を寝ぼけ眼《まなこ》で惚《ほう》けたように、うちの妹を見つめている⁉　俺もそうすれば良かった！

「お兄様、残念でしてよ」

「……次は善処しよう」

そして妹よ、兄を見て残念そうな顔をするな。次は取る！

辺りを見回せば、俺達はどうやら、あの魔法呪の蔦《つた》に覆われていたらしい。所々、黒いリコリスが咲いている。あの中身が黒鼠《くろねずみ》らしい赤目のシエナはいないが、消えてしまったのか？

無事なのは、俺達が咄嗟に結界で囲んでいたからか。四方に張った結界は、今も俺達を守り続けているが、蔦の締め上げる力が強いのか、ギシギシと軋《きし》みが出ている。

このままだと結界の維持に魔力を消耗され、いずれは蔦に絞め殺される。ジリ貧だな。

そして俺達の胸元には、例の札が貼り直されていた。

すぐに札の回路を確認し、連動型の起爆効果が無いか、言うまでもなく確認した。

「大丈夫でしてよ、お兄様。あれは、たまたま起爆札なる物を、厨二病《ちゆうにびよう》的に決めるつもりで作った、渾身《こんしん》の一枚でしたの。残念ながら、もう手元にはございませんわ。間違ってお兄様に貼ってしまっただけで、あれは私のここぞという時の、決めグッズでしたのよ。それよりも、ハイ、どうぞ」

またチュウニビョウ……絶対意味は聞かん。聞いたら何かに負ける気しかしない。

ツッコミ所しかない話だが、絶対つっこまん。つっこんだら何かに負ける気しかしない。

そんな俺の葛藤《かつとう》はサラリと流し、妹は今しがた使ったばかりのハリセンを差し出す。またこれで戦えという事か……。

「それから、これ」

また違うポケットから札が出た⁉　今度で最後だよな⁉　そしてまたまたクシャクシャ⁉　伸ばして二つに分けて渡すなら、最初からもう少し丁寧に……ん？

「鱗《うろこ》？」

「ええ。羽根だけでは味気ないので、鱗も付けたスペシャルバージョンですのよ」

渡されたのは、これまでの羽根付きだが、一番上の一枚だけが違う。

妹はとてつもなく得意気だが……待て、この青銀の鱗の魔力残滓《ざんし》……やけに聖属性の力が籠《こ》もってないか？　羽根と同等だ。

「まさか……聖獣……ラグォンドル……」

「……はあ⁉」

聖獣ラグォンドル⁉　蠱毒《こどく》の箱庭で初めて見たが、何故《なぜ》その鱗を⁉　しかも相変わらず、隣の羽根同様、糊《のり》でベタベタ雑に貼っている！

「あらあら、それで綺麗《きれい》な鱗なのですね」

のほほんとし過ぎだ、妹よ⁉

「確かに美しいな」

それだけか⁉　ただ頷《うなず》いているだけのようだが、第一王子として、本当に良いんだな⁉

「あの蠱毒の箱庭に、落ちていましたの。キラキラしていて綺麗でしょう。もっと沢山落ちていれば良かったのですが、少ないからハサミで半分に割ろうとしましたのよ。結局できなかったので、その二枚しか付けておりませんわ。ここぞという時用に、決めポーズでの使用を所望致します」

「善処しよう」

するな！　普通に使え、初恋拗《こじ》らせ馬鹿野郎！

ついでに貴重な国宝級の鱗を、ハサミで割ろうとするな！　そもそも古新聞に貼るな！

「よ、用途は？」

「それも用途は同じでしてよ。足止めくらいはできますわ、まだ試運用もしておりませんが」

「わかった」

話題を変えたが、わかりきった用途だ。

「あ、でも起動ワードはせっかくなので、変えておりましてよ」

変えるな！　むしろ設定するな！

「ワ、ワードは……」

「清め給《たま》え！」

胸を張るな！　何で毎回毎回、そんなワードを設定する⁉

「札に相応《ふさわ》しいな」

初恋馬鹿は、妹を熱い視線で見つめ……相応しい？　ふと引っかかり、札を確認すれば……。

「浄化の力が、やけに強いな？」

雑な回路が羽根と鱗の、どことなく火と水のような、相反する属性のバランスを絶妙に取り持ち、増幅させている。教会が寄付金と引き換えに、荒れた土地に施す浄化など、比にならない程の浄化力が漲《みなぎ》っていた。

これならあの魔法呪《黒鼠》から、シエナを分離できるかも……。

「いえ、足止め用でしてよ？」

うん、雑な回路を奇跡回路に変えた、自信満々な本人は、いまいちわかってなかったか。

「そうだな、足止め用だ」

初恋馬鹿よ、確かに間違ってはいない。浄化中は嫌でも止まる。従来の性質も兼ね備えたままだ。

が、全面的に肯定感を押し出すのは、止めろ。何か違……。

「なあんだ、取りこめなかったの」

前触れなくブレた声が直接頭に響いて、思考が止まる。その口調にはこれまでの幼さが感じられない。

ギチギチと絞め上げていた蔦が弛《ゆる》み、隙間ができ、覗《のぞ》いたシエナの顔に驚く。

母体となっている、腐ったアルマジロの影響を受けたのか？　札の空気清浄機能がなければ、腐臭が漂ってくるのが想像できる、形容し難い歪《ゆが》んだ顔。全身が黒一色となり、見た目の異形さを僅《わず》かでも抑えられている事だけが、唯一の救いだ。

「まあまあ、ホラー的登場ね」

場違いにゆるい口調なのは、妹。令嬢のはずなんだが、悲鳴など当然のように上げない。

チラリと妹を横目に見て……あれ、ちょっと状況がわからないぞ？

うっとりしているのに、目は好奇心に輝いている⁉

「次はSとMな、ムチムチホラー……」

そんな顔で、何を呟《つぶや》いた⁉

でも聞かん‼　何かはわからんが、負けてはならない何かに、負ける‼

これには流石《さすが》の初恋馬鹿も……こっちも、ちょっと状況がわからないぞ？

愕然《がくぜん》とした顔を妹に向けたと思ったら、底冷えする黒いオーラを放ち、シエナを睨みつけた⁉

「チッ、雄臭の次は腐臭か」

心底悔しそうな声で、何言った⁉

と心中でつっこんだ瞬間、ザッと蔦が勢い良くはけ、外の状況がわかる。

俺達は横倒しになったままの黒鼠から生えた蔦に、グルリと取り囲まれていた。上半身だけの黒いシエナが再び蔦から生え、霧のような黒い怨嗟《えんさ》を、自身から撒《ま》き散《ち》らしている。

恐らくあの悪夢は、この怨嗟の影響を受けたに違いない。もしかしたら妹とレジルスも？

だがあの炎と、救いのように胸を温かくする妹は何だったのか……あ、札か。

今もほのかに胸に温かさを与えているのは、雑な仕様の札。聖獣の羽根、凄《すご》いな。

そう感心した時、シエナが妹に近づいた。

「チッ」

しかし結界に阻まれ、感情にまかせて歪んだ顔が舌打ちする。

だがすぐに気を取り直したのか、歪んだ顔を更に愉悦で歪ませ、結界ギリギリまで近づいた。

レジルスが、それとなく妹を背に庇《かば》う。

「ふふふ、私が聖獣になったのが、偉くなったのがそんなに羨《うらや》ましいの？」

待て待て、とんだ勘違いだな⁉　妹のうっとりした顔も、輝いた目も、絶対羨望《せんぼう》のそれじゃない‼　シエナよ、優越感に浸る前に気づけ！

「でも残念。私、アンタが大っ嫌いなの」

今度は憎々しげに顔を歪ませた。その様は、あまりに醜悪で、吐き気すら覚える。

「あらあら、そうなの？」

しかし当の本人《妹》は、途端に淑女らしく微笑《ほほえ》み、さらりと流してしまうが、何となくわかるぞ。

その冷めた目は、今更何言ってるんだ、こいつと普通に思っているだろう。

正直、妹はシエナ自身には、ほぼ興味を持っていないはずだ。むしろ今日の夕飯のメニューの方に心を向けていそうだ。

かつてそんな微笑みで流され続けた、不甲斐《ふがい》ない兄だからこそ、そう感じた。

「はっ……また……アンタはそうやって、どうでも良さそうに流すんだ……」

恐らくシエナもまた、それに気づいている。鼻白み、苛立《いらだ》てば、霧の濃さが増した。

「そうね、正直どうでも良いわ。貴女《あなた》のこれまでの言動はもちろん、存在そのものについても」

しかし今日の妹は、違っていた。庇われていた背から前に出て、結界のギリギリまで進めば、シエナと顔を突き合わせる。

「な、に……」

恐らく初めて口にされた本心に、ずっと蔑《さげす》みながら、からみ続けたシエナは、顔を引きつらせた。

「きっとこれが貴女とまともに会話できる、最後の機会ね。だから相手をしてあげるわ」

それとなく妹の隣に立てば、いつもシエナへ向けていた作り物の微笑みとは全く違う、祖母を彷《ほう》彿《ふつ》とさせる温かな微笑が目に入った。

「な、にを……そんな目で……」

「まず私は、貴女の相手をまともにする価値を、全く見出《みいだ》していないの。そもそも初めて会った時から、貴女は私を見ていないじゃない？」

戸惑う闇色の瞳《ひとみ》を、正面から藍色《あいいろ》の瞳が受け止め、静かな口調で語る。

「意味がわからない」

「気づかれないと、思っていたの？　貴女はロブール公女である、ラビアンジェ＝ロブールという肩書きと、ずっと張り合っているわ」

「……」

思い当たるところがあるのか、シエナは黙りこむ。

「そもそもそれ自体が、お門違い。確かに伯父様が駆け落ちなどせずに、ロブール公爵家に居座り続ければ、貴女こそが公女だったかもしれない。その場合、お父様は当初の予定通り、絶対に家督を継がなかったでしょうね。当然、お母様と婚姻も結ばなかった。だから私は生まれていないし、実母が平民でも、貴女が公女として生まれてくる可能性は、否定できない。けれど伯父様は、そうしなかった。それこそが全てなのよ」

「それは母さんが、父さんを唆《そそのか》したから」

夢で見た通りに、シエナは両親をそう呼ぶのか。ならあの夢は……シエナは、実の両親を……。

「いいえ、伯父様の判断よ。もちろんこれは、私の推察。けれど伯父様はこの四公という立場に、貴女の実母が耐えられるとは、思わなかった」

「それは母さんが、四大公爵家の夫人となるには、足りなかったから。だけど私にできたのに、できなかったなんて思わない。アンタと同じで、二人は楽な方に逃げたのよ」

闇が濃くなる。もしかしたら、シエナが妹を敵視する理由の一つは、そこにあるのか？

「貴女は確かに勤勉で、それが報われ、一時は王族とも仲良くなった。だからそんな気持ちが生まれるのは、当然ね。でもそんな貴女だから、それだけだとは本気で思っていないでしょう？」

伯父が駆け落ちした本当の理由……それは俺にもわかるが、妹も気づいていたのか？

「貴女の実母は、何よりも自分の命を守るという観点において、明らかで覆しようのない、圧倒的な力不足だったの。もちろんまだ存在さえしていなかった、貴女《子供》も含めて。最初から平民の出となる貴女の実母が、四公家の夫人として存在するなら、命は確実に無くなっていたから。つまり誰かしらによって、貴女を身籠《みご》もる前に、貴女の実母は消されていた。少なくとも当時の勢力関係を考えても、そう動きそうな貴族の家は、いくつかあったでしょう？」

「そんなの……そんなの嘘《うそ》よ！」

「何故？　貴女だって、調べたのでしょう？　自らの生まれたルーツを、貴女の性格で調べないとは思えない。それは子供らしい好奇心からでは、もちろんない。貴女が弱点になりそうな事実を、もみ消したくなるタイプだからよ」

シエナはグッ、と言葉に詰まり、唇を噛《か》んで妹を睨《にら》みつける。

「それに少なくともそんな事をしそうな人物が、貴女の養母として常に身近にいたのだもの。あんなにも欲まみれで、自尊心が高くて傲慢《ごうまん》。自分の能力を過信しかしない人間の側《そば》に、貴女が何年もいて気づかないとも、あのお母様がそれを話さないとも思えない」

続ける妹の言葉には納得しかないが、辛辣《しんらつ》だ。

「そんな言葉に惑わされないわ！　私はずっと公女として、無事に生きてきたんだから！」

「そうよ。貴女が公女として無事に在り続けられたのは、既にお父様が当主となっていて、実の両親が亡くなっている養女という立ち位置にあるから。だからこそ、お母様が貴女の命の存続に、一役買ってもいるわね」

「どういう事よ」

睨《ね》めつけながらも、妹の言葉へ耳を傾けるのは、その先の言葉が俺と同じく気になるからか？

母がシエナを生かしている？

俺達二人の様子に、妹は柔らかく笑う。

「ふふふ、どうして知らないふりをするのかしら？　それともそこには、気づいていないの？　お母様は初めから次代のロブール公爵に嫁ぐと、双方の家で取り決められていた。つまり駆け落ちするまでは、次期当主としてロブール家にいた貴女の実父こそが、お母様にとって真の婚約者だったの。駆け落ち相手である貴女の実母を、誰よりも憎んでいたのはお母様。伯父様の弟であるお父様に嫁ぐ事は、お母様にとって屈辱だったんじゃないかしら。だから私とお兄様は、お母様に愛されていない。そして私は伯父様の実の娘の貴女よりも、伯父様に似ている。持っている色も顔立ちも」

そう告げられたシエナは一瞬、泣きそうな顔を見せた。

「貴女もそうでしょう？　私を従姉《いとこ》とも、義姉とも見られない根本的な原因は、そこが起因している。加えてお母様は、自身の母親から、お祖父様《義父》の色を全て継いだ男児を望まれていた。にもかかわらず、私は母方の祖母が最も疎んじた、実の妹の色と顔立ちだもの。お母様は、自身の母親から叱責を受けたわ。私を生んだ直後、労《いたわ》り一つなく」

その言葉には、さすがのシエナも戸惑ったようだ。

妹が生まれた時、父は仕事で邸《やしき》におらず、俺は祖父と待機していた。あの日は実の姉妹でもある、母方と父方の祖母二人が、出産に立ち合っていた。

母方の祖母は確か、立ち会い中に倒れたと聞いたのを、薄《う》っすらと覚えている。

妹の話は、誰からも聞いた事がない。シエナもそうだと、歪んでしまった顔の表情で察する。

「お母様からすれば、私こそが人生を躓《つまず》かせた失敗の象徴。そして元婚約者……といっても実際は個人的婚約関係ではなかったのだけれど、お母様にとっては自分を捨てて他の、それも平民を選んだ、憎い男の象徴でもあるのでしょうね。初恋を拗《こじ》らせた、哀れな女の末路よ」

諭すように優しく話す、妹の心が読めない。何故そんな穏やかな顔で話せる？

チラリと後ろを見やれば、レジルスは気遣わしげな表情で、妹を見つめていた。

「そんな思いをさせた娘は、思い通りにならなくて、日々憎しみと苛立ちを募らせていた。そこに第二王子の婚約者に選ばれたその日、娘は全く母親の立場を意に介さず、勝手に帰宅したのだもの。憎しみが大爆発してしまったのね。しかもそのせいで得意だった魔法を封じられ、更に娘は悪評まみれになっていったのだから、愛とは無縁の母娘《おやこ》関係になっても仕方がないわ」

どうして妹はそんな事まで……俺ですら初耳だ。

「だったらどうして、私を可愛《かわい》がってくれるのよ!?　私は憎い男の娘よ!?」

「そこがお母様の可愛らしくも、歪んだ人間性ね。んふふ、まるでどこぞの愛憎渦まく昼ドラ……ハマったのよねえ」

当然に湧き起こる疑問をぶつけられ……あれ、何で妹がうっとりしている？　昼ドラの意味も含めて、色々わからない。

それとなく後ろに体をやった、シエナの気持ちの方がわかるとは……俺、未《いま》だに魔法呪の影響を受けているのか？

「初めは私への当てつけ。愛情どころか憎しみしか与えていないのに、母親としての承認欲求はあったのね。それに夫の決定に従うしかない立場だった、自分への慰めでもあったのかもしれない。養女を可愛がる事で、実娘である私を精神的に傷つけようとした。もっとも、全く動じない私に、承認欲求は満たされず、憎しみが増し、貴女への憎しみも、結果的に全て私へ向いた。貴女自身もそうなるよう、私を貶《おとし》める事で取り入って、お母様の憎しみに拍車をかけた。憎しみが分散せず、私一人に向いて良かったわ」

淡々と、時にふと何かを思い出したかのように、ほくそ笑む。終始穏やかに微笑みながら話す内容に、俺達はもちろん、シエナですらも、絶句する。ほくそ笑む理由は、皆目見当がつかない。だが最後のその一言は、本心からだと察する。

分散……俺にも向かずに良かったと、言外に告げていると感じた。

「……は。まるでアンタこそが、博愛主義のヒロインみたいに話すのね」

それでもお前は、こうやって皮肉るのか……。憤りも生まれるが、何より呆《あき》れてしまう。

思わず冷めた目でシエナを見れば……何だ？　シエナの上半身が咲いている、そのすぐ後ろの蔦《つた》が、赤黒く変色し始めた？

「私の中の事実を話しているだけだから、邪推しないで。私は親からの愛を求めた事はないし、私の中では、どちらかといえば、同じ孫である貴女とお兄様への愛着の方が、お母様より強いのよ？」

同じ孫？　妹と大した関わりのなかった、祖父母に重きを置くかのような発言だ。

「どちらにしても、今のロブール家の子供達の中で、貴女は誰よりも、その気質を受け継いだんじゃないかしら」

ロブール家の気質……思い当たるのは、領地経営を学びに行った時の祖父。

「ロブール家には相手の望む言葉を与えて、自分の思い通りに他者を動かす事を、無意識にやってのける者が多く生まれるの。立ち回り方が上手《うま》い、とでも言うのかしら。だからこそこの家は、時に王家を支える事はあっても、基本的には中立を保ち続け、今ではお父様がその立場を、かなり強固にしているわ」

妹の言葉を聞きながらも、範囲を広げていくあの変色が目につく。

いつでも雑な魔法具を発動できるよう、それとなく魔力を通しつつ、視界の端で観察する。

「お父様のように、しがらみを嫌う者も多くいたから、その為《ため》にそう行動してきた末の結果論とも、言えなくはないけれど。ただ貴女はそれを機械的にできず、その場の私欲を優先させてしまう未熟者だったせいで失敗したのよ」

黒い霧が再び濃くなり、怒りに顔を歪《ゆが》ませるシエナは気づいていない。背後の赤黒い変色部分が、徐々に盛り上がっていく事に。

「どちらにしてもお母様にとって、貴女の言動は好ましく、養女として受け入れた。他は……そうね、この家に平民の血を招く事で、意趣返しができるとも考えたとか？　だってそれこそが元婚者の弟を自分に当てがった、お祖父様《先代当主》の大誤算だもの」

「どうしてお祖父様が出てくるのよ」

「だってお祖父様は、貴女を引き取る事に反対していたじゃない？　もしかしたらお母様は、伯父様の駆け落ち前、何かしらの行動を貴女の実母にしていたかもしれないわ。お祖父様ならそれに気づいても黙認、もしくは唆した可能性すらある。ロブールらしい人だもの。だからこそ、突然の駆け落ちに繋《つな》がった。なんて、もちろんこれは推測の域を出ない話よ。けれど有り得なくはない可能性。そしてお母様が養女を手にかけると確信して、見逃していた。結局私がいた事で起こらなかったから、これも推測ね」

「お祖父様が……どうして……」

「…………さあ？　お祖父様のお気持ちは、お祖父様にしかわからないから」

シエナの問いに、妹は何かを言いかけたが、口を閉じて少しの沈黙の後、明言は避けた。

けれど本当は、わかっているんじゃないのか？　妹はまるで、仕方のない人だとでも言うように、苦笑している。

「けれど駆け落ちした兄の子供が、弟の養女として出戻るのは、醜聞なのも確か。貴女も少なからず、つらい思いはしたでしょう？」

「嘘つき！　だったらどうしてお祖父様が、表立って動かなかったのよ！」

関わりはなくとも、祖父に殺意を向けられていた可能性を示唆されたシエナは、感情的に叫ぶ。

だがあの霧は、むしろ薄くなっている？　逆に盛り上がっていた塊が大きくなり、少しずつ人の形を取り始めた。

そんな結界の外の変化にも、妹は興味を示さない。相変わらず穏やかさを保ったままだ。

「既に当主を引退し、領地に引きこもっているのに、それはできないわ。現在の当主の正式な発言を覆す事は、先代といえど許されない。四公の当主とはそういうものだし、お父様には当主以外の強い立場もある。争って痛手を被るのは、お祖父様よ」

確かに父の魔法師団長としての地位は、かなり強い。本人は大して気にしていないが。

「そしてそんな気質の反動のように、一度懐に入れた人や物事への情は、厚くて重くなりがち。皮肉なものね。だからこそ伯父様は、貴女の実母の為に駆け落ちし、妻子の為に、平民であり続けた。仮にも四公の次期当主から、平民となるのだもの。それも見つからないように隠れ暮らす必要があったのだから、その苦労が大変だったのは、想像に難くないわ。なのに他ならぬ娘によって、ねえ？」

「……違う……私は……」

シエナがぎくりと、顔を強張《こわば》らせる。

「貴女が最初に屋上一帯に黒い花粉を撒《ま》き散らして私達を取りこもうとした時、何故か私にも貴女の悪夢が見えたの。貴女達親子が遭遇した、馬車事故の真相も」

そこで妹はふうっと息を吐く。そこにはどことなく憐憫《れんびん》の情が窺《うかが》える。

「どうして現在《今》に満足できなかったの？　貴女が私をどれだけこけにしようと、公女としての立場を奪おうと、一線さえ越えなければ、何もするつもりはなかったのに。それくらい私にとって、今の立場はどうでも良いの。貴女達が私に向ける敵視や憎しみすらも、微笑ましいと受け流してしまえる程度のものだった。貴女の過去が、どうであったとしてもよ」

どういう事だ？　妹が何かをしたという事か？

しかしそれよりも……悪意に慣れ過ぎだ。

物心つく頃には母の悪意に曝《さら》され、今では本人も認識しているように、憎まれている。あの元婚約者やシエナによって貶《けな》され続け、悪評も高い。それに便乗して、軽く扱う貴族達も多かった。

気にしないと言っても、普通ならどこかで気にするものだろう。少なくとも幼かった子供が、親の愛を全く求めないなんて事はない。

こんなにも穏やかに話す事自体が正直、異常だ。祖父を相手にしているかのようにも感じる。

あの人こそロブールらしい。祖母以外に興味を持たず、与えられた役割を淡々とこなす。必要なら愛情深い顔もするが、必要なければ関わる事すらしない。

妹もまた、ロブールらしい……いや、違うか。妹は多分、いつでもこうやってシエナを切り捨てる意志を示せたのに、しなかった。それは母や俺に対してもそうだ。

どことなく情を垣間見《かいまみ》せて、受け流してはいても、その悪意や憎しみに付き合ってきた。その逃走猛者《もさ》っぷりなら、間違いなく関わらずに、逃げおおせた。なのに、そうしなかった。

妹が時折見せる今のような表情といい、祖父母目線で見守っているかのような、そんな距離感を感じてしまう。

「アンタはいっつもそうね！　そうやって何でも知ったような顔をして！　父さんと同じように逃げるばっかりだったくせに！　なのにアンタはずっと公女でいた！　それも王子様の婚約者⁉　ふざけないでよ！　私は平民だと、蔑《さげす》まれて生きてきたのに！」

シエナの感情的な叫びが、大きくなる。

しかし黒い霧は、それに相反するかのように、どんどんと薄くなる。

そしてあの赤黒い塊は、疑いようもなくシエナを模《かたど》った。

「そこは肯定しかした事がないから、今更よ。けれど貴女は、私が望んでいない公女や王族の婚約者でい続けた事は、理解できないし、するつもりもないでしょう？」

「当然じゃない！　うまくいけば王太子妃、王妃へと上りつめたかもしれないのに！　大体、その顔は何よ！　どうしてお祖母《ばあ》様みたいな顔で私を見るのよ⁉」

「だって貴女、可愛らしいわ。馬鹿な子ほど可愛いと言うじゃない？」

「初耳よ！　大体、馬鹿だと思っていたって事じゃない！」

「まあまあ、ついうっかり？」

コテリと首を傾《かし》げて、妹は苦笑する。

「でももう、そんな心配は必要ないわね」

「ふん、そうよ。私は聖獣になったのだもの。ひれ伏して命乞《いのちご》いをするなら……」

「ふっ……ぷふふ……あはは、あはははは！」

シエナの得意気な言葉が言い終わらない内に、突然、妹が吹き出した。

「何がおかしいのよ！」

「聖獣？　ふっ、ふふふふ、わ、笑わせる、から……あはは」

「なんですって！　もういいわ！　殺してやる！」

「無駄よ。ね、アルマジロちゃん？」

「わたしのからだー‼」

まるで合図を待っていたかのように、シエナの背後の赤黒い体に、真っ赤なリコリスがバッ、と開花した。同時に、上半身だけの赤黒いシエナが、黒いシエナを後ろから羽交い締めにする。

ふと、赤黒いシエナの右肩に、白いリコリスが一輪咲いているのが目に留まる。赤の中の白は目立つから、見間違いではない。

「貴女が聖獣？　何のコントなの？　あの中庭コントのリトライ？　もう……本当に笑わせないでちょうだい」

先ほどまでの柔らかな微笑みは失《う》せ、冷たい目をした妹はそう言って、結界から一歩踏み出す。

「悪霊退散！」

――スパァン！

「「ぎゃあああ！」」

「お二人も早く！」

とか言いながら、悪霊退散を連呼してスパンスパンやり始めたが、いつの間に腰のハリセン握ってた⁉　アルマジロと呼んだシエナも、痛そうに叫んでいるぞ⁉　いいのか⁉

「悪霊退散！」

「「ぎゃあああ！」」

いいんだな⁉　初恋馬鹿がやっちゃったけど、いいんだな⁉

「悪霊退散！」

「「ぎゃあああ！」」

俺も続く。

「「「悪霊退散！　悪霊退散！　悪霊退散！」」」

――スパァン！　スパァン！　スパァン！

「「「ぎゃあああ！　ぎゃあああ！　ぎゃあああ！」」」

誰が叫んで誰のハリセン音かも、どっちの悲鳴かもわからないくらい、屋上は喧騒《けんそう》に包まれる。

黒い霧はもう出ていないし、赤と黒の花や茎も所々叩《たた》き切れ、魔法呪が少しずつ縮む。

「悪霊退散！　お二人は通常の札を貼ってからの、キラキラ札を！」

キラキラ札が何なのかわかってしまう自分が、何とも言えない気分になる！

「祓《はら》い給《たま》え！」

「くっ……祓い給え！」

初恋馬鹿に続いて、羽根だけの札を全て、シエナ達を含めた魔法呪に魔法を使って一気に貼りつける。

後はこのキラキラ札を……。

「決めポーズを所望しますわ！」

嘘だろう⁉　忘れていた事にしようとしていたのに！　聞かなかった事に……。

「清め給え！」

嘘だろう⁉　初恋大馬鹿野郎が！　こいつ、やりやがった！

「くそっ、清め給え！」

すぐに後へと続く。もちろん初恋馬鹿同様、真剣かつキリッとした顔で直接貼りつけた後も、まるで剣で斬りつけた後のようなポーズを保つ。やるからには、兄の威厳を見せてやる！

「ブラボー‼　厨二病《ちゅうにびょう》ー‼」

妹は飛び跳ねてからの、感激のガッツポーズ。今の笑顔は年相応に見える。もしかして今までで、一番の笑顔かもしれない。

そうか、心から喜んでくれたようで……何よりだ。

俺は何かを削られていく感覚に陥りながら、羞恥《しゅうち》に震えて……あ、今回は初恋馬鹿も仲間だった。

朱色と目が合い、そそくさと互いにポーズを解除する。恥ずかしがるなら、率先してやらないで欲しかった。

その時だ。

――ドン！

火柱が上がり、魔法呪が赤と黒のシエナごと燃え上がり、俺も初恋馬鹿も驚いて、そちらを見る。

「「「ぎゃあああ！」」」

二人のシエナも、魔法呪本体も悲鳴を上げて逃げ回ろうとして、脚や体に貼った札がその動きを止めながら、炎の勢いを加速させ、真っ黒に炭化して火がふっと消えた。

魔法呪と二人のシエナ、大小三つの見る影もなくなった黒い塊が転がっているが、白いリコリスとキラキラ札には、少しの焦げ跡もない。

「う……ぁ……」

花がない方の塊が、小さく呻《うめ》いているが、他の二つは微動だにしなくなった。

だが次にキラキラ札から水の竜巻が現れ、炭化した三つの体を飲みこむ。砕き散らすよう、その場でグルグルと回れば、水がドス黒く染まっていく。

「超強力水流の縦型洗濯機……」

ボソッと呟《つぶや》く妹の言葉が、また理解できなかった。でも絶対、聞き返すまいと心に誓う。

やがて札が一際明るく輝き、水流は札と共にかき消え、ドサ、と白灰色の小さな個体が一つ落ちた。

「ギャア、ギャア……」

赤子のような声でその個体が鳴く。上を向いて、手足らしきものを弱々しく動かす様が、まるでひっくり返った亀だ。

「あら」

「公女」

妹がそう言って近づこうとしたのを、初恋馬鹿が止めた。いつの間にか、結界は解かれている。

魔法呪の危険は去ったのか？

「危ない。半透明の魔り……生霊も転がっている」

今、絶対妹の生霊説の方に、話を寄せただろう。

よく見ればその何かと、少し離れて半透明のシエナの上半身が、うつ伏せに倒れていた。

「お札を貼っているので、問題ありませんわ。ほら」

「ま、待つのだ！」

ふと妹の声に我に返って視線を戻せば、初恋馬鹿の制止も虚《むな》しく、服の裾《すそ》をめくって腹を顕《あらわ》にした瞬間だった。

華奢《きゃしゃ》な腹の鳩尾《みぞおち》に貼ってあった札は、くしゃくしゃだ。あの黒い霧にも全く動じていなかったのは、こういう事だったのか。

あの時、母が風刃で作った傷痕《きずあと》は、残らなかったようで何よりだが……何やってる⁉

背後から妹の服の裾を掴《つか》み、強制的に正す。

「ラビアンジェ、それは止めなさい。王子には刺激が強い」

「まあ、左様でしたの？　ごめんなさいね」

「……いや」

素直に謝る妹に、薄っすらと赤面した初恋馬鹿は目を逸《そ》らす。決めポーズの時より、刺激が強かったというのかと、無性にイラッとして睨《にら》んでしまった。ムッツリ拗《こじ》らせ野郎め。

妹はいつの間にか、そんな俺達と少し距離を取っていた。うっとり微笑んでいるが、絶対碌《ろく》な事を考えて……。

「ＢとＬ……」

絶対それが何を意味するかなど、聞くものか！　言葉が不穏だ！

しかし急に踵《きびす》を返し、背を向けて徐々に弱々しい鳴き声になっていた何かを拾い上げた。

甲羅の側面、多分右肩のあたりには、白いリコリスの紋が浮かんでいる。何故白なんだ？

そういえば赤黒いシエナに咲いていた花の位置も、黒い変態の素《もと》だった保健室にいるだろう、ヘインズと同じ場所だったな。

偶然にしては、出来過ぎていないだろうか。

「アルマジロちゃんの内側はもふもふ……」

「ギャ……ギャ……」

どことなく目を輝かせ、興味津々な妹は、抱き上げた白灰色の腹に釘《くぎ》づけだ。嫌な予感しかしない。当然だが妹は俺の戸惑いには、全く気づいていない。

弱々しく鳴くそれは、鎧鼠《よろいねずみ》という別名がピッタリな外見をしている。丸くなれば、ボールや卵のように見えるが、外側の甲羅は硬いんだろうか？

鑑定すれば、確かに魔獣の子供だ。魔力も尽きかけ、かなり衰弱している。恐らくはもう……。

そして妹の足元に、その背後から這《は》いずって来たのは、半透明のシエナ。

上げた顔を改めて見れば、顔や体の色は元に戻っても、魔法呪の時のように醜く歪《ゆが》んでいた。

「なんで……わたし……わるく、ない……からだ……わたしの……まりょく……よこし……あんたの、よこせ……」

そう言いながら、シエナが妹に手を伸ばすが、振り返った妹は避ける気配もない。

「ねえシエナ、早く体に戻らないと……」

――ドサドサッ。

妹の言葉を遮るように、突如屋上の出入り口から不自然な鈍い音がして、全員がそちらを見やる。

そこには四つの人影があった。二人は立っている。後の二人は、まるで放り投げられたかのような格好で、転がっていた。

「ほら、体を手放すから」

妹はまるで、こうなる事態を予測していたかのように、落ち着いている。ただ困ったように、足元のシエナに視線を投げるだけだ。

転がったのは、シエナとヘインズの体か？　髪色の特徴で判断する。

ヘインズはすぐに体を起こしたが、うつむき、座りこんだまま震え、誰とも目を合わそうとしない。少し距離はあるが、相変わらずの顔色の悪さだ。

シエナの顔は見えない。しかし見えている手足が、干からびたミイラのようだが、どうしてだ？

そして出入り口に立つ、壮年の男二人は……。

「アッシェ騎士団長と、ロブール魔法師団長が……何故」

レジルスがボソリと呟いた。騎士団長の名は、ダリオ＝アッシェ。赤銅色の髪に紫の瞳《ひとみ》をした、アッシェ家当主。言わずもがな、ヘインズの父親だ。

騎士団長だけに帯剣はしているものの、今のように最低限の装備で軽装だと、長年鍛えてきた体躯《たいく》が目立つ。瞳は俺とは印象の違う紫。血筋だろうが、先王の母であり、稀代《きたい》の悪女ベルジャンヌ王女の没後、蟄居《ちっきょ》した王妃と同じく赤みがある。

そして魔法師団長……俺達兄妹の父親で、左の目元に黒子《ほくろ》がある事を除けば、顔は俺と良く似ている。こちらも軽装で、薄手のローブを羽織っている。

王家の剣とも盾とも評される、団長二人が何故ここに？　それにシエナはともかく、ヘインズも伴った理由は何だ？

「陛下より許可は得ております。そこに転がる二人は、魔法呪の依《よ》り代《しろ》だとロブールが言いだしたので、始末しに本体のある場所に向かいました。だが、いざ対面すれば、愚息の方が違う可能性が出てきたと。魔法呪に本体を近づければ、すぐにわかると言うので、連れて参った次第です。保健室と違い、王子がここに張っていた障壁は、下手に解くとまずいと判断し、近くで静観しておりました。それで、どうなんだ？」

アッシェ団長の最後の言葉は、父に向けられた。

「お前の息子は依り代になりかけたが、どうやら防がれた。結果、ロブール家の元養女が依り代に選ばれたようだ」

やはり父はシエナを切り捨てたのか。それに、あくまで被害者のように話すという事は……。

ヘインズが反応し、バッと顔を上げた。

「違う！　俺はシエナのせいで……」

「黙れ。お前の見解など、どうでも良い」

どこか乱暴な父親の言葉に、ヘインズは、グッ、と口を硬く結んで再びうつむく。

「必要なら愚息の方は消すが、元養女の体の方はどうする？」

「……っ」

「おい、何度も言わせんなよ。次は問答無用で首を刎《は》ねる」

ヘインズは再び顔を上げるも、父親からの殺気に二の句が告げられず、最後通告に震え上がり、またうつむいた。

「シエナ」

「ぁ……おとう、さま。……たすけて……くるしい、の」

父は、アッシェ親子のやり取りを冷めた目で見やると、シエナへ声をかけた。

シエナは上手く話せなくなっているのか、相変わらず、たどたどしい言葉遣いで元養父へと這いずり、助けを求める。

その顔には、助けてもらえるという安堵《あんど》が見られ、既に切り捨てられている事には、まだ気づいていない。

「お前は、生きたいか？」

父は冷めた目で半透明の元養女を見て、転がっている体を起こした。

「……え？　……わたし、からだ……え、え？　う、そ……うそよ……こんな……」

自らの体に起きた変化を目の当たりにしたシエナは、絶望と悲愴《ひそう》感に顔を歪ませた。

それはそうだろう。体は干からび、髪の艶《つや》も無くなって、打ち捨てられた老婆のようだ。何よりも顔が醜く歪んでいる。

これが魔法呪の依り代となった者の、末路なのか？

「また、これか……」

ヘインズが、小さく呟く。どういう意味かは推察するしかないが、以前にも生死を前に、何かしらの選択を迫る場面を経験したのかもしれない。

「あ……そんな……うそ、うそ……ぁ……た、たすけ……ジャ、ジャビ……ジャ……」

シエナが誰かに助けを求める。しかし何の前触れもなく、半透明の体がかき消えた。

「はっ」

と思った瞬間、父の下にある、萎《しな》びたシエナの体が目覚めた。

「い、嫌……どうしてこんな体……ジャビ！　ジャビ、いるんでしょう！」

唐突にはっきり話し始めたが、声は見た目に準じたかのように、しわがれている。

「もう、シエナったら。何があっても秘密だって、約束していたのに。悪い子。でも君とは短くも、人の人生においては、長い付き合いだもの。助けてあげたわ」

すると今度は、頭上から若い女の声が降り、そちらを見上げる。

ローブを羽織った何者かが、斜め向こうの上空に浮かんでいた。

視界の端ではアッシェ団長が、腰に帯びた剣の柄《つか》に手をかけている姿が映る。

「助ける？　これが？」

「そうよ。体に戻れて、死にかけた体も、あと何年かは、生きられるようにしてあげたわ。ほら、君の体は一気に老いてしまったから」

蒼白《そうはく》な顔のシエナにそう答え、ゆっくりと降り立てば、シエナがそちらへ這う。

「ち、がう、違う、違う‼　こんなの、助けたなんて言わない！　こんなの、死んだ方がマシよ！」

その意図を汲《く》んだのか何者かは、シエナと目線を合わせるようにしゃがんだ。

「そうなの？　生きたいのかと思ったのに。なら、死ねばいいわ」

「……は？　え、まっ、待って、やだ、どうして体が……」

言い終わるが早いか、ジャビと呼ばれた何者かは、指をパチリと鳴らす。

するとシエナは、両手で自分の側頭部を挟んだ。

「望みは叶《かな》えてあげる」

「あ、あ、あ……た、助けて、おにい……」

何が起こっているのかわからぬまま、俺はシエナに走り寄ろうとして、恐怖に支配された緑色と目が合う。本人の意志と関係なく、首を捻《ねじ》り自害してしまうと直感した。

全員が静観する。そう肌で感じる。それが正しいと、頭ではわかっていた。

それでも駆け寄らずにはいられなくて……。

――ゴッ。

鈍い音がして、シエナが転がり、思わず足を止めた。

……あれ？　白灰色のボールも転がってないか？

「ギャ」

短く蚊の鳴くような声が、ボールからしたよな。見間違いじゃないよな。それ、死にかけのアル……鎧鼠だよな。あ、ボールがひっくり返った亀みたいになった。

ふり返れば妹が、明らかに投球フォームだとわかるそれから、ゆっくりと体を起こしていた。

「「「「……」」」」

全員が無言だ。ローブの何者かも。

「お年寄りに球を投げつけるなんて……恐ろしい子」

やがてローブの女が口を開く。表情はわからないが、間違いなく引いている。

「あらあら、首を自分で捻らせて殺そうとした、誰かさんに言われたくなくってよ？　まあまあ、でもこの子……本当に微動だにしないわ？」

ごくごく自然な流れでシエナの前に進み出た妹は、持っていたハリセンで気絶……多分、きっと、気絶している……気絶であって欲しいシエナをつつき始めた。

……本当に微動だにしないが、死んでないよな？　鎧鼠の甲羅が硬すぎたんじゃないか？

「もしかして力加減、間違えたかしら？　アルマジロちゃんを投げるなんて、初体験だったから、ついうっかり？」

だろうな。俺は未だにそれを投げた事はない。人に向かって、球投げを敢行した事もない。

「やっぱりここはドッ気つけにバシンと一発……」

「……ぅ」

「……残念」

絶対ドツキと気つけを掛け合わせただろう。どつく口実、見つけようとしてただけだろう。本当に残念そうにするな。

妹が殺人犯にならなくて、良かった。こんな時だがシエナ、生きていてくれてありがとう。

妹は鎧鼠を再び抱き上げる。

その足でヘインズを素通りし、その父親であるアッシェ団長の前に立ち、手にするハリセンを差しだす。ヘインズがすれ違いざまに、ビクリと体を震わせていたのを、妹は意に介していない。

「はい、どうぞ」

「……これは何かな？」

あの内外剛と称されるアッシェ団長ですらも、この状況にちょっと戸惑っている。

「気になっていた。聖獣ヴァミリアの羽根か。ラビアンジェ、起動ワード」

あ、魔法師団長《父》が興味を引かれたのか、妹の腰にあった最後のハリセンを引き抜いた。

「……いただこう」

聖獣という言葉に反応したアッシェ団長は、妹が差し出す方を受け取った。

ん？　気になっていた？　いつから見られていたんだ？

「ふふふ、お父様もお気に召しまして？　起動ワードは、悪霊退散でしてよ」

「……ほぅ。札はもう無いのか？」

父の言葉に嫌な予感がして、すぐさま妹の下へ走る。初恋馬鹿も同時に走った。

妹の手が服へ伸びる。させるか！

「はい、どう……」

「「止めなさい」」

間一髪、服の裾《すそ》を初恋馬鹿共《レジルス》々押さえた。

「ラビアンジェ、こういう時は、服に手を入れて取りなさい」

「気にしなくてよろしいのに」

「……それはどうかと思うぞ、公女」

妹がどうするのか理解したらしいアッシェ団長は、更に引いたらしい。

「そういうものですの？　背中のカイロや湿布と同じでは？」

コテリと首を傾《かし》げる妹。本気でわかっていないようだが、もう少し羞恥心《しゅうちしん》を持て。

「そういうものらしいな。ラビアンジェ、札」

「ああ、まだうら若き乙女でしたわね、私。はい、どうぞ。起動ワードは、祓《はら》い給《たま》えでしてよ」

俺達の父親は全く気にしていない。むしろ札の優先順位が高い。魔法馬鹿め。

妹の発言には引っかかるものの、今度こそ言われた通り、手を使って札を取った事の安堵が勝る。

くしゃくしゃの札は、父が軽く振るとピシリと綺麗《きれい》になった。

「凄《すげ》えな。雑な作りと雑な魔導回路だからこそ、羽根の力が発揮されるようになってるとか、どんな奇跡だ。つうか何で古新聞なんだよ。せめて上質紙にしろよ。それに何だ、不穏な起動ワードの数々は。恥ずかしさで、こっちも何かがヤられる呪具になってんだろう」

アッシェ団長、俺も同じ意見だ。常識人で同志に見えてきた。

「それよりも……随分と楽しんでいたな」

俺達の父親は、やはり全く気にしていない。話題が普通に変わ……楽しんでいた、だと？

「ええ、お二人とも、最後は決めポーズまで決めてくれましたもの」

「……そうか」

心底嬉《うれ》しそうな娘に、面食らったような顔で相槌《あいづち》を打つ父親……良い光景かもしれないが、俺の中の何かがヤられている。呪具か？　あの聖獣の羽根付き呪具のせいか？

「ブフォッ」

アッシェ団長、吹き出してブルブルするの止めてくれ。俺もレジルスも違う意味で震える。

「無視されてるから、このままお暇《いとま》して良いかしら？」

不意にローブの何者かが口を開いた。視界の端に映るように警戒はしていたのに、いつの間にか存在が霞《かす》んでいた。

妹渾身《こんしん》の、呪具の影響を受けたに違いない。

5 【事件終息】始まりは、捕縛失敗から

「それは難しい」

「へえ、いつの間に？」

父の言葉に呼応するかのように、飄々《ひょうひょう》とした様子のアレの足元には、赤い魔法陣が出現する。

あれは捕縛用。それもかなり強力な類。アレが本体なら、確実に捕まえられていたでしょうね。

『ラビ……』

『わかっているわ。アレは多分……けれど、どうして……』

声にどことなく怒りを滲《にじ》ませているのは、頭上のシースルーなリアちゃん。言いたい事は、わかっている。姿形は違っていても、私達はアレが何か、直感で理解している。

アレが私を見た時から、私の片腕の中で身を固くしているアルマジロちゃんは、今はただ声を押し殺して、震えるだけ。無意識に嫌悪しているみたい。

生まれてすぐアレに目をつけられた上に、この子の時間も残りわずかだなんて気の毒ね。

そっと両腕に抱え直し、ワンコ君からこの子に移した右肩の白い紋を通して、痛みを幾らか代わる。死への恐怖に少しでも寄り添えるよう、頭を撫《な》でれば震えが治まった。

「元養女の影を使った。お前の足元に重なった時に、仕掛けておいた」

そうね。萎びたシエナの影に、あらかじめ捕縛の罠《種》を仕掛けていたわ。相手にも気づかせずに、魔法陣を圧縮して、内包させた種。その纏《まと》う魔力を隠して潜ませるのって、かなりの難易度よ。

「ふーん……どこまでもシエナを良いように使うのね」

「既にロブール家の庇護《ひご》からは、自ら進んで外れた者だ。望もうと望むまいと。だがあのまま楽に死ねたものを、お前が体に戻したのだろう？　魔法呪を作り出したのもお前か？」

「そうよ。でも結局、君の娘が非常識な方法で止めたわ」

淡々と語るアレは、魔法陣から放出される赤い光の粒子で、足元を固められていく。

チラリと父を見やれば、軽く眉《まゆ》を顰《ひそ》めている。手応えがないって、気づいたのね。

父と付き合いが長いからかしら。あの王妃とよく似た赤紫色の瞳《ひとみ》の騎士団長も、剣の柄へ再び片手をかけている。

「そうか。何故《なぜ》その者に近づいた？」

父は老婆となって転がるシエナを顎《あご》で差す。

「見つけたのはある意味、偶然で必然。元々魔力も含め、素養のある者がいないか、王家や四公の血に連なる人達を観察していたの」

観察……やっぱりそうなのね。胸の奥に、僅《わず》かだけれど怒りが生まれる。

「そしたら君の、形だけの奥さんが目に留まったわ。彼女の憎しみも心地良かったけれど、その根源となった者にも、興味を持った。だから見に行ったら、シエナがいた。シエナは他人への妬《ねた》みが酷《ひど》い子で、物心つく頃には、既に現状の不満で爆発寸前だった。それがとっても心地良かったわ。

申し子としての素養があったから、育てる事にしたの」

『申し子、だって……』

呟《つぶや》くリアちゃんから、明確な怒りが。頭が熱いのだけれど、怒りで着火していないわよね？

「でもまさかそんな出来損ないに、邪魔され続けるだなんて」

目元はローブで隠れているのに、真《ま》っ直《す》ぐに私を見たのはわかっ……まあまあ？

父がそれとなく、私の前に立ったわ。

「どういう意味か教えろ」

あら、硬い口調の騎士団長も、父の隣に立った。二人とも背が高いから、まるで壁。でも……。

『団長二人が片手にハリセン持ってるとか、しまらない絵面だよ』

『リアちゃん、それは違うわ。これからドッツキ祭りが開催される、手に汗握るシーンよ』

ふふふ、本日何度目かの、ヤンチャな孫達との子供の日イベントが思い出されちゃう。

「顔すら知らずに、羨《うらや》ましいと妬み続けた従姉《いとこ》の無才無能っぷりが、想像以上に酷過ぎたわ」

なんてほのぼのしていたら、何かしら？　とっても残念な何かを見る視線を、複数から向けられていない？　目の前の騎士団長からも感じる。彼の視線は前を向いているのに、何の不思議現象？

若者男性二人は、いつの間にか私の両隣にいて、しっかり私にお顔がロックオン。解せない。

「その上、その子はいつも絶妙に受け流すだけ。そのせいでシエナの憎しみをどれだけ煽《あお》っても、必要なだけの憎しみにまで、昇華しなかった」

アレはそう言って、ため息を一つ吐《つ》く。光が徐々に胸の方へと上がっているのも気にせず、懐かしむような口調で続けた。

「その点、第一、第二の申し子の時は簡単だったわ」

第一の申し子はベルジャンヌ《前々世の私》の異母兄かしら？　今世では異母妹であるベルジャンヌ王女《稀代の悪女》を悪魔ごと倒した正義の王太子として有名人。でも第二の申し子？　前々世でそんなのいた？

「第一の申し子は異母妹である王女の優秀さが許せなくて、嫉妬や憎しみを長年募らせ続け、申し子に育った。あの王女も気の毒よね。二人の申し子達に利用されるだけ利用されて。周りの賞賛だって、全て譲っていたのに」

二人の申し子達に利用……まさか第二の申し子は、鞭使いの手練れだった前々王妃《異母兄の母親》？

「……王女」

ふと聞こえた呟きは、王子のもの。声から滲むのは、申し訳なさ？　稀代《きたい》の悪女を王家の恥部扱いするような、嫌悪の声じゃない。もしかして彼は、気づいているのかしら？

あらあら、騎士団長が殺気を帯びたわ。今のところ真実を知るのは国王と王妃、そして四公の当主達くらいだと聖獣ちゃん達からは聞いているのだけれど、彼の殺気は何に向けた物かしらね。

「でも結局は、王女が邪魔したのよね。まさか真に完成して供物となった魔法呪ごと、顕現した私を滅ぼす事ができる人間がいるなんて。でも良かったわ。王女を死後も悪者にする事を選んだからこそ、王女亡き後に第二の申し子が滅びかけた私を留《とど》め、自由にしたのを見落としたんだもの」

なるほど。前々世で私《ベルジャンヌ》が死んだ後、異母兄の母親が……。

「もっとも新たに作ったこの仮初めの体に、不完全ながらも存在する必要があったから、魂を食べてしまったわ。第二の申し子ほど、嫉妬《しっと》の炎に身を焦がしきった申し子もいなかったのに、もう欠片《かけら》も存在していないのは少し残念」

「貴様……」

騎士団長の殺気に、圧が加わる。握りしめたハリセンの持ち手が潰《つぶ》れちゃうわよ？

「そして私は、次の魔法呪になれそうな人間を探し続けた。顕現するのにも制約が発生するから、大変。そんな中で見つけたシエナはね、上手《うま》くすれば第三の申し子になれる素養があったのよ」

『救いようのないふざけた話だね』

聞き捨てならない言葉に、リアちゃんが剣呑《けんのん》な声を出し、私は眉根を寄せそうになる。けれど鍛えた淑女の微笑《ほほえ》みは、そうそう崩さない。

「そこの王子やシエナを使えば、魔法呪を作り出せると思ったわ。今度こそちゃんと、復活できるはずだったのに……」

アレは私を見て、何度目かのため息を吐く。

というか、王子は魔法呪にされそうになった事があったのかしら？

「まさか無才無能が、こんなにも無双して、逃走の猛者《もさ》である事が、一周回って、こんな形で邪魔するなんて……」

はぁ～、と今度は長くため息を吐いてから、言葉を続ける。

「何なの、そのトンデモ魔法具。抜けてる魔導回路が空回って、有益な魔法具へと変身するし、何よりも戦意を保つのが難しい、雑な工作物に、ふざけた起動ワード……」

「ふふふ、お褒めいただけて何よりよ。次は兜《かぶと》を作って差し上げましてよ？」

あら、やっとちゃんと褒められたのね。記念に前世の孫達に好評だった、兜でも……。

「褒めてないし、え、要らないわ」

どうして？　心底、要らなそうな声でお断り？　その上、父と王子以外は、あっちに同意するかのような、警戒したチラ見……解せない。

「何故、俺を？」

何となく漂う、意味のわからない殺伐感に、割って入ったのは王子。魔法呪にされそうになったのなら、当然気になるわよね。

「だって、あんな所にいるのだもの。話の内容をどこまで聞かれたか、わからないでしょう？　伝染する死を振りまく魔法呪も、一度は作ってみたかったし。まあ、実験ね」

軽い口調のなかなか発言には、王子も流石《さすが》に顔を顰《しか》めてしまった。

「君は生まれて何年か経《た》っていたし、君の中にも年相応な、それなりの妬みもあったけれど、やっぱり足りなくてね。入れ物として、まずは育ててみようと思っただけよ。お陰で今回みたいに、入れ物と依《よ》り代《しろ》にする魂を別々に育ててから、魔法呪に組み合わせる事を思いついたの」

アレはどこか上機嫌ね。実験は孤独だから、聞いてもらえて嬉しいのかしら。寂しがり屋さん？

「でもその実験も結局、君に邪魔されたわ。まさかの、低魔力に異様な枯渇耐性が一周回って、解呪。低能だからこその優秀って、意味がわからない。そんな事誰も想像できないわ」

まあまあ？　私が解呪したのは、在りし日の黒マリモちゃんだけのはずだけれど、もしかしてあ

の子……王子だったの⁉　モフモフの魔獣が呪われたのかと思っていたわ⁉

ん？　隣の王子が頬を赤らめて私をチラ見？　どういう意図か、ちょっとわからない。

「数か月前、この学園の合同討伐訓練に使う転移陣を書き換え、エンリケという、元ニルティ家の公子を唆《そそのか》して、あのチームを蠱毒《こどく》の箱庭に追いやったのも、お前か？」

「そうよ。シエナもちょうど義姉の死を明確に望んだし、邪魔な婚約者を排除して、シエナが第二王子の婚約者になれば、いえ、いっそさっさと一線を越えてくれれば、都合の良い申し子を一から作る実験ができるかと思ったの。でも今は、もういいわ」

騎士団長の言葉に、アレはくすくすと笑い始める。と同時に、突然存在感が薄らいだ？

「次代の聖獣候補の可能性を、潰せたもの。まだ自我のしっかりしない、ただ生きる事に貪欲《どんよく》で、体には強力な魔力を宿した、無知で無垢《むく》な魔獣。魔法呪として最適な依り代の入れ物だったから、残念だけれど。あの王女亡き今、邪魔なのは聖獣。あんな目に遭い続けた一生だったのに、堕ちもせず、最期に全ての聖獣の契約を破棄させて、味方につけた挙げ句、つまらない願いを聖獣に託して逝ってしまうのだから、とんだ食わせ者だったわ。けれど、どれか一体でも欠ければいずれは、ね。面倒な相手には、気長にいく主義なの。時間はたっぷりあるもの」

そう言うと、胸のあたりまで光の粒子で固まっていた体が、サラリと風化するようにかき消えた。

「逃げられたのか？」

「元より本体ではなかったな」

騎士団長に答えた父は、魔法陣を消す。アレのいた場所に近寄って、何かを拾った？　父の後ろから、騎士団長がその手元を覗《のぞ》きこむ。

二つの壁の隙間から垣間《かいまみ》見えたそれは、糸に見えるわ。恐らくあの糸に魔力を纏わせる事で、より本物に見えるような変わり身を作って、動かしていたのね。

でも待って……違う……色が白桃色に銀の入った……あれは……。

「それは？」

「毛髪だ」

「この色……」

父も、何か尋ねた騎士団長も、いくらか顔色が変わっている。

ふと、頭に振動を感じた。怒りで震えているのは、もちろんリアちゃん。

そうね……死んでからも、ベルジャンヌを私《》ここまで冒涜《ぼうとく》し続けていたなんて。

『ラビ』

『……なあに、リアちゃん』

それよりもリアちゃん？　貴女……何を決心したの？　そんな口調、止《や》めない？

『わかっているんだろう？』

『……どうかしら。でもリアちゃんがそこまでしなくても……』

腕のアルマジロちゃんは、もうほとんど動かない。それでもやっぱり、生きたいと望む切実な声は、聞こえてくる。右肩の紋を通して私達は繋《つな》がっているから、聞こえないふりもできない。

『アレは、あの時の悪魔の欠片だ。恐らくあの時、切られたベルジャンヌの髪を使って、悪魔が仮に宿れるような体を作ったんだ。ベルジャンヌの魔力を宿した髪なら、できない事もなかったんだろうね。やらかしたのは十中八九、あの女だ。第二の申し子とやらも、きっとそうなんだろう。私達聖獣全員が、王家から手を引いたばっかりに、見落としてしまった。ごめんよ、ラビ。こんなの……死者への冒涜だよ』

『悪いのは、あの王妃よ。それに私はこうして転生して、ここにいる』

だから妙な責任感なんて、発揮しないで。

『だけどアレが姿を現したんなら、大方別に何かしらの手を打ってんのは、間違いないさ。それに全て真実を話したとは思えない。何かを隠すのに、出せる真実を話すのも、悪魔の常套手段だ。悪魔の時間の進みは、私達とよく似ている。あの悪魔にとっちゃ、百年後も二百年後も、大した時間じゃない。なのにラビは老いてく。今の力も体力も、一〇〇年と保ち続けられない』

『それは……まあ否定しないわ』

前世でも四十歳近くでガクンと体力が落ちたし、七十五歳あたりからは、病気もしやすくなった。

『私が寿命を迎える時、聖獣がこれ以上減っちまうのは良くないだろう?』

悪魔に本当の意味で対抗できるのは、聖獣だけ。わかっている。それでも……。

『まだ百年か、そこらへんは……』

最近眠る事が増えていたのは、リアちゃんの寿命の期限が、少しずつ近づいていたから。気づいていたの。最古の聖獣だし、十分長生きしている。

けれど元来、聖獣としての寿命は長いものよ。私の寿命と同じくらいは、一緒に生きられると思っていたのに……。

『ラビ……私はね、ラビの祖先が大好きだったんだ。ラビと同じように、魂から良い香りがして、無骨な手で顎を擽《くすぐ》られるのが、お気に入りだったよ。あの男は家族をこよなく愛してたけど、私が聖獣に昇華した時には、ラビのように自由を望んでくれた。そんな男に惚《ほ》れて、誓ったのさ。子々孫々、命の限り守るってね』

『嫌な祖先』

魔獣を聖獣に昇華させたのはともかく、血族に縛りつけた元凶なんて、大嫌い。ベルジャンヌだった私も……まあ、祖先の事は言えないけれど。自分の事は棚上げよ。

淑女の微笑みも今は維持できなくて、ムスッとしてしまっているのが、自分でもわかる。

「どうした？」

気づいた兄が声をかけてくるけれど、返事をする気になれない。

『ああ、あの男も自分でそう言ってた』

『この子、死にかけよ。もう間に合わないかもしれないのよ。私が投げたからじゃないわ』

『あはは、わかってるさ。ラビはちゃんと守護魔法をかけてたし、依り代になりかけた、あの小僧の魔力と生命力を取りこんだのを利用して、誓約紋をこの子に移して、魔法呪の軛《くびき》を無理矢理断ち切った。反動でラビは内臓に焼けるような痛みを感じてんのに、今だってこの子に魔力を与えて、生かしてるじゃないか。しかもその苦しみが最低限になるように、更に自分へ苦痛をいくらか移して、身代わりになってやってるだろう』

確かに、今はとっても体中が痛いわ。でも痛みを無視するのは、王女だった頃にたくさん経験したの。これくらい、どうって事ない。

『リアちゃんは、優し過ぎるの。もう亡くなったご先祖様じゃない。惚れた弱みなんて言って……』

『そっくりそのまま返しておくよ』

くっ……痛いところを突っつくんだから。その手の痛いのは、地味に効くわね。

『モフモフは正義だもの……』

『だからって、幼子の腹を吸おうとすんじゃないよ。さっきも私が止めなきゃ、腹毛を吸ってただろう。ショック死したらどうすんだい』

「な、なんと⁉」

「「どうした⁉」」

あらあら、リアちゃんが衝撃発言するから、うっかり声に出してしまったわ。両隣の二人は顔を覗きこんでくるし、あっちの渋メン二人は、思わずこちらに視線を向けてきたじゃない。

『全く、そういうところだよ。あのベルジャンヌが、ここまで変態に染まっちまうなんてね』

何かしら……こんな時なのに、サラリと変態認定。違う意味で泣きそう。

『とにかくだ。ね、頼むよ』

『………………わかったわ。でも……今度は私が待っているから、早く会いに来て』

『ふ、わかったよ』

リアちゃんが慰めるように翼を広げて、頭に突っ伏して、スリスリしてくれる。

「公女？」

王子が私を、いえ、私の頭を見て驚く。

「いつの間に派手な鬘《かつら》を⁉　いや、鳥⁉」

兄の驚きも当然ね。今の体勢のリアちゃんが顕現すれば、一見ド派手な鬘に見えちゃうもの。

「聖獣⁉」

騎士団長が驚いて、一歩踏み出す。

「この子は暫《しば》し預かるよ！」

「ラビアンジェ⁉」

兄の声も、聞こえた気がする。

けれどリアちゃんが早かった。バサッと翼を羽ばたかせ、王女時代から愛用している学園の秘密の小部屋に、一瞬で転移してしまう。

「ラビ、鳥……何連れて来たのさ」

ソファに寝そべって、私が置いていた残りの兎熊《うさぎぐま》をモグモグしているのは、キャスちゃん。私達の背後を見て、更に不機嫌が加速。

ちゃんとログハウスに取り置きしてあるのに、つまみ食いされちゃった。でもモグモグタイムの、白モフモフも可愛《かわい》いから、許しちゃう。

それより何って……あらあら？

「公女……」

「……ほう？」

ふり返れば、二人の背の高い男性が。

「これはまいった。てっきりベルジャンヌの魔法に、弾《はじ》かれると思ってたんだけどね」

「お父様、王子……どうやって……ああ、羽根……」

そういえば二人とも、ハリセンやらお札やらを持っていたわ。

妄想に新風が欲しくて渡したけれど、まさかそれが入室許可に繋がるなんて。

※※※※

「金環……」

「左様ですわね」

ここに戻った時点で、瞳《ひとみ》にかけておいた幻術を解除したから、金色の虹彩《こうさい》が顕《あらわ》になっているのでしょうね。普段は聖獣ちゃん達にお願いしてある、魔力の放出も止めてもらっている。

「ギャ……」

本来の魔力に戻しつつ、アルマジロちゃんに与える魔力量を増やしたから、鳴き声を出せるくらいには元気になったみたい。

普段あまり顔を見せない聖獣ちゃんには、むしろ私に魔力を補填《ほてん》してもらってもいる。暫《しばら》くすれば、私の体に負ったダメージも、魔力の回復と共に元に戻る。

「なるほど、やはり色々と隠していたのか」

「お気づきでしたの？」

あらあら、お父様は私の事には関心がないと思っていたのに。気づいていながら、放っておいたという事？

「ロブール家にも王族との婚姻で、王家の血は入っているから、不思議ではないが、金環までは気づいていなかった。だがお前が母親に宿った時に、有り得ない程の魔力の高まりと、何にも縛られたくないという強い意志を、腹から感じたからな。その時にお前が祝福名を持つのが視《み》えたし、それから暫くして、そこの白い子犬が母親の眠っている時を見計らって、腹に話しかけているのを二度目撃した。色々察するさ」

「狐《きつね》だから。ふーん、ラビの父親だけの事は、あるって事か」

キャスちゃんたら、おすまし顔で取り繕っても、それとなく尻尾《しっぽ》が膨らんでいるわ。

「ぷっ。大方ラビを見つけてテンション爆上げで、注意力散漫になってただけだろう」

「違うし！　ラビに夢中になってただけだし！　いい加減そこを退《ど》きなよ、鳥！」

笑われて図星を突かれたのが、恥ずかしかったのね。狐キックが頭上めがけて飛んで来た。けれど、これは私が華麗に躱《かわ》して、空いている手でキャッチ。

「ふふふ、それはそれで嬉《うれ》しいわ、キャスちゃん。でも今は頭をリアちゃんに譲っておいて？　もう時間がないの」

「ふん……鳥、本気？　ラビにだって、それなりに負担がかかるんだけど？」

リアちゃんと、少しでも長く触れ合っていたい気持ちが、伝わったのね。

キャスちゃんはそう言いながら、肩に移動してちょこんと乗る。ほっぺにモフモフ……幸せ。

「ああ、本気だよ。負担がかかっても、竜の時みたいな命の危険には曝《さら》されないさ。あの時と違って、私達がついてんだ。それにその子は竜みたいに擦れちゃいない。今はラビに母性を感じて、反発どころか、慕い始めてる。短時間なのに、ラビの魔力にも馴染《なじ》んできた。誰かを守ろうとする強い意志がないのは、仕方ない。そこは私が何とかするよ。それにどうせ、全部視てたんだろ？　兎熊の肉、やけ食いしてんじゃないよ」

「ムッ、口うるさいオカン鳥め。ラビ、竜を呼ぶ？」

「そうね。ラグちゃん、来られ……」

「来たぞ」

「ふふふ、相変わらず早いんだから」

私の腰に体を巻きつけて、フリーな肩に顎《あご》を乗せる。ほっぺにサラツヤな鬣《たてがみ》……幸せ。

皆私を慰めてくれているのね……今なら皆を、ちょこっとずつ吸っていっても……。

「「「それは違う」」」

「⁉」

くっ、こんな時だけ、息ピッタリ⁉　何故バレた⁉

「聖獣が……三体……しかも長らく姿を完全に消していた、キャスケットまで……なのに軽快……」

「ふっ……」

王子は呆然《ぼうぜん》としているけれど、父は目元をほんの少しだけ弛《ゆる》ませて、私を見たわ。

「ふん、ラビだからな。鳥、本気……おい狐、俺の肉……」

ラグちゃんが二人に胸を張ってからの、リアちゃんに反応しかけたけれど、キャスちゃんのつまみ食いに気づいたのね。ちょっと殺気立っちゃった。

「ふん」

プイッとそっぽを向く、白いモフモフ……たまらん。

「大丈夫よ。ラグちゃんには、お肉を柔らかくしてもらったもの。少し多めに、ちゃんと取り置きしているわ。リアちゃんの分も……」

言いかけて、しょんぼりしてしまえば、リアちゃんが再び頭皮にスリスリしてくれる。

「ラビ……できるだけ早く戻ってくるさ」

「……ちゃんと収納しておくから……早くね……」

「もちろん、そのつもりだよ。次に会うのが楽しみだ」

ひとしきり抱擁してもらって、気持ちを落ち着けた。

「さあさあ、とっとと終わらしちまおうか。ここからは、時間と集中力が勝負だ。あんた達、邪魔するなり誰かしらに言いふらすなら、記憶を改ざんしないとね」

リアちゃんだけじゃなく、この場の聖獣ちゃん達が、一斉に部外者達へ冷たい視線を投げる。

「「黙秘する」」

けれど二人共、特に気にした様子もない。当然とばかりに、声が揃《そろ》う。

父はちょっぴり目が輝いていないかしら？

好奇心旺盛《おうせい》なひ孫が、よちよち歩きで飼い猫に突進した時の、キラキラな目を思い出したわ。

もちろん可愛らしさは、ひ孫の圧勝だけれど。うちのひ孫は、よちよち天使だもの。

父は四公の当主や父親である前に、やっぱり魔法馬鹿なんじゃ……。

「私達の事は、気にせず好きにするといい。何なら黙秘の誓約魔法でも結ぼう。さあ、早く」

何をするのか、ただ純粋に見たいだけの、魔法馬鹿ね。

聖獣ちゃん達が残念な何かを見る目で父を……どうしてかしら？　私と交互に見比べている？

「「親子……」」

呟《つぶや》きが揃ったわ。どうしてか、いたたまれない。

「ラビアンジェ、しないのか？　時間がないのだろう？」

「……ええ、そうですわね。誓約魔法までは、必要ございませんわ」

父は全く気にしない。同類扱いされているのが、納得いかない。

「……そうか」

残念そうって、どういう事？

「その鼠《ねずみ》の肩にあるリコリスは、お前の施したものだろう？」

「気づいてらしたのね。左様でしてよ。元々はヘインズ＝アッシェにかけていたものを、誓約だけ解いて移行させましたの。でもお二人に誓約魔法は使う必要、無さそうでしょう？　あまりしつこいと、ここから追い出しましてよ」

「……む」

はっ、やっと父が口を噤《つぐ》んだと思ったら、聖獣ちゃん達と、今度は王子も追加ですって⁉　再び残念な何かを見る目で、私達を交互に見比べている⁉

「「「親子……」」」

呟きが揃う。今度はいたたまれなさよりも、納得できなさの方が……。

「ギャ、ギャ」

まあまあ、抱えていたアルマジロちゃんが、泣き始めてしまったわ。

「ごめんなさいね。忘れていたわけではないのよ」

キャスちゃんとラグちゃんが、ふわりと浮いて離れ、誘うように部屋の中央へと進む。私も進みながら、両手でアルマジロちゃんの脇に手を差しこんで、可愛らしい顔を合わせる。

ポロポロと涙を溢《こぼ》すアルマジロちゃんは、いじらしくて庇護《ひご》欲がそそられちゃう。

『わたし、しぬの？　しにたくない。おかあさん、いきろっていった』

獣体では話す事ができない。イメージが言葉となって、脳内に伝わってくる。念話とはまた違うけれど……まあ同じようなものね。

「それは貴方次第。けれど死なないように、手助けするわ」

そっと抱え直して頭を撫《な》でながら、紋を通して送る魔力の量を増やす。この子、やっぱり元々の魔力量が多い。なかなか満たされてくれない。

『あたたかい。おかあさんのおなかみたい。あのときは、ゆっくりねむれたの』

「そう」

『おかあさん、わたしかくして、いなくなった』

「そう」

伝わるイメージの中に、川辺りが見える。今よりずっと小さくて、甲羅ももっと柔らかそう。母親らしきアルマジロが、慌てた様子でこの子に葉っぱを被《かぶ》せて、鳴き声を上げながらどこかへ走る。母親はほとんど魔力が無かったか、出産したばかりで力を使いきったかの、どちらか。

それを追いかけるような足音が、いくつか聞こえる。きっと肉食魔獣に母子《おやこ》で襲われたのね。

この後の母親がどうなったのかは、わからない。けれど一晩経《た》っても迎えの来ないこの子は、お腹《なか》を空《す》かせて川辺りをうろつき、水を飲もうとして落ちた。

ああ、それでリアちゃんの眷族《けんぞく》の、どんぶらこ目撃談に繋《つな》がったのね。

この子は身を守ろうと、無我夢中で魔力を使って成長した。丸くなった甲羅の周りも、魔力で殻を錬成して、覆って閉じこもった。

あの悪魔に拾われたのは、きっとこの後。元々の魔力が多かったから、できた事。

そして手加減なく必死に魔力で硬い殻を作って覆ったばかりに……出るに出られなくなった。

「まずはこの空間の保護魔法を、強化しましょう」

アルマジロちゃんが昇華するのに、今のままではこの空間が耐えられない。

「俺が結界を張る」

「そうね、お願いするわ」

ラグちゃんが銀色に発光しながら、ふわりと浮かんだまま室内を一周する。小学校の教室が二つ分ほどある室内の気温が少し下がり、結界で完全に外から遮断される。

もちろん私や他の聖獣ちゃん達は別だけれど、ラグちゃんが結界を解かない限り、誰もこの空間への出入りはできなくなった。

人も魔獣も聖獣も、魔法の属性によって、得手不得手がある。体に発生させる魔力属性は、偏る事がほとんど。今世の私も、元々は水と風と聖と闇の属性に偏っていた。他に火と土の属性があって、今は鍛えたから偏りが無くなったけれど、普通は鍛えるのも難しい。

「これは……凄《すご》いな……」

「ほう、力を吸収して、無効化するのに特化した結界か」

男性二人は思い思いに感想を口にしている。

と思っていたら、父の魔力が高まった。何を……。

――ゴウッ。

何故か魔法で炎を巻き上げて、火炎放射を壁に向かって放つ。別に燃えないし、吸収されるだけなのだけれど……。

「ほう」

目をキラキラさせて、いつまで放射するのかしら？　王子が隣でドン引きよ？

「おい、放り出すぞ」

「自由過ぎるよ」

「好奇心旺盛過ぎないかい」

皆呆《あき》れた様子で各々呟くけれど、最後に喋《しゃべ》ったリアちゃんが、翼をバサッと振ると火が途絶えた。

火はリアちゃんの十八番《おはこ》ですもの。うちの父がごめんなさいね。

「……む」

「お父様、ラグちゃんに放り出されたくなければ、大人しく観覧なさって？」

何だか不服そうな父に、忠告する。孫にこんな子いたけれど、父もこのタイプなのね。

はっ、またまた聖獣ちゃん達と王子が残念な何かを見る目⁉　交互に見比べないで⁉

「「「親子……」」」

……心外ね。もう少し良い子よ、私。

「コホン。さあさ、アルマジロちゃん？」

「ギャ」

これは早急に話題を変えるべき、とアルマジロちゃんに話しかける。可愛らしいお返事ね。

ああ、この素直な反応。今の私を無性に癒やしてくれる。

「だいぶ私の魔力と馴染んだわね。これから私と契約をしましょう？」

『けいやく？　どうするの？』

「私の付ける名前を受け入れてもらえる？」

『どんななまえ？』

「「!!!!」」

あらあら？　聖獣ちゃん達が、一斉に息をのんだ。何かあったのかしら？

「そうねアルマジロだから、次郎ちゃ……」

「その子は女の子だろう、ラビ！」

「んぅいたぁ！」

リアちゃんのクチバシ・チョップが頭頂部に刺さった⁉

思わずしゃがみこんで、頭を高速で擦《さす》って痛みを緩和する。

いつの間にか、首にシュシュを着けていたリアちゃんは、頭から飛んで絶賛パタパタ中よ。

「やはりな」

ラグちゃんに続いて、キャスちゃんまでジトリと物言いたげな視線⁉

「ノー・ネーミングセンス……」

ノー・ネーミングセンスじゃなくて、性別を間違っただけよ⁉　男の子なら太郎か次郎かポチかポン太じゃない⁉

それにしても痛いわ。渾身《こんしん》の一撃ね。

「ツッコミが脳天直撃……女の子だったのね……」

「私の後継なんだからね、ラビ。わかってんだろうね」

顔の前で静止飛びする鳥ちゃんが、また牙《きば》を剥《む》きだしにして、ガルガル威嚇する肉食獣に⁉

「公女……」

「ラビアンジェ……」

向こうの男性陣も呆れた目を向けてくる。父の視線が、一番納得いかない。

『なまえは？』

くっ、つぶらな瞳《ひとみ》に、罪悪感がかきたてられちゃう⁉

「そうね……貴女は本来なら水に落ちた時に、命を落としても不思議ではなかった。そんな状況で逞《たくま》しく生き残った子……ディアナはどうかしら？」

生命力や月を象徴とする、ローマ神話に出てくる女神の名前。

「パクリでも、ノー・ネーミングセンスなラビにしては上出来だね」

キャスちゃん？　褒めてくれてるのよね？

ラグちゃん？　後ろでこっそり安堵《あんど》のため息を吐《つ》いたわね。ちゃんと聞こえたんだから。

『わたし、ディアナ！』

「気に入った？」

『うん！　ディアナがいい！　ありがとう！』

すれてない、とっても素直な反応が、何とも可愛らしくて、癒やされちゃう。

ああ、この背面の硬い甲羅とは真反対の、フワフワな腹毛に顔をダイブ……。

「「「ラビ」」」

いつの間にか、私達を取り囲んで宙に浮く聖獣ちゃん達。どうしてこんなに、目ざといのかしら？

平静を装いながら、昇華に必要な魔法陣を全ての属性分、足下にササッと出現させた。

王子が息をのみ、父は興味津々。もちろん今は二人をスルーよ。

「私と契約してくれるかしら？」

『そしたら、いっしょにいられる？　おかあさんみたいにいなくならない？』

両手を白灰色のもふもふな脇に入れ、コツンとオデコ同士をくっつける。

「ええ。死が私達を分かつまで、私は貴女を育み、貴女と共に生きましょう」

これはこの子が聖獣になる為《ため》に使う、魔力と生命力を私から補填《ほてん》させる為の、強力な誓約魔法。

これによって、もしこの子が昇華を失敗すれば、私も共に命を失う。

『うん！　ずっといっしょ！　うれしい！』

カチリと遠くで音が鳴る。私達の魔力が絡み、結びつく。誓約が結ばれた。

「ええ、私もよ」

けれど純粋に喜ぶ幼いこの子が、真実を知る必要はない。

それに前々世、あの異母兄のせいで人間全てを拒絶したラグちゃんだって、昇華させたわ。ラグちゃんの奥さんとキャスちゃんが手伝ってくれても、難航した。この子は素直だから、あの時よりもきっと楽だし、必ず上手くいく。

足下の全ての魔法陣に、それぞれの属性に絞った魔力を通して、起動させる。色とりどりになった円陣は、淡く光りながら、私達を中心に回転し始めた。

「私の後に続いて自分の名前で、自分の意志で宣誓して」

『うん！』

二回目だけれど、やっぱりかなりの魔力と集中力を持って行かれる。けれど私と契約する聖獣ちゃん達が、皆で支えてくれているのを感じて、耐える。

「我、ディアナを命の限り守り支え、共に在り続けると誓う。我がラビアンジェ＝イェビナ＝ロブールの名にかけて」

父の言う通り、私は祝福名を持って生まれた。ベルジャンヌの祝福名をそのまま引き継いでいた。

『われ、ラビアンジェ＝イェビナ＝ロブールをいのちのかぎりまもりささえ、ともにありつづけるとちかう。わがディアナのなにかけて』

魔法陣が個々に光を増していく中、ディアナが続ける。

ディアナの瞳の色が赤から金の散る私と同じ藍色《あいいろ》に変わり、これで正式な契約によって、私達は結ばれた。ここからよ。

グッ、とかなりの魔力が消費され、白金に光る魔法陣が、先につけてあったリコリスの紋から、ディアナに吸収される。

『すごい……』

「聖の祝福を、ディアナに」

再び魔力が消費され、今度は黒銀に光る魔法陣が吸収される。

「闇の祝福を、ディアナに」

反発なく受け入れてくれているから、私の事はちゃんと認めてくれているのね。これだけでも前回のラグちゃんより、ずっと楽。

ラグちゃん、すまなそうな顔をしないで？　王族の血を引いていただけあって、ベルジャンヌの魔力量は現在の私と同じくらい。何よりあの体に宿っていた魔力は、最初から全ての属性に、均等で偏りのない適性度だった。だからラグちゃん聖獣化成功の勝算はあったの。

『ラビアンジェ……』

そして次に水の青銀と風の緑銀とを続ければ、徐々にこの子が不安そうな顔つきになっていく。

『……へいき？』

「もちろんよ」

さすがにそろそろ平静を保つのが、難しくなってきたかしら？　冷や汗をかき始めた。

でもここからが、正念場。

私の元々の魔力に宿る属性の中で、火と土の適性度は、極端に低かった。ただ四つもの属性への適性度が高く、僅《わず》かであっても、全てにおいて適性があっただけ凄いのよ。四公の直系だっただけの事は、あると言うべきね。

「ディアナ」

バサッとリアちゃんが私の肩に飛んで来て、名づけたばかりの幼い魔獣と対峙《たいじ》する。

少し体が楽になる。私にリアちゃんの魔力を、火属性《かなり》の量流してくれる。

「今からは私がラビの補助をしつつ、聖獣としての力を譲り渡していく。これから見せる光景は、外の世界をまともに知らない、幼獣にはつらいだろう。だけど忘れちゃ駄目だ。ラビも私達も必ず側《そば》にいる」

『こわいこと？　それともいたい？』

今はこの子の感情とも繋がっているから、怯《おび》えが伝わってくる。

今代と次代の聖獣継承は、力だけでなく記憶も継承する。特にリアちゃんは、建国当初から存在した、始まりの聖獣。血腥《ちなまぐさ》い光景を、記憶として観《み》るはず。

それにしても……始まりの聖獣と、当時の契約者だったご先祖様の魔力とその絆《きずな》って、計り知れない。継承なく昇華したのだもの。

ラグちゃんの時も、今も、既に存在する聖獣がフォローしてくれないと、魔獣からの昇華なんて、私には不可能……あらあら？

手に震えが伝わっているわ。

そうね。少し前までの、体が腐敗して死にかけていた痛みと恐怖は、生々しい記憶となっているはず。今はこの子に集中してあげなきゃ。

『大丈夫。貴女はもう独りではないのよ』

そう心の中で呼びかけながら、腕に抱え直して抱きしめる。あら、ボールみたいに丸くなった。

でも暫くそうしていると、震えは治まる。良い子ね。

「怖いだろうし、痛いかもしれない。でもね、ラビが今みたいにディアナを守り続けるだけじゃ、駄目なんだ。ディアナは自分を守らなきゃいけないし、ずっと傷を抱えて生きていた大昔のラビごと、私の代わりに、私から引き継ぐ力で、守ってやって欲しいんだ」

そう言ってリアちゃんは、私の頬に体をすり寄せる。

リアちゃんはご先祖様と、子々孫々守り続けると約束した聖獣。

きっと私がこの国の王族や、シャローナの子供や孫達を憎からず想《おも》っているのと同じように、ベルジャンヌ《私》を想ってくれていた。嬉《うれ》しいわ。ありがとう、リアちゃん。

『じぶんとラビアンジェを？』

リアちゃんの言葉に興味を持ったのか、ボールがひび割れて顔を出す。

そんなディアナの首に、リアちゃんは私の腕をピョンと伝って、自分の首にあったシュシュを器用に引っかけた。

「そうだよ。ラビはディアナを守るのに、自分の魔力どころか、命も繋《つな》げた。だからディアナは自分を守らなきゃいけないし、今度はお母さん《ラビ》を守れる強さを、身につけて欲しいんだ。そうしたら、もう寿命以外で独りにだって、ならないだろう？」

『ひとり……いや……もう、おいていかれるの。わたし、ラビアンジェまもる』

「良い子だ。ラビ、その子を降ろしな」

バサッと飛び立つリアちゃんの指示通りに、残る二つの魔法陣の中央に降ろす。後ろに二歩下がれば、小鳥から鶴くらいのサイズになって、私に背を向けて降り立った。

朱色を基調とした五色の光を纏《まと》う姿は、前世で知った鳳凰《ほうおう》のよう。実物は見たことないけれど。

リアちゃんは首を伸ばして、甲羅のリコリスに触れる。ややあって甲羅に覆われた体と、火属性の魔法陣が少しずつ赤く輝き始めた。

代わりとばかりに、翼が纏う輝きは……失《う》せていく。

ポロポロと、ディアナのつぶらな瞳から涙が溢《あふ》れ始めたから、きっと最古の記憶に触れて、初めて生まれる感情が幼い精神を成長させているのではないかしら。完全に消化しきるには、まだ時間がかかるでしょうけれど、本当に純粋な子。

長らく生きた聖獣ヴァミリアが、愛情深い性格なのもある。けれどあの子が必死に受け入れようとしているのが、私にも伝わってくる。

長らく生きてこそ得られる、莫大《ばくだい》な力の一つである魔力は、私達皆がディアナに補填している。

力の根源ともなる生命力は、生への執着が大きかったディアナには、元々備わっていた。

継承が終われば、後の昇華は私とこの子次第。

「ラビ」

「……ええ」

輝きを失ったリアちゃんは、私を呼んで振り向く。

羽は艶《つや》が無くなって、くすんだ赤に変わってしまった。

ディアナに目をやれば、白灰色だった甲羅や体毛が、それとなく朱を纏っている。疲れたのかしら。意識を手放したのね。

「リアちゃん。本当にいいのね？」

「ああ、もちろんだよ。仕上げをしよう」

「……そう……そうね」

火の魔法陣を完全に動かしてしまえば、リアちゃんは……。だからその前に。

「聖獣ヴァミリア」

右膝《みぎひざ》と左手の拳《こぶし》を地につけて腰を落とし、右手を左胸に当てて頭《こうべ》を垂れる。

聖獣の契約者が、自身の契約した聖獣が次代に役目を託し、生を終えようした時に示す、最上位の敬意をこめた礼。

見守る王子とお父様も私が膝をついてすぐ、何かを察したのか、私と反対の手足を折り、膝をついて頭を垂れたのを気配で察する。

目上の者への礼であるなら、この二人の姿勢が正しい。

「遥《はる》かなる祖先から、我らの代まで与え続けて頂いた長きにわたる恩愛に、信頼に、何より共に過ごせた事に心より感謝を」

「……ああ。私の方こそ楽しかったよ。ありがとう」

目の前に近づいたリアちゃんを、膝立ちになって抱きしめる。

「願わくば、今の私が生きているうちに、また……輪廻《りんね》を手繰り寄せて逢《あ》いましょう、リアちゃん」

「もちろんだよ、ラビ」

「私、リアちゃんと早く会えるように、頑張るわ」

「ああ、私も」

ひとまずの別れだからと、気持ちを納得させるのに時間を少し使い、立ち上がった。

「ヴァミリア・ラビ」

契約者として、自らの名の一部を与えた、正式な名を呼ぶ。

「最初で最期の命令よ。命の炎を燃やし、次代ディアナへ私と共に祝福を与えなさい」

元々の適性度が低い、火属性の魔法陣を使って未熟な魔獣を聖獣へと昇華させるには、後付けの努力だけでは、どうしても質の面で足りない。だからその属性に特化した聖獣に、補ってもらわなければならない。

魔法陣が私のものである以上、これにはどうしても、命令という形で親和性を高めた力でないと、補いきれない。命令なんて一生しないと思っていたのに……。

「もちろんさ。ラビアンジェ……私の最期の主《あるじ》。私の愛を受け取りな！」

言うが早いか鳥の姿が揺らぎ、一瞬にして炎鳥へと変わると、魔法陣が炎に彩られる。

炎は決して熱くないし、私達に燃え移る事もない。リアちゃんの羽毛に包まれたように、ただ温かい。

意識のないディアナの脇に手を入れて、持ち上げる。朱銀に光る魔法陣が、炎鳥と共に激しく燃えて煌《きら》めき、姿が消えると紋を通じて、吸収された。

「…………火の祝福を……ディアナに」

聖獣のフォローがあっても、適性度の低かった属性の魔力の質を底上げしつつ、大きく動かすのは、思っていた以上の体への負荷だった。

息も絶え絶えってこんな感じかしら。言葉を発するのも、なかなかきつい。

それに……聖獣との契約が途切れた喪失感で、感情が大きく乱れそうになる。

「『ラビアンジェ』」

そうね、わかっているわ。警告するような聖獣ちゃん達のフルネーム呼びで、深呼吸して心を落ち着ける。ここで気を抜くわけにはいかない。

あと一つ魔法陣が残っているし、何よりこれまでと違って、すぐに魔力が馴染《なじ》まない。

この子は土属性の魔力が強い。だから火の祝福を直前に与え、起爆剤にできるよう馴染ませてから、最後に土の祝福をもって、リアちゃんから受け取った聖獣の力と共に昇華させないと、聖獣にはなれない。

ギュッと抱きしめ、小さな体に私の魔力を薄く纏わせていく。ディアナの首にあるシュシュに付与していた守護の魔法も総動員して、外側から干渉しつつ馴染ませる。

「ラビアンジェ？」

リアちゃん効果かしら？　暫くして馴染んだと感じた途端、人の言葉を話す。幼くてあどけない声は、とっても愛らしい。

「おはよう、ディアナ」

「おはよう。あのね、ディアナは……ディアはずっとラビアンジェといっしょにいるよ。いい？」

「もちろんよ。私の事はラビと呼んでちょうだい、ディア」

「よかった！　リアおばさんもいつかもどるから、たのしみにしておいてって！　だからね、ラビがさみしいの、わたしがうめるの！」

そう言うとディアは伸び上がって、私の頰に顔をスリスリしてくれる。

「天使か」

うっかり呟《つぶや》いてしまったくらい、キュンキュンよ！　キュン死ってこういうのを言うのかしら⁉

首筋に当たる、ふわふわな毛が私を誘っているわ！　きっとそうよ！　いいわよね？　世話焼きオカン鳥がいなくなって、ハートブレイク中なの！　私を慰めてくれているんだもの！　甘えても、ちょっとだけモフッと吸ってもい……。

「『駄目にきまってるだろう（でしょ）』」

……何故わかるのかしら？　聖獣ちゃん達が、目ざとい。

『変態ジャ〜ン！　次いってみるジャ〜ン！』

不意に頭に軽快な声と、ジャ〜ンのあたりでジャラランと、何か自然物を使って奏でているような音が、脳内で響いたわ。

土の属性の魔法陣を吸収させるのに、力を借りなきゃいけない聖獣ちゃんの、催促の念話。

待って、ここでもサラッと変態扱い⁉

「ラビ、あいつが興味を惹《ひ》かれて、ここに来る気になる前に、さっさと終わらせて！」

キャスちゃんの言葉に、ラグちゃんもウンウンと首を縦に振るわ。

「あいつ……」

「……ほう」

後ろの男性陣は、キャスちゃんの言葉に何かを感じ取ったみたい。

「ラビ？　てんしいるの？　リアおばさんをむかえにきたの？」

はうっ、メロメロキュンキュンで、私の方にお迎えが来そう。でも気をしっかり持たなくちゃ！

「いいえ、いるかもしれないけれど、今はいないと思うわ。そうね、次に移りましょう。いいい、ディア。これから土の魔法陣を動かすわ。私達の親和性を高めるのに、貴女に命令するから、全力で私と一緒にいたいって、愛をこめて叫んで。愛しているでもいいのよ」

「わかった！　ディア、さけぶ！」

ふふふ、ラブ&ピースで昇華転身ゲットだ作戦よ！

「叫ぶ必要あるかな？　誘導に邪気を感じる」

「……俺も叫ぼうか」

「ふざけないでよね、竜。それならあいつと共同戦線を張る、僕が叫ぶべきでしょ！」

やだ、モフモフとサラツヤで愛の戦いが……。

「……だからって叫ばないから！　ほら、早く終わらせるよ！」

「……全力拒否……」

私の視線に気づいたキャスちゃんに、一刀両断されたけれど、そうね。

リアちゃんが火の適性に特化した聖獣だったように、土の適性に特化した聖獣は、実はいない。

だから土の適性も併せ持つキャスちゃんと、ジャ〜ンな聖獣の、二体それぞれと親和性を高める必要がある。

「キャスケット・ベル・ツキナ・ラビ、ドラゴレナ・ラビ。私の与える祝福に、力を添えなさい」

キャスちゃんは、王女の頃からの契約聖獣だから、長い名前になるの。

「任せて！」

『任せるジャ〜ン』

この聖獣ちゃん達はリアちゃんと違って、聖獣としての力を継承させるわけではない。あくまで魔力を吸収させるだけでいい。当然命令の仕方は違う。

最後の魔法陣が黄銀に輝いて発動する。

途端、ドクリ、と心臓が嫌な音を立てて軋《きし》むように痛んだ。

「……っ」

……まずいわ……あと少しなのに……。

「ラビ⁉」

不安そうな声が手元から聞こえるけれど、意識が朦朧《もうろう》とするのを、必死に繋《つな》ぎ止める。表情も取り繕えない。けれど……。

『まったくこの子は……ほら、根性入れて踏ん張んな、ラビ』

そんな声が、遠くで聞こえた気がした。

そうね、リアちゃんの力を無駄になんて、できない！　踏ん張らなきゃ！

不意に、聖獣ちゃん達以外の魔力が流れてきた。心臓への重圧が、楽になる。けれど今は誰が、なんて考えない。

やるなら今！　踏ん張れ、私！

持てるだけの魔力を、一気に魔法陣へ流して吸収させる。

「ディアナ・ラビ！　土の祝福を受けて昇華なさい！」

かすれた声で命令を叫ぶ。

「ずっといっしょ！　あいしてる！　おかあさん！」

可愛らしい告白が叫ばれる。

瞬間、カッとディアの体が銀を纏う虹色《にじいろ》に光り、シュシュが燃え消える。

小さな体の中心から、濃度の濃い魔力が渦巻くように湧き起こり、支えていた手に熱を感じる。

「ラビ！」

大きくなったキャスちゃんが、私の手を尻尾《しっぽ》で叩《たた》き放させて、九本の尻尾で私の全身をくるむ。

光を遮りながら、熱を浴びたところを治癒してくれる。

きっと、リアちゃんの炎鳥《炎鳥》の力を継承したからね。

父達を横目で確認すれば、ラグちゃんが水の結界でガードしていた。二人共、ハリセンは腰のベルトに差していたのね。

そして……光が消え、この部屋の半分程の大きさになったアルマジロが鎮座する。

白灰色だった体は朱色に変わり、甲羅は聖獣ヴァミリアと同じ、鮮やかな赤色基調の五色の光沢を放っている。

「成功、ね」

それだけ言って、意識を手放した。

6【事件から数週間後】始まりは、慰謝料請求から

「体はもう良いのか？」

「ええ」

通された部屋で向かい合って座るのは、ダリオ＝アッシェ。渋いお顔に鍛えた体躯《たいく》で、いかにもな騎士団長的風貌《ふうぼう》だった。

ディアが聖獣に昇華した直後、気を失った私が目を覚ましたら、夏休みが終わるまで、残り二日。しかも目覚めたのは、夕方。兄の専属執事長にそれを聞かされた私は、膝《ひざ》から崩れ落ちた。二週間も眠り続けていたなんて。

もちろんSSS《トリプルS》定食の為《ため》に、兄の制止なんか無視。新学期開始日から絶賛登校中よ。

「しかし、あまり眠れていないようだが……」

「明日からは、しっかり眠る予定ですのよ」

学園生活の合間に、不眠不休で色々活動していたから、仕方ない。目の下で、薄青く存在感をアピールするクマさんの衣替えと永住権は認めない。体は若いもの。

「それで、わざわざこんな所に来て、お願いとは？」

「息子さんを、私に下さいな」

やっと本題に入れるわ。この人も何かと忙しいでしょうし、長居は無用ね。

「……息子、とはどれだ？」

「ヘインズ第三公子でしてよ」

「愚息が犯したこれまでの公女への愚行も、今や使い物にならん事も含めて、そんな屑《くず》を引き取っても、公女には負担だろう」

訝《いぶか》しむのも当然よね。それだけワンコ君が正義感溢《あふ》れていた頃の過去も、絶賛寮に巣ごもり中の現在も酷《ひど》い。

「適材適所でしてよ。卒業後の騎士の道も諦《あきら》めたようですし、何より疑心暗鬼で人前に出る事すら、恐れるようになったとか。最終学年で、一学期の出席率も悪くはなかったから、このまま少し引きこもっていても、卒業はできるでしょう。何よりでしたわ。卒業後は完全なる放逐が決まったと、小耳に挟みましたの」

そっと一冊のノートを、鞄《かばん》から取り出して見せる。

「これは……一体どこで」

あらあら、一瞬目が左右に揺れたわ。口調からして、ノートの存在は知っていたのね。

「うっかりたまたま、手に入れてしまいましたの」

「うっかり……ああ、愚息の物か」

ん？　誰の物だと思ったのかしら？　何ページかめくってからの、安堵《あんど》は……ハッ、もしかして……いえ、それは、まあいいわ。物《もの》っ凄《すご》く興味があるけれど。

「左様ですわ」

「しかしこのノートが、何だと？」

「そのノートを見てしまったからこそ、彼が欲しくなりましたの。そうですわね……いくら主《あるじ》と決めた者に準じたとはいえ、長らく公衆の面前やそうでない場でも罵倒《ばとう》され続けたお詫《わ》び、とでも思っていただければ」

そう言うと、凛々《りり》しい眉《まゆ》がピクリと動いた。警戒させたかしら？

「特に金銭は要りませんから、彼の身一つで手を打ちましてよ。少なくとも、これまでアッシェ家の公子の非道な行いを把握していなかった、だなんて事はあり得ませんでしょう？　もちろんそれで、手打ちにしますし、これまで同様、騒ぐつもりもございません」

「そちらの当主も捨て置いたと……」

「これ、うちの当主がお渡しするようにと、先ほど頂きましたの」

カサリと胸ポケットから紙を出す。そこには一言。

【娘が望む物を寄越《よこ》せ】

先に魔法師塔へ行った時に、騎士団長にオネダリしたいと伝えた。内容も聞かずに、サラッと書いて渡されたけれど、それはそれで良かったのかしら？　まあ基本的に、興味はないのでしょうね。

「………………はぁ。だが誓約魔法で今後、我がアッシェを名乗る事も、騎士になる道も断つ。公女がアレを娶《めと》っても、旨味《うまみ》はなくなるぞ」

「……娶る？」

「違うのか？」

大きなため息を吐《つ》いての、最後の言葉に首を捻《ひね》れば、騎士団長も首を捻る。

暫《しば》し無言で、首を捻り合う私達。何なのかしら、この状況？

「……思い違いをしたようだ。あまりに趣味が悪すぎると、思いはしたが。どういう意図で欲しいのか、教えてくれ」

そうね。物凄く盛大な勘違いよ。

でも前世で結婚の挨拶《あいさつ》の際に、お相手の両親にそんな事を言っていたドラマのシーンがあったわ。私の言い方も、悪かったのね。

「言葉そのまま、欲しいだけでしてよ。放逐とはいえ、それは卒業後の事。それまでは違いますわね。親の温情なのか、はたまた当主として監視下におきたいのか。そのどちらかか、どれもかまではわかりませんが」

「それで？」

まあまあ、少し圧が出ている？　もちろん気にしない。

「そもそも悪魔や魔法呪の件は、私達には黙秘命令が下っておりますの。単に原因不明の集団魔力減少事件に巻きこまれただけ、というのが表向きの話ですわ。である以上、誰の落ち度でもありませんもの。もちろんロブール家の元養女も然《しか》り。表立っての罰は与えようもありませんから、あの箱庭への転移前後の件で、決まった事に対しての現状維持」

ピクリと太い眉が動く。そうね、第二王子と連れ立って侵入した件は、表立っていないもの。

「しかしそれが事実上どこまで続くのかは、わかりませんでしょう？　それに私自身、彼を信用してはおりませんの」

「つまり？」

「彼を引き取ったものの、彼を通して何らかの干渉を何者かから受けるのは、避けたいだけでしてよ。私、ベルジャンヌ王女亡き後、この国で唯一の聖獣の契約者となっておりましたし」

ちなみにディアの事は、あの秘密の小部屋にいた私達以外には、秘密なの。

リアちゃんの事は奥の手を使ったから、上手《うま》く誤魔化せた。寿命を迎えてもういない事は、父の方から報告してある。

「ですから彼に関わる全てを、今この時よりアッシェ家には放棄していただきたくて。もちろん卒業後に放逐されるのは知っていて、こうしてお願いに伺いましたのよ」

何せ速やかに彼を活用したい上に、色々とバレるのも避けたい。

「なるほど。アッシェ家が利用価値を愚息に見出《みいだ》しても、放逐を撤回せず、その後にどう利用価値が出ても、再び取りこもうとしない。もしくは愚息が自らすり寄ろうとしても、突き放せと？」

「ええ。仮におじ様が当主のうちはそうしなくとも、その後の事までは、わかりませんわ」

あら、軽く威圧が？　貴方《あなた》も実際にはそうするかもしれない、と皮肉っているのに気づいたのね。

「それにアッシェ家の者を信じる気にはなれませんし、それはお互い様でしょう？」

「……ほう？」

騎士団長は威圧感を強める。けれど私が怯《ひる》むどころか、淑女の微笑《ほほえ》みを崩さないからかしら？

彼は暫《しばら》くして、ふうっ、と息を吐き、雰囲気を戻した。

「無才無能で貴族の社交場に顔を出した事もなく、第二王子が取り巻き共々、長らく馬鹿にし続け、あらゆる責任からも、王子妃教育からも逃げて義妹を虐げ続けた公女。だったか」

「ふふふ、ある部分は事実ですから、否定も致しませんわ」

「父親のロブール公爵の事は、ある程度知った仲だ。彼の反応を見ていたから、噂《うわさ》を鵜呑《うの》みにはしていなかったが、これ程差があるのも珍しい。良いだろう。どのみち公女には愚息の親として、折りを見て償うつもりでいた。学費や寮費は既に卒業分まで支払っているし、それ以外の物も学園にいる限りは、今年度までうちで負担する。しかし今この時より、愚息からは完全に手を引くと誓う。卒業後の援助は当然、一切無しだ。アッシェ家からも、本日付けで除籍する」

「ありがとうございます。お仕事中にお時間を取らせ、申し訳ございませんでした。それでは」

「ああ、そこまで送ろう」

「何の知らせもなく訪れた、礼儀知らずですもの。お構いなく」

「ふ、そうだったな。気をつけて帰られよ」

私の方も四大公爵家の当主にして、この国の騎士団長に最初から無礼を働いている。身のほどは、わきまえなくちゃ。

にこやかな微笑みはそのままに、城の敷地に併設されている騎士塔の団長室を後にする。

元婚約者との顔合わせ以来ね、ここに来たのは。いつぞやはそこの庭園を抜けて、一人帰った。

『うまくかくれんぼできてた？』

私の頭にいた新顔聖獣のディアが、念話で可愛《かわい》く確認。実はずっといたの。

まだ魔法で身を隠すような、調整を利かせる魔法は荒削りで、父には早々にバレてしまった。けれど少しずつ力の使い方を練習して、実践を積んでいる。

『とっても上手になったわ、ディア』

実は騎士団長も違和感に気づきそうだった。私がこっそりフォローしていたけれど、今はそっと胸に留《とど》めておく。幼い子だもの。褒めて伸ばしてあげなくちゃ。

それにしても今日は、シエナが通学で使っていた馬車で来たから、ここを反対に抜けて馬車停《ど》めまで行かないといけないのだけれど……。

騎士塔を出たあたりから、ずっと視線を感じている。

あらあら、やっと声をかける気になったみたい。背後から気配を殺して、近づいてきた。

「これはこれは。久しぶりだね、ミハイル君の妹ちゃん」

「まあまあ、ビックリ。お久しぶりですわ。ニルティ家の次期ご当主」

軽い感じで声をかけてきたのは、ニルティ家の長男。ミルクティー色の髪に、先代王妃と同じ緑灰色の瞳《ひとみ》の青年は、相変わらず雰囲気が独特。

前世でいうところの、チャラ男に見せているけれど、何だか抜け目が無さそう。確か兄の三つ年上だったかしら。

「ウォートンと呼んでくれたまえ。騎士団に用があったのかい？」

「頂きたいものが決まりましたから、おねだりに」

「ああ、第三公子の行き過ぎた言動への対価かな？　何故《なぜ》今になって？」

「ふふふ、忘れていただけでしてよ。先日お父様と一緒にいらしたところを、偶然お会いしましたの。その時にふと、思い出しましたわ。どうせなら甘えてしまおうと、押しかけましたのよ」

他家の事なのに、随分と事情通で、何だか色々化かし合いね。明言は避け、どちらかというと、私の方が非常識に取られるよう伝えてみる。

「それなら、うちの元公子もそうだ。何か欲しい物があるなら、教えてくれないかね？」

今は亡き家格君については、ちゃんと落とし前はついている。からみたいだけ？

「それに関しては、既に頂きましたわ。そこまで厚顔無恥でいると、お兄様に怒られてしまいます」

「ならば個人的に仲良くしたいから、贈らせてくれないかい？　可愛らしい妹を持つ兄気分を、たまには味わいたいのだよ」

「個人的に仲良くする理由を、持ち合わせておりませんわ。今からでもご両親に、妹をおねだりなさってみてはいかが？」

もちろん、しっかりお断り。早く帰ってやりたい事もあるし。

それよりこの人の顔、初めて会った時から、どこか見覚えがあるのだけれど……。

『おかあさんに、しつこくいいよるおとこ……てき？　てきはボンするって、キャスおにいちゃんと、ラグおじさんいってた』

ディアの念話に、我に返る。うちの天使に何を教えているの？　ボンて何かしら？

『待って、ディア。力の使いどころは、後でゆっくり話し合いましょうね。あと彼は、敵というわけではないのよ？』

『そうなの？　いつでもボンするから、いってね』

『ええ、ありがとう』

絶対言わない。ボンて、まさか爆破系？　うちの天使に殺傷能力は、求めていない。

「それは随分とつれない事を。流石《さすが》ミハイル君の妹だ。そんなところは良く似ている」

「あまり言われない事を言われると、嬉《うれ》しくなりますわ。公子は何故こちらに？」

「ウォートンだよ。なかなか打ち解けてくれないところも似ているね。これでも一応第一王子の側近なのだよ。それよりこれから、本を買いに城下に出るんだ。付き合ってくれないかい？」

「今日はやる事がございますの」

「そうか、残念だよ。最近巷《ちまた》で流行《はや》りの小説を買いたくてね。何かおすすめがあればと、思ったんだ。君はどんな本を読むのかな？」

「特に本は読みませんの」

嘘《うそ》よ。最近は懇意の出版社に時折送られてくるという、私小説を読ませてもらっている。

「そうかい。素晴らしい小説があってね。巷で人気の小説家なんだが……」

お断りムードが、効かない。嬉々《きき》として話し始めちゃった。

「庶民から貴族まで、うら若き乙女達からご年配の淑女方まで、幅広い年齢層の女性全般に、うけが良いのだよ。小説の内容も定番の男女物から、紳士淑女同士もありの、軽いものから深いあれこれまでと、これまた幅広いジャンルの小説を流布している。もちろん一部の紳士にも、ファンがいてね。ファン層が、とにかく多様なのだよ」

なんと⁉　そんなオールジャンルに、オールマイティな小説家が⁉

「それはなかなか幅広くて、素敵ですわね」

はっ、気づけば話に乗せられた⁉　ニルティ家次期当主、恐るべし！

「しかもなかなか、良い世界観なのだよ。話の筋道もしっかりしていて、ブレない」

くっ、気になるわ！　そんな小説なら読んで……。

「今では自ら並んで買っていてね。だが不定期刊行で、次に刊行されるのがどの作品の続編か、はたまた新作なのかがわからないのが、悩ましい」

あらあら？　何だか私の小説を販売する、出版社から聞く言葉みたいな内容……。

「ニルティ家の影たちが総力をあげて、次の刊行日とどの小説なのかを探っているが、これがなかなか尻尾《しっぽ》を掴《つか》めない。そこがまた、そそるのだがね」

「……」

「そうそう、令嬢におすすめするなら、やはり【子狐《こぎつね》コンコンの道草で縁結び】だろうか。今より初々しさがあって、少し文字数も少ない。初心者には、読了しやすいのだよ」

それは私がキャスちゃんにおねだりされて書いたやつ‼　全年齢向けサラッと恋愛ジャンルよ！

思い出した！　この人私の小説の読者様！　何度も販売所で見かけたわ！　もちろん鬘《かつら》を被《かぶ》って魔法も使って、気配も変えていたけれど、読者様歴の長い人だもの。特定してしまったじゃない！

四公の次期当主が、直々にお買い上げに来ていたの⁉　それも有り難い事に、人気が出て販売規

制がかかるようになるまで、一人で五冊もお買い上げしていただいた、長らくのお得意様《ガチ読者様》⁉

こんなところで出会うとは、何てミラクル！　いつもお世話になっております！　思わず両手を合わせて拝みそう！

『どうしたの？　ボンしようか？』

『駄目よ、ディア。彼は長年私を支え続けてくれている、とっても大事な人なの』

『えっ……お、おかあさん……とられ……ちゃ……ふ、ふえっ、ふえ〜ん！』

『まあまあ？』

——ゴッ……ゴロゴロ……。

「ん？」

「……あらあら？」

何か彼の頭に落ちて……コロコロ私の足元まで転がって……テニスボールサイズの……雹《ひょう》？

「おやおや？」

と思ったら、本人も意味がわからない的な様子で、グラリと揺れ、倒れてしまっ……。

——ドスッ、ドスッ……コロコロ……。

『ふえぇぇぇ！　ふえぇぇぇ！』

——ドッ、ドッ……ゴロゴロ……。

まあまあまあ？　泣き声に合わせてちょっとずつ塊が大きくなっている⁉　しかも上手く私を避けて落ちてくる！　コレがまさかのボン⁉

『ディア、違うのよ。泣き止《や》んで？　でないと私が泣いちゃう』

だって長年の読者様が、一人お亡くなりに……。

「ぅぅぅ……」

あら、頑丈な石頭だったのね。一応、二発目以降は当たらないよう、直前で風の魔法をぶつけて砕いていたのだけれど。念の為しゃがんで、ツンツンしてみれば、身じろいでくれた。

『ふぇぇ……なくのだ、だめぇ。ディア、なきやむぅ、ぐすっ』

『良い子ね』

もしかしてディアは、リアちゃんの力を引き継いだ能力で、温度管理ができるようになったのかしら？　家庭用かき氷器があったら、ちょうど良さそうな大きさの雹。折角だから持って帰って、クラッシュ氷に……。

「公女！」

唐突に二の腕を掴んで引っ張られ、つられるように立ち上がる。

「まあまあ、ちょうどよろしいところに」

「何事……いる、のか？」

出現した第一王子がそう言って、私の頭の辺りの、見えない何かを見ようと目を凝らす。

あらあら、父に引き続き、王子にもディアに気づかれたわ。

「ええ。それよりも季節外れの雹が降ってきて、ヒットしましたの」

公子を指差して、天災を主張してみる。

※※舞台裏※※　事件後～公女の保護者～（レジルス）

「ウォートンか。放っておくと……」

「はっ、俺は……イテテ」

このチャラ男め。城の一室で政務中は、窓の外を見てやる気がなさそうに呆《ほう》けていたくせに、突然意気揚々と退出したと思ったら。頭からそれとなく血を流しているが、知らん。

恐らくそこの派手な亀鼠《かめねずみ》が奴《やつ》を敵視して、雹で撲殺しようとしたのだろう。

俺を差し置いて想《おも》い人に会っていたのだ。もう少し黙って地に沈んでいれば良いものを。

亀鼠は亀鼠で、想い人から見えていないのを良い事に、俺を睨《にら》んでいる。姿は魔法で隠しているが、まだ拙い魔法操作だ。一度見つけてしまえば、見る事は容易《たやす》い。

無論、俺が王族で、奴が聖獣だから敵視しているのではない。

あれは独占欲。俺と同類の眼差《まなざ》しだ。俺達は惚《ほ》れた者を奪い合う、熾烈《しれつ》な敵対関係なのだ。

あの桃金の柔らかく、艶《つや》のある頭の所有権を巡って対立する、狐《きつね》と竜の聖獣達もそうだ。

「気がつかれまして？　雹が降ってきましたのよ。頭は平気かしら？」

「あ、ああ……雹？」

それにしても亀鼠は、何故《なぜ》証拠が残る雹にした。まだ暖かいのに、時季外れもいいところだ。チャラ男が公女を訝《いぶか》しんでいるだろう。この下手くそが。

「ええ、雹。天災って怖いですわね。王子、血が出てらっしゃるので手当……」

チッ。チャラ男を気にしてやるとは、相変わらず優しすぎて、色々な意味で心配になる。

魔法でサッと表面だけ雑に閉じ、血止めだけしてやる。

職務放棄し、俺の想い人をチャラチャラ口説いた側近など、それで十分だ。抗議の眼差しなど、知らん。後で内出血するだろうから、針でも刺して出しておけ。

「もう治した。この後の予定は？」

「先ほど騎士団長に発注した者を、早速捕《と》りに行こうかと」

「……何となく何かが響きと違う気がするが、どこに取りに行くのだ？」

それまでのすました淑女の微笑《ほほえ》みが、僅《わず》かに変化した。想い人のどことなく浮ついた感情を、俺の直感がキャッチし、独占欲から警戒アラートが発せられる。

「ふふふ、学園の男子寮まで」

「……何を？」

「ふふふ、ただのヘインズを」

「……何故」

直感は当たっていた。想い人自ら発注したのが性別・男だった事に、黒い感情が湧き起こる。

「ふふふ、慰謝料代わりに体を使って、奉仕していただきますの」

うっとりした顔で……何……体を使って……奉仕⁉

形容し難い感情が、汚泥のようにドロドロと胸中に渦巻く。それでも顔に出さないでいられるのは、王子教育の賜物《たまもの》だ。

「……俺では駄目なのか？」

俺ならいくらでも奉仕する。どうか俺だけにして欲しい。縋《すが》る気持ちで聞いてみるも、予想通り想い人からは、怪訝《けげん》な顔つきが返ってくるだけ。俺の顔では切実さが伝わり難《にく》いのがもどかしい。

「……殿下にいただく慰謝料は、元々ございませんわ。そもそも、駄目ですの。何があっても絶対服従、どんな要望にも応えていただくドM気質でなければ、私の要望には応えられません。それに恐れ多いのですが……殿下では、技術的にも力不足かと」

「……アッシェならば、それができると？」

遠慮がちに、性癖をあけすけに語られてしまうが、そこでニヤニヤ笑いを始めたチャラ男よ。消されたいのか？

いや、それより先に、想い人の満足度を満たせる技術を学ぶべきなのか。

「既にその片鱗《へんりん》は確認しております。後は少し仕こめば、ふふふ。きっと私を夢心地にしていただけるクオリティに仕上がりますわ」

何だと……まさか既に試し済み!?　頬を赤らめてナニをどうやって確認した!?

「くっ……いや、しかし男子寮に女生徒が一人で入りこむなどと知ったからには……そう、学園での職務上看過できない。俺もついて行く」

ド黒く嫉妬《しっと》に歪《ゆが》みきる感情を、何とか胸に抑えこむ。かくなる上は職権乱用で、邪魔してやる！

「一人ではございませんわ。お手伝いのオネエ様もいらっしゃいますもの」

「……三人で、だと」

お姉様⁉　何のサポートをさせるつもりだ⁉

「ほうほう、お姉様。それは私もぜひ、見物したいものだ」

チャラチャラ、話に入ってくるな！　鼻の下が伸びているぞ、この変態が！　見物など許さん！

「……あらあら、長らくの読者様なら……いいえ、だからこそご遠慮願いたいわ」

「……ウォートンを近づけないようにしたいなら、俺だけを連れて行く方がまだマシではないか？

もちろん俺は……校則に抵触しない限り、見守ると誓う」

抵触した瞬間、問答無用で止めるがな！　俺が王子でいる意味は、この為《ため》だったに違いない！

「……はあ、わかりましたわ。殿下だけでしたら」

「何ともつれない話だ」

「ウォートン、例の資料を作っておけ。ついてくるのは許さない」

「何もそこまで殺気立たなくとも……わかったよ。あまり長居しないようにしてくれたまえよ」

チャラ男よ、苦笑しつつ想い人にウインクとは、良い度胸だな。戻ったら仕事を倍増してやる。

「それでは行こう……」

そう言って手を差し出せば、遮るように雹が降ってきた。

「まあまあ、まだ色々不安定ですのね。エスコートは結構でしてよ」

「……そうか」

想い人はいつもの微笑みを俺に向け、頭の亀鼠を一撫《ひとな》でして、スタスタと向かってしまう。

軽くこちらに振り向いた亀鼠は……随分と嬉《うれ》しそうにほくそ笑んでいた……チッ。

生まれたての子供だろうが、性別がどうだろうが、聖獣だろうが、俺が大人げなかろうが、関係ない。俺の想い人への執着と独占欲は、過去に魔法呪となったせいか、それとも本来の気質かはわからないが、自分でも自覚するくらいには酷《ひど》い。

だが長年、あの異母弟に縛りつけられ……まあ彼女は徹底した逃げの姿勢を貫いて、自由を満喫していたようだが。

それでもあの愚か者は、言葉でも態度でも彼女を貶《おとし》め、傷つけようとしてきた事は明白。

俺がもっと早く婚約を申し出ていればと、悔やまれる。

俺を救ったあの幼女の存在は、恐らく父親の魔法師団長によって秘匿された。王子としての地位が傾きかけていたのもあって、顔も知らないあの子が誰だったのか、特定するのに時間がかかった。

加えて俺は呪われ、明らかに命を狙われていた以上、ロブール家の公女だとわかっても、簡単に接触するわけにもいかなかった。

正直、王座に興味はない。だが下手に関わって、俺が原因であの子に何かあれば、もう生きる理由が無くなりそうで怖くなったのもあった。

だから彼女が十歳となる時、婚約を打診できる状態にする事を目標に、努力した。腹黒く策略を巡らせる事も、この頃に覚えた。

ウォートンを使いつつ、彼女の兄、ミハイルに接触したのも、この為。

そうこうしているうちに、まさか彼女が十歳目前であの異母弟と婚約するなど、思いもしなかった。人気《ひとけ》のない学園の廊下ですれ違う度、攫《さら》ってどこかへ閉じこめようと何度葛藤《かっとう》したことか。

側妃が何故、彼女との婚約を急いだのか。表向きは王妃である俺の母親との仲も悪くはない。側妃の実の息子への王位継承にも、積極的には出ない。

だが実の息子と彼女の婚約解消の際、激しく抵抗していたのは他ならぬ側妃だった。側妃は間違いなく、彼女に執着している。

そんな彼女は公女として生まれる以前の、ある者の記憶を内在させているかもしれない。狐の聖獣の契約名を聞いた時、そう直感した。同時に実力を隠し、自由を選ぶ理由も察した。

彼女は今、のびのびとした生活を送っている。だからこそ、余計に彼女を縛りたくない。

だが、どこまで俺は耐えられるだろうか。

「こちらの馬車に、お乗りになりますか？」

彼女の声に、ふと、我に返る。どうやら馬車停《ど》めに着いたらしい。

「ああ、できればそうしたいが、駄目か？」

「……いいえ」

いつもの微笑みを浮かべ、了承する想い人。彼女の本心はどうあれ、機会は逃さない。共に馬車に乗りこみ、向かい合って座る。

桃金の頭を陣取る亀鼠が俺を睨むが、今は目の前の想い人にしか興味はないから無視だ。

「体はもう良いのか？」

一番気がかりだった事を尋ねる。亀鼠が聖獣に昇華した直後に彼女が気を失ってから、一度お忍びでロブール邸《てい》へ見舞いには行ったが、その時はまだ眠っていた。目を覚ましたと知らせを受けたものの、すぐに会いに行けず、まさか翌々日に学園で顔を見るとは思いもしなかった。

「ええ。聖獣ちゃん達とお父様のお陰でしてよ」

「魔法師団長？」

「左様ですわ。最後の最後で、私に魔力を補填《ほてん》してくれましたの。血の繋《つな》がった親子なだけあって、魔力の親和性も高かったようで。もしかしたらリアちゃんはそれを見越して……とにかく、あれが無ければ今頃、SSS《トリプルS》定食を諦《あきら》める事態になっていたかもしれませんわ」

あの時、明らかに彼女の体は悲鳴を上げていた。あんなにも強大で精錬された魔力は、絶えず尽きかけ、無理矢理聖獣達がそれを補填するという荒行だった。にもかかわらず、彼女は最後、気力だけで最も適性度が低かっただろう土属性の魔法陣を、完璧《かんぺき》に動かしきった。

属性の適性度が明らかに低い魔力を、無理矢理動かしたのだ。心臓に大きく負荷をかけ、最悪止まる可能性だって十分あった。

彼女が考えているように、聖獣ヴァミリアが血の繋がる父親を、不測の事態への対処をさせる為に招いたのなら、招かれざる客は俺だけだったのかもしれない。

しかし今はそれよりも、まだ顔色も冴《さ》えない中ですら、SSS定食にかける異様な程の情熱と執着を、一欠片《ひとかけら》で良いから俺にも向けて欲しいと思ってしまう。そんなに良いのか、SSS定食。

「……そうか。陛下にはやはり、複数の聖獣との契約を伝えないのか？」

「ええ。私が自由でいたいと思っている以上、国が知ったところでどうもできないのに、つまらない摩擦を生んでも仕方ありませんでしょう？」

確かにそれはそうだろう。何せ嫌な事を嫌だと言って、国を出て行かれる方が損失となる。

魔法師団長も、何かのしがらみに娘を縛りつける事だけは、望んでいない。

ただ、娘という存在に興味はなく、魔法の使い手であるラビアンジェという人物への興味があるという、ややこしい親子関係になっている気がしなくもないが。

「……そうか。しかし陛下は何故、そなたが聖獣ヴァミリアと契約していた事には、以降触れずにいる？　先週、魔法師団長と共に謁見したのは聞いた。知っているのは他に、俺と王妃だけだが、その時何かされたのではないか？　他の聖獣については黙っていたが、ヴァミリアは騎士団長やミハイルも目撃した。それ故に話さないわけにもいかず、勝手に話してすまない」

そう言って頭を下げた。彼女が目覚めて早々、陛下はその逃走癖を見越し、謁見せよと直々に王命という形で招集をかけてしまった。

にもかかわらず、以降その話が一切出ないのが、どうにも解せない。

「少なくとも全ての四公当主と次期当主くらいには、四公直系の公女が、聖獣と契約していた事を伝えたがる。そう思っていたのだが……」

「ああ、その事でしたら、隠し通せるとは考えていなかったので、お気になさらず。特に何もなかったのは、リアちゃんが私の小説の熱烈な読者で、陛下がその小説をお読みになったからでしてよ」

その時の事を思い出したのか、いつもの淑女らしい微笑みは年相応の少女のものへと変わり、くすくすと柔らかく笑う。

保健医として彼女の腕を治癒した時、初めてその微笑みを見た。何とも可愛《かわい》らしくて親近感を覚え、俺だけに向けて欲しいと願わずにはいられない。

「小説？」

「左様ですわ。私、小説を気紛れに書いておりますの。中でもリアちゃんお気に入りジャンルに、大奥シリーズというものがありまして。それを陛下にもお見せしたら、名誉の為にも秘匿すると、お決めになられたみたいですわね」

「名誉？　何かの暴露小説か？」

もしやベルジャンヌ王女の真相を？

「何の名誉かはわかりませんけれど、そうですわね……私の方にも、そこは誰であっても伏せておくようにと、厳命されましたわ。なので、秘密です」

だとするなら国王として秘匿を厳命するのも、わからなくはない。

それよりいたずらっ子のような顔をしたが、それもまた可愛らしいな。秘密だと言うのなら、それが確信犯であったとしても、もちろん俺は気づかないふりをして従おう。

陛下も公女にして、聖獣の元契約者という立ち位置ならば、無下には扱わないはず。

心の中でうんうんと頷《うなず》いていた、その時だ。

「着きましたわね」

随分ウキウキと浮き立った様子で窓を見るが、そんなにヘインズに会いたかったのか⁉　黒い感情が再び胸に渦巻く。

しかし馬車は無情にも、学園の裏門で停まってしまった。寮への最短距離ときたか⁉

「公女、本当にアッシェに会うのか？」

「もちろんでしてよ。あ、ガルフィさん！」

話の最中だったたが、御者が馬車のドアを開けると、彼女は何者かに気づいて、男の名前を大きく呼んで出てしまった。本来なら男が先に出て手を差し出すものだが、外に男が待機していたのか⁉

「もう、遅いわよ！　待ちくたびれちゃっ……って、何連れてきてるの⁉」

「ふふふ、成り行き？」

「心臓に悪すぎるわ！」

慌てて公女の後に続けば、ハスキーな声に驚かれてしまう。

声の主は、女性にしては背が高くスラリとした体型だ。ゆるい癖と艶《つや》のある、アッシュブラウンの長髪に、ダークグレーの瞳《ひとみ》。世間一般的には、美人と称《しょう》される外見だろう。

穿《は》いているスカートは、公女の物とどことなくデザインが似ている。華美ではないが、かといって動きやすそうな、洗練されたデザイン。

……どこかでこの者を見た事があるような？

「殿下、こちらは私が昔からお世話になっている、城下の保護者の一人のガルフィさんですわ。ガルフィさん、こちらはレジルス第一王子殿下で、今は全学年主任として、急きょご一緒する事になりましたの」

「……そうなのね。初めまして、ガルフィと申します」

それまでの慌てた様子を一瞬で霧散させ、艶のある微笑みを浮かべる。平民なのだろう。軽く一礼するに留《とど》めた。しかし、その所作に隙はない。

平民からすれば、王族の俺は畏怖《いふ》の対象だろうに、最初こそ驚いていたものの、随分と肝が据わっている。

想い人が小さな頃から生きる為に、城下で仕事をしていたのは、調査報告書で知っている。知ってすぐ、居ても立っても居られず、密《ひそ》かに手を貸そうと城下へ忍んで出た事もあった。だが既に平民ラビとして、のびのびと彼らの生活に馴染《なじ》んでいて、見守るだけに終わってしまった。

この者は昔から城下で彼女の成長を見守ってきた、大人の一人であるらしい。

「ああ、今は主任と呼んでくれ。今日は男子寮に行くと小耳に挟んだのでな。いくら目的の者の保護者から了承を得たとはいえ、男子寮に女性だけで向かわせるわけにはいかない」

想い人とナニをするつもりかはともかく、想い人が保護者と認めて頼ったくらいには、心を許している人物だ。しっかりと経緯を説明し、信用は得ておきたい。

「これ、許可証でしてよ。さあさ、まいりましょう！」

随分と張り切っている想い人は、スカートのポケットから取り出した、入園許可証を保護者に押しつける。直後に親しげに腕を絡め、意気揚々と歩き始めた……俺もそれくらい、親しくなりたい。

「もう、せっかちね」

「ずっと探し続けてきたのだもの。許可も得たし、準備も万端！　一秒でも早く仕こみたいの！」

「はぁ、ある意味ざまあみろと思う反面、ちょっと気の毒ね」

「ふふふ、これまでの失礼分は、この為のツケだったのよ！　しっかり取り立てさせていただくわ！」

どうせならあの愚弟の異母兄として、俺からも取り立ててくれれば……。

そう仄暗《ほのぐら》い気持ちを抱えながら、すぐ後を追う。いつもより速い歩調の想い人に合わせて歩けば、俺の願いを裏切るかのように、早々に目的地の前に辿《たど》り着《つ》いてしまった。

想い人が雄部屋《おべや》を予《あらかじ》め知っていた事実に愕然《がくぜん》としている間にも、ノックして目的の人物が出て来ないのに痺《しび》れを切らした彼女は、懐から針金を二本取り出して、普通に鍵《かぎ》を開けてしまった。

魔法も使わず数十秒で開けてしまうのだから、いつでも針金があれば、不法侵入できてしまうな。

これ、主任として見過ごして良いのか？　まあ良いか、寮費を支払う保護者の許可を、人権諸共《もろとも》手に入れているようだし。

「開きましたわね！」

ああ、親指を立てて得意気な様子で、こちらに振《ふ》り撒《ま》く笑顔は、何とも清々《すがすが》しく、年相応に溌剌《はつらつ》として可愛らしい。

「うちの子、犯罪者の素質ありね」

保護者が呆《あき》れつつも、褒めるように頭を撫《な》でている。そのポジション、代わってくれ。

ずっと頭に鎮座していた亀鼠は、サッと回転して腹を差し出している。保護者が実際に撫でているのはこいつの腹だ。現実では頭から少し手が浮いているが、しれっと幻覚で誤魔化している。

中に入ればベッドの上で布団を頭から被《かぶ》り、怯《おび》えるアッシェがいた。

盛大な勘違いをして、異母弟や元公女と共に無才無能の悪女だと、いたいけな想い人に突っかかっていた騎士見習いが、見る影もない。

※※※※（ラビアンジェ）
「ひっ！　何者⁉」

なかなか出てこないワンコ君の部屋を針金で開けて中に入れば、やっぱり居留守を使っていたのね。少しは涼しくなってきたけれど、日中はまだ暑いせいか、布団を頭から被って汗だくだわ。

「ふふふ、お久しぶりですわね。随分と汗をかいていてらっしゃるけれど、水分補給はしておりましてね。

「ロ、ロブール公女⁉　何故、ここに⁉」

「貴方《あなた》のお父様であるダリオ＝アッシェ公爵より、貴方が私に対して行ってきた、これまでの暴言や、私の評判を現実以上に貶《おとし》めてきた行為への慰謝料として、貴方を頂く事になりましたの！」

「……は……い、いしゃ、りょ……ひぃぃぃ！　助けてくれ！　もう痛いのは止《や》めてくれ！」

私の言葉に目を丸くしたかと思えば、激しく怯えてしまったわ。体の力が入り過ぎるのも、良くないわね。

「でしたら私のお願いを聞いていていただけましてて？」

「聞く！　聞く、から、うっ、うぅっ、……」

布団をバッと飛ばして足下に縋《すが》りつかれたと思えば、とうとう泣き始めてしまう。

「それでは今日からこの方と、アトリエで暫《しばら》く過ごして下さいな」

「ガルフィよ」

「だ、誰だ！　平民か⁉」

オネエ様が私の隣に立てば、ワンコ君が取り乱したかのように平民と連呼する。

「ふふふ、素敵なオネエ様でしょう。ただ、貴方も既に平民でしてよ」

「ど、どういう意味だ⁉」

「アッシェ公爵は父親としてはもちろん、当主として貴方を見限りましてよ。今年度いっぱいの学費と寮費、学園にいる間の必要な諸経費以外、もう負担なさらないの。本日付けで貴方は除籍され、今後一切関わらないと宣言されましたわ。既に事実上の平民ですし、今の様子では騎士はもちろん、傭兵《ようへい》も難しそう。私が拾わなければ卒業後の生活は浮浪者街道まっしぐらでしてよ」

「そんな……俺は……どう、すれば……」

足に縋りつかれているから、ワンコ君の震えが伝わって私が震えてるみたいな感覚ね。

それよりそろそろユストさんが来る頃かしら？　アトリエを用意してもらったし、お礼を直接言いたいけれど、王子がいてちょっと邪魔。

もちろんユストさんがこの件に関わるのは、後々の利益があるから。

その為にも、小説の中でメガホンとウチワを使っているシーンを登場させるつもりなの。

私の小説の知名度が上がって、貴族階級にも読者が増えたから、売上次第では素材のランクを上げたグッズを、そちらにも流行《はや》らせるみたい。経営戦略ね。

アトリエを用意したのは、暫くの間雑音をシャットアウトして、前世の昭和な時代にあったと噂《うわさ》の缶詰部屋を再現する為。

ワンコ君は魔法呪の影響で精神ボロボロみたいだし、寝られていないようだから、ちょうどいいんじゃないかしら。寝られないなら体が自動で寝てしまうまで、寝かせてあげない！

「という事で、貴方は私が頂く事になりましたのよ。慰謝料も貴方個人から取り立てる事になりますけれど、公女たる私を貶め続けた期間を考えても、平民で将来は浮浪者となると、支払いは一生奴隷となって肉体労働しても、間に合いませんわね」

「あ……あ、あああああ！　ゆ、許してくれ！　奴隷は嫌だ！　頼む！　謝るから！　頼むよ！」

あら、誰も奴隷になれなんて言っていないし、他国はともかく、この国に奴隷制度はないのに。悪くて北の強制労働施設行きかしら。

そういえば、シエナはそこに送られたみたいね。眷族《けんぞく》達が教えてくれた。

あの子にも私が望む才能があれば、囲いこんだかもしれない。けれど完全な魔法呪の依《よ》り代《しろ》になって、手が震えていたのは致命傷。私も前世では六十代くらいから少しずつ震えるようになって、八十代の頃には、湯呑《ゆの》みのお茶はこぼさないよう、半分しか入れられなくなったわ。老化って怖い。

「ねえ、この子がラビに直接謝ったのってこれが初めて？」

「うーん……記憶の限りでは？」

なんて考え事をしていれば、オネエ様は嫌悪感も顕《あらわ》にワンコ君を睨《にら》む。美人の睨みと私の返答に、ワンコ君の震えと足にしがみつく手汗が酷《ひど》くなる。ジメジメ震度指数が高くて、ちょっぴり不快。

「普通に悪いと思ってたんなら、もっと早く謝れたんじゃないの？　騎士を目指してた割には、性根が悪すぎるわ」

「ご、ごめんなさい！　俺が悪かった！　だ、だから、だから……」

そういえば孫が小さい頃は、時々こうやって足にしがみついてきたわ。六十代までは、そのまま歩いて人間アトラクションを楽しんでもらったのよ。

「ええ、ちゃんとその体で払う物を払って、私達を満足させてくれれば、問題ありませんわ。もちろんその間の衣食、卒業後は住も、ご自分で稼いで支払うようになりましてよ。ただしお仕事はちゃんと斡旋《あっせん》しますが、私が思う技術を身につけられなければ……ね」

そう、この部屋で彼のノートに描かれたイラストを見た時から、私専属のイラストレーターとして、読者共々満足できる働きを所望しているの！

いつかはコミカライズできれば、最高ね！　まずは小説の挿し絵とポストカードからよ！

「私、達……不特定多数に⁉　しし、仕事……体、で……」

「ふふふ、まずは練習からですわ。必要な素材は、器具も含めて既に用意してありますの」

「ききき、器具⁉」

そうなのよ！　この為に大小や幅狭幅広の各種サイズのペンに筆に墨にと、寝ずに作ってきたんだから！

「ええ。それを使って、先に後ろ側の世界観を広げて頂く必要がありますわね」

「……後ろ、側……せか、い……」

怯えつつも、どこか呆然《ぼうぜん》としちゃうのも、わかるわ！　ワンコ君、貴方人物は得意でも、背景や装飾、陰影の表現はからっきしですものね！

「安心なさって。命の危険とは無縁のお仕事ですのよ。慣れれば騎士の訓練より、ずっと体は楽でしてよ。精神的には……どうかしら？」

締め切り前は、精神的に殺《や》られるっていうもの。それにこれから、缶詰めを体験してもらうし。

もちろん命のやり取りには、ならないけれど。

「そういうのはガルフィさんが得意ですの。それとこれ」

ガルフィさんの絵は絵画としては、売り物レベル。デッサン能力はピカイチ。

でも求めているのは、漫画やアニメ的な手法。私がお手本を見せようと描いてみても、ドン引きされるだけで、理解されなかったアレよ！

持っていたワンコノートを、オネエ様にも見てもらう。

「そ、れ……え……それ……」

そうね、勝手に拝借していたの。でももう彼の保護者権限は、私に移行したわ。大目に見てちょうだい。特訓の間も少しだけお給金を発生させるから、それで手を打ってもらいましょう。

「これは……なるほどねえ。確かに私には難しいかも」

「ええ、ガルフィさんは本格的ですもの。けれどそれこそが、私の望む世界観。現実味よりも妄想をかき立てる、主にそうした顔が欲しいの。そのノートの世界観を確立させつつ、ガルフィさんが得意な奥行きと、影の表現力を伝授してくれれば、最強でしょう？」

「そうね。そこを確立できれば……」

「売れてガッポリ！」

ガシッと力強く空中で腕相撲でもしているかのように、互いに手を組み頷《うなず》き合うわ。

ふふふ、この世界の小説に、挿し絵はないもの。売れちゃうわよ〜。

ああ、やっとワンコ君が足から離れ……それとなく後ろ手にお尻《しり》へ両手をやって、まるでお尻を守るかのように、ズリズリ後退？　未知なる恐怖を感じているかのような、随分な怯えられようね？

「お、おおおおお俺は……売られる、のか？」

「売るのは貴方では無くて、貴方がこれから身につけるだろう、手技でしてよ」

「しゅ、手技⁉」

背景の描き方、ベタ塗り、トーン張り。他にも色々ある。

「ひとまずこれからアトリエに行って、暫くは手技の特訓でしてよ。何をするにしても、ガルフィさんの指示に従うようになさって。ああ、それから……」

忘れていたけれど、ワンコ君は一応騎士見習いだったもの。反抗的なだけならまだしも、万が一ガルフィさんやユストさんに、怪我《けが》をさせてはいけないわ。

まあユストさんはともかく、ガルフィさんは王家の影だけあって、負けないと思うけれど。

でもそれはそれで、今度はワンコ君を反射的に反撃して、抹殺されても困る。

近づいて、人差し指をそっと右肩に当てて、再び紋をつけた。

「ひ、ひぃ、ひぃぃぃぃぃ！　や、止めてくれぇ‼」

「元通りにしておきましたわ」

元通りだけれど、今回のは他人に危害さえ加えようとしなければ、何も……あら、寝ちゃった。

そうね、アトリエについてから集中してもらう為にも、今は寝ていた方がいいわね。

「……何したのよ？」

「ふふふ、ああ言って触るといいって話を、思い出しただけよ」

にこやかに微笑む。もちろんオネエ様に本当の事は告げない。

「ねえ、これどうする？」

「寝不足だったのかしら？　ぎりぎりまで起きて寝落ちするなんて。小さなお子ちゃまね」

「白目を剝《む》いて、寝落ちはないんじゃない？　ああ、でもこのままの方が、運ぶのは楽ね。下手に暴れたり震えられたら、絞めたくなるし」

「あらあら。新しい世界を広げてもらわなきゃいけない、大事な商ひ……コホン、人材なのだから、しごき過ぎて壊さないでね」

何故かしら？　ずっと無言で見守っていた王子が、ギョッとしたようにこちらを見た？

「ラビにしてきた事を考えれば、使い潰《つぶ》してやりたくなるけど、金の玉子だと思って、潰さないように自制するわ」

「ふふふ、ええ。一応数か月以内に結果を残せるように、お願いできるかしら？」

「急いでいるの？」

「早くやってもらいたくて、そわそわしているだけ」

「もう、ラビ」

困ったように微笑んだオネエ様は、私の両頬に手を添わせる。両親指でクマさんを撫でた。

こんな風に触れてくるのは珍しくて、思わずきょとんとしてしまう。

と思ったら、今度はぎゅっと抱きしめられたわ。子供をあやすように、背中を軽く撫でる手は、大きくて温かくて、心地良い。

「気持ちはわかるけど、こういう事は焦らない方がいいわ。それにラビこそ、最近あまり寝てないんじゃないの？　大方、時々くる本能のような波に抗《あらが》えず、動きっ放しだったんでしょう」

「ええ、まあ……張り切ってしまったとは、思っているわ」

オネエ様のお見通しな保護者モードに、何だか気恥ずかしくなっちゃう。

「少し昂《たかぶ》り過ぎよ。必ず最短で仕こんであげるから、今日はもう帰って眠りなさいな。心配しなくても、アトリエはユストが手配したんだし、あいつは面倒見の良い儲《もう》け主義《しゅぎ》よ。私が潰さないように見張りつつ、そいつのフォローもしてくれるわ」

「……そう、ね。少し焦り過ぎていたのかも。そうよね、まずは今後の活動の為にも、土台をしっかり築いてからよね。じゃあ、後はお願いしようかしら」

少し硬いけれど、広い胸に抱きしめられると、気が弛《ゆる》んで、最近はあまり感じなかった眠気に、急激に襲われちゃう。

「良い子ね。任せなさいな」

そう言って撫《な》でるのは、相変わらずディアの赤いお腹《なか》だけれど。

その後は二人を残して、王子と裏門に待たせてあった馬車に向かう。

うちの馬車の真後ろには、既にユストさんが乗ってきた黒塗りの馬車が停まっていた。あの厳《いか》つそうな体格の御者が、ユストさんね。

片手を上げ合い、軽く挨拶《あいさつ》をすれば、ユストさんも何か察したのね。早く行けと言わんばかりに、追い払うようなジェスチャー。

王子と馬車に乗りこんで……気づいたら、兄の棟にある、自分のベッドの上だった。

※※※※（レジルス）

「眠ったか。少しゆっくり走ってくれ」

亀鼠を膝《ひざ》に乗せ、機嫌良く例のノートを見せ始めたかと思えば、想い人はすぐに眠ってしまった。

車内の揺れが気になり、御者に速度を緩めるよう伝える。

どうやら、あの保護者によって気が抜けたらしい。

亀鼠は相変わらず俺を睨んでいるものの、起こさないよう気を遣っているのか、無言無動だ。

負けじと見つめ返す攻防を繰り広げつつ、想い人の顔を眺めていると、ある肖像画を思い出した。

何枚かの小さな紙に描かれた少女。一枚を除いて、正面からばかり描かれた少女は、全て無表情で冷めた目をしていた。

だが一枚だけは、別の方向を向く少女を遠くから眺めるようなアングルだった。白いリコリスの花束を手に、柔らかな笑みを誰かに向けている少女。

恐らくその少女が、かの王女だ。白とも見紛《みまご》う桃銀の髪に、あの日公女が見せた藍色《あいいろ》と金環の瞳《ひとみ》。

眠る公女と、柔らかく微笑む少女の面影が、どことなく重なる。

描き手が何を思ってそれを描いたのかは、わからない。ただ全ての肖像画には、聖属性の魔力が宿っていた。

今、城に王女に関わる物は一つもない。いっそ不自然なほどに、彼女の生きた痕跡《こんせき》は消されている。あの離宮の小屋にすら、王女の物は無かった。悪魔を呼び出したなどという、不名誉極まりない嘘《うそ》を、現実にする為だったのだろう。

だとすればそれを指示したのは……彼女の父親であり、俺の曽祖父《そうそふ》だ。

「鼠」

声を落として呼びかける。亀鼠はピクリと身じろいだが、プイッとそっぽを向いてしまう。保護者には腹を差し出したくせに。

「そなたは王……いや、公女の体は本当にもう良いのか？」

亀鼠の見た目は動物なのに、何故こうも感情豊かなのか。不審人物を見るかのように一瞥《いちべつ》された。

しかし頭で思う事と、あからさまに違う事を言ってしまったのも確かだ。

考えていたのは言わずもがな、かの王女。

王女の瞳はもちろん面立ちも、公女とどことなく似ている。偶然だろうか？　だがそれを亀鼠に聞いたところで、答えが返るとも思えない。

あの狐なら、公女が口にした自らの祝福名も、狐だけが契約した名に別の者の名が組みこまれていた理由も含めて、知っているかもしれない。

王族にのみ与えられる祝福名は、生きている間、魂に紐《ひも》づいていると伝え聞く。王となる者が代々契約してきたある聖獣との、最古の約束の証《あかし》だと。

だが今では祝福名を決して明かさない。明かすなと、何故か本能が警告し、聞いてはならないと王族は教育を受ける。

その名を自分以外の誰かが知る事が、あまりに危険だと、かの王女自身が知らしめたから。

だがそれも、本来教わらない。俺達は理由を知らぬままに、ただ駄目だと教わる。

そうした些細《ささい》な痕跡すらも、王女に関わる物は城から消えているのだ。疑ってみれば他にも、もしやと思うような教えはいくつかある。

ただ曽祖父が名実共に蟄居《ちっきょ》してから移り住んだ、あの古い離宮にだけは、ある痕跡があった。古い日記とそこに挟まれていた一通の手紙。その手紙に使われていた印章は、白のリコリス。そして幾つかの小さな肖像画。

俺がその存在を知ったのは、魔法呪に侵され、人の死を伝染させるのが判明した後、一旦《いったん》移されたのが、その離宮だったから。

痛みと恐怖で魔力を暴走させ、壁を破壊したら、保存魔法をかけたそれらが出てきた。

肖像画にこめられた聖属性の魔力に触れた時だけ、痛みと恐怖が和らぎ、その魔力を消費しきるまで胸に掻《か》き抱《いだ》いていた。

日記と手紙は今、国王が別の場所に保管しているはずだ。戻った時には、既に無くなっていた。それがどこかを知る事ができるのは、立太子される者だけかもしれない。

——バサッ。

ハッとした。深く物思いにふけっていたようだ。物音に気づいて顔を上げる。

想い人の足元には、ノートが開いたまま伏せ落ちていて、何ページか折れてしまっていた。

いつの間にか、亀鼠も眠り始めたようだ。

音をさせないように拾い、折れたページを魔法で伸ばしておこうとした時だ。

見るつもりは無かったが、見てしまう。

それは人物画だった。剣を構えた騎士は、平民となったらしいヘインズ……か？　騎士が守るのは、今では顔が歪《ゆが》んだ老女となり、この絵の面影はどこにもないが……多分あの自己中を模した？

一応それぞれの人物近くに、名前も書かれているが、独特な画法だ。

落書きか？　何故公女はこれを見て、あんなにもうっとりとした顔を？

「……」

駄目だ、全くわからない。

この絵と、器具や背後や手技や奥行きという、いかがわしい言葉の数々が、全く結びつかない。

そもそも公女は、どんな本能の波に抗えなかったのか。

そそくさと無言でシワを伸ばし、ノートは彼女の鞄《かばん》にさっと仕舞えば、ロブール邸《てい》に着いた。

起こそうとしたが、馬車の中に押し入って出迎えたミハイルが、眠る想い人を起こさないように抱き上げる。

俺をひと睨《にら》みした後、有無を言わさず、俺はそのまま城に帰された。

エピローグ　事件から数か月後～妹の小説家活動～（ミハイル）

ここ数日、わが国の魔法師団と騎士団の公開合同演習があるからと、学園の魔法師科から各学年数名ずつが派遣され、俺もそこに加わっていた。全員が治癒魔法に長《た》けた学生達で、実技練習も兼ねているから、自身の経験にもなる。

公開と銘打っているだけに、最終日の今日は観客が多かった。この日だけは平民にも観覧が許される。人気者への声援と視線は、とにかく熱く滾《たぎ》っている。

特に今年、若い女性達の手には、ウチワとメガホンなる物が握られていた。

何でも巷《ちまた》で人気の小説家とやらが、そんな応援グッズなる物を、作中に取り上げたらしい。

更には挿し絵という、それまでの絵画と全く異なる類の絵を間に挟み、グッズの形を視覚化した。するとと今度は、ある大商会がそれに目を付けた。庶民に人気の大衆演劇で売り出し、結果は完売。

今ではその小説の挿し絵を担当した、絵師と呼ばれる者が描くイラストカードなる物も、売られ始め……って、俺の妹、何やってる？

そんな俺は学生達のリーダーとして、引率役をしている全学年主任のレジルスに、本日の報告をこの天幕でしていたのだが……。

「やあやあ、麗しの第一王子殿下、ミハイル君」

「……何故《なぜ》ここに？」

突然天幕に入って来たのは、ウォートン＝ニルティ。最近ではレジルス同様、名前で呼ぶようになったが、内心では相変わらず腹黒呼びだ。

「はっはっはっ。そろそろ演習が終わって、二人で逢《あ》い引《び》きする頃だと思ってね。タイミングを見計らったのだよ」

俺も隣のレジルスも、仕事だ。誤解されそうな言い方をするな。ウインクもするな。

「それにしても相変わらず、ロブール家は兄妹揃《きょうだいそろ》ってつれない。巷で流行《はや》りの小説が手に入ったから、是非君達にもと思ってね！　自分の分以外の初版が手に入らなかったのは残念だが、こうして重版された物は手に入った！　引換券を三枚手に入れるだけでも、大変だったのだよ！」

「……いらん」

「これぞ新たな世界！　小説に新風が吹いたから、貴族の嗜《たしな》みとして、遠慮なく受け取りたまえ！」

こいつ、初版と重版と両方買ったのか。俺の言葉は、無視して押しつけられる。

ん？　表紙にも絵がついていたのか。

確かにこれまでの絵画とは、どこか違う。しかし表紙は人物ではなく、庭園にセッティングされたティーセット。女性が好みそうな、柔らかな線で描かれている。

腹黒の期待の眼差《まなざ》しと、妹の新作かもしれないという興味心に刺激され、レジルスと共にパラリとめくる。

あ、やっぱり妹の書いたやつか。原本で見た、学園百合《ゆり》物の続編らしい。前作はヒロインである魔法師科の年下少女と、騎士科の年上女性との距離が縮まったところで終わっていた。

それにしても体調を心配していた妹が、先月あたりまでどことはなしに落ち着かず、夜も眠ってなさそうにしていたのはこういう事だったからか、と合点がいく。

妹の奇抜な魔法具で何とか魔法呪を片づけたあの時、俺の目の前で人生で二度目の聖獣が、突如妹の頭に現れた。ド派手な鬘《かつら》かと、一瞬目を疑ったのは秘密だ。

まさか妹が、あの稀代《きたい》の悪女の一件以降、初の聖獣の契約者だったとは。

その聖獣によって連れ去られた妹は、次に会った時、魔力枯渇から意識がなく、あの赤い派手な聖獣も、天寿をまっとうしたと聞いた。

妹を連れ戻った父は、珍しく気を利かせて心配ないと一言。正直、あの父がと驚愕《きょうがく》した。

だが今まで一度も、それが理由で倒れた事のない妹が倒れたんだ。心配しないはずがない。

「この……絵は……」

レジルスが押しつけられた小説をパラパラめくり、どうやら巷で噂《うわさ》の新世界を、覗《のぞ》き見《み》たようだ。

俺も雰囲気に負けてめくっていくも、妹の破廉恥さを窺《うかが》い見るようで、気が引ける。

別の事――妹とあの赤い聖獣、ヴァミリアの関係を考えて、気を紛らわせる。

あの聖獣は元々寿命が近く、逝く前に契約を切る作業で、妹は倒れたと聞いた。

何故妹が契約者になっていたのか、だが……。

妹はこの小説など比にならない、更に生々しさが大幅アップした小説を書いていた。

あの聖獣はそれを読み……まさかの大ファンになったとか。誰よりも早く自分が読みたいばかりに契約をし、その手の小説専用亜空間収納を妹に授けていた。

もはや聖なる獣の域を超えた、欲望まみれの獣。最古の聖獣の一体が、そんなんで良いのか。

その話を聞かされても、にわかには信じられなかった。当たり前だ。聖なる獣様だぞ。

しかし小説専用亜空間収納だけは、そのまま引き継ぐよう、いなくなる前に手配済み。そこから出した小説は……いや、内容は言うまい。

そして元聖獣の契約者だった、四大公爵家公女の存在は……国王陛下直々の厳命により、秘匿。

その理由は……いや、絶対言うまい。とにかくそう妹から直《じか》に聞かされた。

ちなみに契約についてのアレコレは、父と共に引き継ぐ現場に転移したレジルスも知らない。

『お兄様には心配かけましたから、内緒でしてよ』

そう言って、亜空間から出した小説を渡された。妹が兄の想像を突き抜けた、破廉恥作家だった事に、雷に連打されたかのような、強力かつ凶悪極まりない衝撃を受けた。

もちろん秘密を打ち明けてもらえる兄となったのは、大変喜ばしい。しかしその事は、墓場まで持っていく秘密にして欲しかった。墓場まで持っていく、俺の秘密となった。

貴重な亜空間収納の使い手となった妹だが、破廉恥本限定だ。使えない。

亜空間収納が、一体何基準で識別しているのか。

教養に関する本を入れれば、凄《すさ》まじい勢いで投げ返す。教養本が受付断固拒否と言わんばかりに、壁にめりこんだ。

「……まさか……」

ハッとしたような顔で、小説の隅々を読み始めたレジルスに、側近の腹黒はご満悦だ。妹が腹黒の教祖に思えてきた。面倒な相手に、破廉恥信仰を流布しないでくれ。

「そういえばロブール家の元養女は、突然消息を絶ったと聞いたぞ。その後進展はあったのかな？入学してからの素行不良は、病のせいだったそうじゃないか」

心配そうな顔を作ってはいるが、緑灰色の瞳《ひとみ》は興味津々だ。

あの悪魔の話の通りなら、シエナは生きられて数年。顔の歪んだ老女のまま、余生を過ごす。ロブール家の嫡女を、長年虐げて貶《おとし》めた。それればかりか自らの意志で魔法呪となり、無関係の学生達を危険に曝《さら》した。その罪は重く、平民として裁きを受けた。そう、平民として。

あの屋上に父達が到着する前に、入学時点まで遡《さかのぼ》って除籍されていた。

そして四大公爵家であるロブール家当主である父と、国王陛下との話し合いにより、秘密裏に刑が執行された。

死刑が無い我が国の、事実上の最高刑。大抵数年で重罪人が命を落とす、極寒の地での強制労働。もちろん終身刑だ。

とはいえ既に除籍していたにしても、最近だとそこのニルティ家も同じ事をしたといえど、元養女の仕出かした事を、いとも簡単に不問にしたわけだ。父は国王陛下とどんな話をしたのか。ずっと探っているものの、答えは見つからない。ただ一つ思い当たったのは、何十年もの間で唯一、聖獣と契約者だった妹が、ロブール家の公女だった事。

既に聖獣との信頼が失墜している、王家と四大公爵家だ。一度でも聖獣の契約者となった、王家に近しい家柄の公女。その生家に沙汰《さた》は下せない。

更にはその唯一の契約者を、王族の一人であるかつて婚約者であった第二王子が、四大公爵家の子息令嬢を煽《あお》り貶め続けたのだから、余計に。

「さあ、どうだろうな」

腹黒にそう返事を返しつつ、妹に想《おも》いを馳《は》せ、願う。

至らぬ兄として長らく苦しめてしまった妹には、今更王族や聖獣に縛られる事なく、自由に……いや、規格外の自由度を、適度な自由度くらいにしつつ、楽しく暮らしてくれればと。

あとがき

本書著者、嵐華子《あらしはなこ》と申します。たくさんの魅力的な作品の中から本書を手に取っていただき、心よりの感謝と共に、お礼を申し上げます。

デビュー作となる本シリーズ第二巻を無事お届けする事ができ、私自身は少々ほっとしておりますが、皆様いかがでしたでしょうか。

右も左も全くわからないままに書き上げた一巻よりも、読んでいただいた皆様に少しでも読みやすく、更に楽しくなったと感じていただけたなら、何よりです。

この二巻では主要登場人物たちの過去の傷に加え、義妹シエナとの決別、何よりもラビアンジェが大好きなモフモフ様《聖獣》とのお別れに触れております（それなりにダークな要素を披露したかと、実はドキドキしていたり……）。

しかし決して重苦しくならないよう、むしろ一巻以上にラビアンジェには兄ミハイルを振り回してもらい、ミハイルの心中ツッコミ力を大幅にレベルアップ。レジルスの初恋拗《こじ》らせモードはしっかりオンにし、最後に父ライェビストの魔法馬鹿《天然》っぷりを発揮させてみました。

一巻のあとがきでも書いたように、ラビアンジェ本人にその気はないけどコメディに、コミカルに何（誰）かにリベンジしているのだなと、皆様に感じていただけたなら、本望です。

よろしければ、今後とも温かい目で応援して下さると嬉《うれ》しいです。

そして応援して下さる皆様に、この場を借りてお知らせです！

なんとこの度、コミカライズが決定しました！

担当して下さるのは、昴《スバル》カズサ様。まさかの、自分が長らく読んでいた、某コミックをお描きになってらした方ではないか！　と、お話をいただいた時にはビックリ仰天でした。もちろんコミカライズのお話は即決。首を縦にブンブン振ったのは言うまでもありません。

連載開始時期などの続報は、カドカワBOOKS公式ホームページの他、私の方も本作のWEB版を掲載している小説サイト『カクヨム』にて、順次お知らせしていければと思っております。

昴カズサ様はキャラを美しくも可愛《かわい》らしくも魅せる画力をお持ちの方なので、今からとっても楽しみです。

そして二巻でも引き続きイラストを担当して下さった八美《はちび》☆わん様。

カバーイラストのリアちゃんの、不死鳥たる風格！　炎と彼岸花《リコリス》との朱や赤とのコントラストのとんでもない美麗さといったらもう、もう、もう！　口絵のディアナとのおでこコツンシーンのラビアンジェが、可愛すぎる！　お願いしたミハイルの照れた赤みに、何かが滾《たぎ》る！　といただいた画像データをニマニマとにやけながら、何回見返していたことか！　また、細かな後出し修正にもご対応いただき、感謝しっぱなしです。本当にありがとうございます！

一巻同様、何じゃこらな文章の修正にお付き合いいただいた編集様。本当に、本当にありがとうございます！　合間に褒めてくださるその手腕には、脱帽です！　余談ですが、教えていただいた助言を胸に、悪の貯肉組織との戦闘を継続します！　※何の事だとお思いになった方は、著者紹介欄をご覧下さい。

　最後に本作に携わっていただいた全ての方に、そして本書を手に取っていただいた方に、改めて心からの感謝を！

お便りはこちらまで

〒102－8177
カドカワBOOKS編集部　気付
嵐華子（様）宛
八美☆わん（様）宛

カドカワBOOKS

稀代《きたい》の悪女《あくじょ》、三度目《さんどめ》の人生《じんせい》で【無才無能《むさいむのう》】を楽《たの》しむ2

2023年11月10日　初版発行

著者／嵐《あらし》　華子《はなこ》

発行者／山下直久

発行／株式会社KADOKAWA

〒102-8177
東京都千代田区富士見2-13-3
電話／0570-002-301（ナビダイヤル）

編集／カドカワBOOKS編集部

印刷所／大日本印刷

製本所／大日本印刷

Printed in Japan
ISBN 978-4-04-075152-8 C0093

新文芸宣言

かつて「知」と「美」は特権階級の所有物でした。

15世紀、グーテンベルクが発明した活版印刷技術は、特権階級から「知」と「美」を解放し、ルネサンスや宗教改革を導きました。市民革命や産業革命も、大衆に「知」と「美」が広まらなければ起こりえませんでした。人間は、本を読むことにより、自由と平等を獲得していったのです。

21世紀、インターネット技術により、第二の「知」と「美」の解放が起こりました。一部の選ばれた才能を持つ者だけが文章や絵、映像を発表できる時代は終わり、誰もがネット上で自己表現を出来る時代がやってきました。

UGC（ユーザージェネレイテッドコンテンツ）の波は、今世界を席巻しています。UGCから生まれた小説は、一般大衆からの批評を取り込みながら内容を充実させて行きます。受け手と送り手の情報の交換によって、UGCは量的な評価を獲得し、爆発的にその数を増やしているのです。

こうしたUGCから生まれた小説群を、私たちは「新文芸」と名付けました。

新文芸は、インターネットによる新しい「知」と「美」の形です。

2015年10月10日
井上伸一郎

「楽しくお仕事
in 異世界」
中編コンテスト
受賞作
衣食住なんでも
魔改造しちゃう、
やりたい放題な
スローライフ！

魔導細工師ノーミィの

異世界クラフト生活

MADOUSAIKUSHI NOMY NO ISEKAI CRAFT SEIKATSU

～前世知識とチートなアイテムで、
魔王城をどんどん快適にします！～

くすだま琴　イラスト　かるかるめ

ものづくりが得意なドワーフの娘に転生したが、父の死をきっかけに村を追い出されてしまったノーミィ。そんな彼女が、なんと魔王様に拾われてお抱え細工師になることに！

さっそく壊れたランタンの山を整備するついでに魔改造してみたら、何故か周囲から大絶賛されてしまう。さらに魔法冷却ゴブレットに即席ラーメン、水や火が不要な魔法の鍋と、前世知識を活かして好き勝手に作っていたら、いつの間にか魔王城のブラック労働環境を改善してしまっていて——!?

COMIC
WALKERほかにて
コミカライズ
好評連載中!
漫画・
濱田みふみ

摩訶不思議な山暮らし――
ニワトリ（？）たちと
癒やしのスローライフ開幕！

前略。山暮らしを始めました。

浅葱
illust. しの

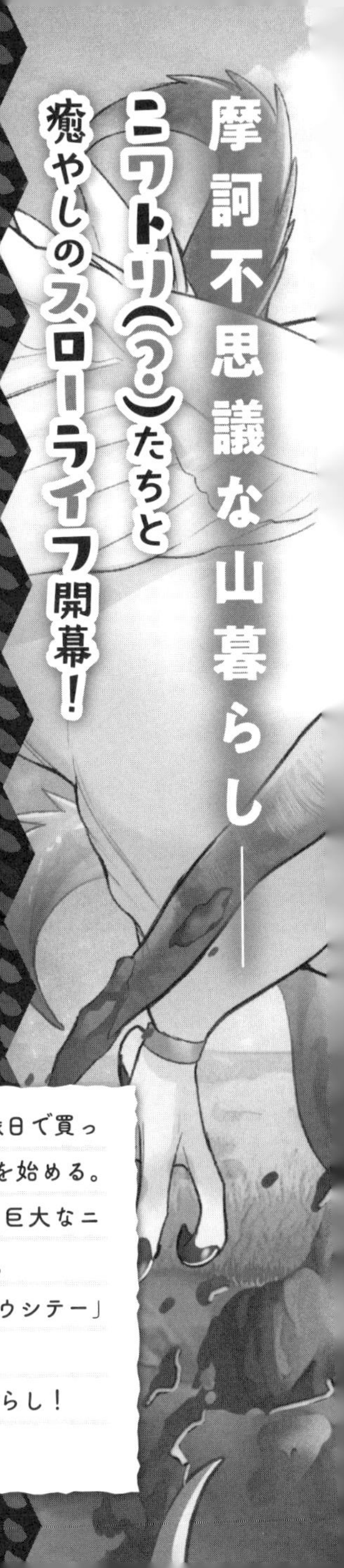

ひょんなことがきっかけで山を買った佐野は、縁日で買った3羽のヒヨコと一緒に悠々自適な田舎暮らしを始める。気づけばヒヨコは恐竜みたいな尻尾を生やした巨大なニワトリ（？）に成長し、言葉まで喋り始めて……。
「どうして――！？」「ドウシテー」「ドウシテー」「ドウシテー」
「お前らが言うなー！」
癒やし満点なニワトリたちとの摩訶不思議な山暮らし！

カドカワBOOKS